혈비도무랑

혈비도 무랑 10

김종휘 新무협 판타지 소설

초판 1쇄 찍은 날 § 2004년 6월 17일
초판 1쇄 펴낸 날 § 2004년 6월 27일

지은이 § 김종휘
펴낸이 § 서경석

편집장 § 문혜영
편집책임 § 유경화
편집 § 장상수 · 서지현
마케팅 § 정필 · 강양원 · 이선구 · 김규진 · 홍현경

펴낸곳 § 도서출판 청어람
등록번호 § 제1081-1-89호
등록일자 § 1999. 5. 31
어람번호 § 제2-0391호

주소 § 경기도 부천시 원미구 심곡1동 350-1 남성B/D 3F (우) 420-011
전화 § 032-656-4452 팩스 § 032-656-4453
http://www.chungeoram.com
E-mail § eoram99@chollian.net

값 8,000원

ISBN 89-5831-155-X 04810
ISBN 89-5505-774-1 (SET)

혈비도무랑

김종휘 新 무협 판타지 소설

10 완결

운명이 불러 온 싸움

도서출판
청어람

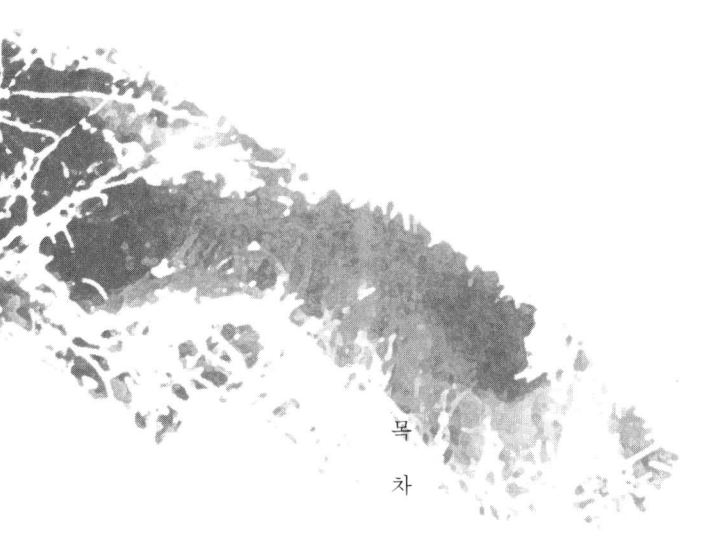

목

차

제60장
아들과의 만남

"세풍낙화(細風落花)!!"

당세문의 손에서 벗어난 당가의 극독이 묻어 있는 독침은 사방으로 흩어져 산적들의 몸에 박혀 들어갔고, 침에 적중당한 자들은 피를 쏟으며 땅으로 쓰러졌다.

하지만 그들 모두를 쓰러뜨리지는 못했다. 나무 뒤에서 간신히 목숨을 부지한 한 산적이 급히 품에서 작은 피리를 꺼내 불어 다른 동료에게 신호를 보냈다.

삐이익!

피리 소리가 길게 울려 퍼지자 잠시 후 사방에서 이에 호응하는 피리 소리가 연이어 들려오기 시작했다. 이에 당세문은 급히 암기를 던져 녀석을 쓰러뜨렸지만, 이미 때는 늦어버린 후였다.

"젠장!"

녀석들에게 위치가 알려진 이상 이제 암습은 더 이상 쓸 수 없다 생각한 당세문은 소천을 안고 소리쳤다.

"산 아래로 내려가자!"

"예!"

산적들의 대부분이 삼류무사나 그 이하의 무공을 지닌 자들이라는 것을 알고 있지만, 혼자라면 모를까 지켜야 할 사람이 두 사람이나 있는 시점에서 그들과 싸운다는 것은 무리한 일인지라 대로 쪽으로 빠져 그들을 피할 수밖에 없는 것이다.

하지만 이미 그들의 위치가 발각된 이상 영탕산의 곳곳을 알고 있는 웅골채의 눈을 피할 수 없었다. 지금 이들의 주위로 채주 여궁과 이백이 넘는 산적 무리가 다가오고 있었던 것이다.

여궁은 당세문에 의해 죽임을 당한 자들을 살펴본 후 침음성을 흘리며 중얼거렸다.

"사천당가의 무사가 끼어 있는 것 같군."

"사천당가!!"

중원에 많은 문파가 있지만, 강호의 삼류잡배에게 가장 두려움을 주는 곳이 바로 사천당가였다.

물론 무공이라면 무당이나 소림과 같은 거대 문파가 있기는 했지만, 삼류무사들에게는 단 한 번의 수로 수십의 목숨을 끊을 수 있는 독이 더 두려웠다.

또 사천당가는 자신의 가솔들이 죽임을 당하면 그 몇 배의 보복을 가하는 것으로 유명했기에 이들이 두려움을 느끼는 것은 당연한 일이었다.

괜히 사천당가를 건드렸다가 웅골채 전부가 몰살당하는 것은 아닐까 하는 두려움을 느끼는 것인데, 여궁은 그런 것은 아랑곳하지 않는지 콧방귀를 뀌며 말했다.

"흥! 과거라면 모를까 지금의 사천당가는 그저 허울뿐인 존재다. 또 우리는 강북의 실질적인 주인이라 할 수 있는 쌍도문 휘하에 있는 산채인데 무엇이 두려운가!"

"하지만……."

"쌍도문이 마음만 먹는다면 사천당가 하나 무너뜨리는 것쯤은 일도 아니다. 어차피 쌍도문에서 보내온 일을 거부해도 마찬가지라면 차라리 사천당가 놈들을 상대하는 것이 낫다!"

"그렇긴 하지만……."

"젠장! 뭔 말이 그렇게 많아! 내 손에 죽을래, 그 당가 녀석을 죽일래!"

"헉!"

아무리 설득해도 두려움을 이기지 못하는 녀석들을 향해 여궁이 거치도를 한 번 쳐들며 다그치자 헛바람 소리를 내며 입을 다무니 한심한 노릇이라 할 수 있었다.

여궁의 협박은 꽤나 잘 먹혀들었는지 산적들은 사냥개들을 끌고는 바쁘게 녀석들의 뒤를 쫓기 시작했다.

한편 산 아래로 내려가던 당세문 일행은 이미 산적들에 의해 포위를 당하고 말았으니, 이들의 주위로는 흉악한 인상의 산적 백여 명이 둘러싸고 있었다.

대도나 철퇴 같은 병기를 들고 자신들을 둘러싸고 있는 그들을 보며 당세문은 녀석들을 쓰러뜨리지 않으면 이곳을 빠져나갈 수 없음을 느졌다.

　암기나 독을 사용한다면 이들을 쓰러뜨리는 건 그리 어려운 일이 아니지만, 언제 다른 적이 나타날지 모르는 상황에서 함부로 암기나 독을 낭비할 수 없는지라 당세문은 소수마공을 끌어올렸다.

　당세문의 손으로부터 차가운 냉기가 주위로 흘러나오자 그것을 본 화란은 크게 놀랐다.

　'음공? 소수마공인가?'

　"빙백수라장!"

　당세문은 자신의 앞에 늘어서 있는 산적들을 보며 땅을 박차고 날아올라 소수마공상의 빙백수라장을 펼쳤다. 그러자 강렬한 냉기의 장력이 사방에 작렬하며 산적들을 휩쓸어 버리기 시작했다.

　"끄아악!"

　"내 손!!"

　강렬한 냉기에 당한 산적 십수 명이 삽시간에 얼어붙은 채 자리에서 쓰러졌고, 또 그에 필적하는 수의 산적이 손과 발이 얼어버려 비명을 지르며 괴로워했다.

　"북해빙궁의 빙공인가?"

　어디서 주워들은 풍월이 있었던지 당세문이 음공을 펼치자 산적들은 북해빙궁의 무사가 아닐까 하여 자신도 모르게 뒷걸음질치고 있었다.

　"풍화만빙!"

　사방을 휘저으며 음공을 시전하는 당세문을 보며 산적들은 감히 다가올 엄두를 내지 못하고 있었다. 후방에 있던 산채의 부채주 중 한 사람은 당세문이 자신들이 범접하지 못할 고수라 짐작하고는 그녀를 포기하곤 부하들과 함께 화란과 소천을 향해 달려들었다.

"음공의 여자는 상대하지 말고, 저 어린 연놈을 잡아라!"

"예!"

음공의 여고수만 아니라면 어린아이 둘 정도는 잡는 데 문제없다고 생각한 산적들은 병기를 들고 화란과 소천을 향해 달려들었다.

"홍련십팔검 연지개화!"

산적들이 달려들자 화란은 홍련십팔검 연지개화의 초식을 시전했고, 그녀의 검에서 흩어진 십여 개의 검영이 달려드는 산적들을 향해 밀려들어 갔다.

"헉!"

"끄윽!"

내력이 미천하여 산적들 중 단 한 사람도 죽임을 당하지는 않았으나 두세 명은 팔다리가 베어져 땅으로 쓰러졌다.

이에 부채주는 미간을 찌푸리며 발을 박차고 나가 화란을 향해 들고 있던 대도를 휘둘렀다.

"대가리에 피도 안 마른 년이! 태산반참(泰山半斬)!"

부채주 미축은 삼류무공 중 하나인 태산도법이라는 것을 익혔지만, 워낙 타고난 괴력의 소유자인지라 응골채 부채주의 직까지 오른 자였다.

칠 척에 가까운 거한이 휘두른 도가 강렬한 파공음과 함께 밀려오자 화란은 감히 막을 엄두를 내지 못하고 피할 수밖에 없었다.

"크하하하! 걸렸구나!"

하지만 이것은 녀석이 노리고 있었던 것 중 하나였다. 화란이 몸을 피하자 그는 잽싸게 몸을 날려 소천의 목덜미를 잡고 들어 올렸다.

"아!"

소천이 사로잡히자 그녀로선 크게 당황할 수밖에 없었고, 미축은 그런 화란에게 조소를 날리며 소리쳤다.

"크크크. 네년이 한 수의 재간을 가졌다 하나 이 응골채 부채주 미축님의 머리를 따를 수 있겠느냐? 이 꼬마 녀석의 목숨이 아까우면 당장 검을 버리는 것이 좋을 게다!"

"큭!"

미축의 말에 화란은 자신의 낭군인 소천이 다치는 것을 볼 수 없는지라 검을 내려놓을 수밖에 없었다.

하지만 잠시 후 회심의 눈빛을 보이고 있던 미축의 얼굴이 변하기 시작했다.

"응?"

미축은 뒤늦게 대도를 잡고 있던 팔이 무거워진 걸 느꼈다. 아래를 내려다보니 왜인지 아이가 자신의 맥문에 손을 얹어놓고 있었다.

'왜… 왜 이러지?'

어쩐지 삼류심법으로 어렵게 닦아놓은 내공이 맥문을 통해 조금씩 빠져나가는 것 같았다.

'서, 설마 이 꼬마가?!'

기분만이 아니었다. 미축의 짙은 의혹 속에 아이의 얼굴은 점점 발그래지고 있었다.

크게 놀란 미축은 급히 아이를 내치려 했지만, 이미 그에게는 아이를 던질 만한 힘도 존재하지 않았다. 잠시 후 그는 무릎을 꺾으며 그 자리에서 쓰러지면서 한 가지 사악한 무공을 생각했으니, 의식이 점점 사라져 가는 그의 입에서 하나의 무공명이 떨리는 목소리로 흘러나왔다.

"호, 흡성대법……."

놀랍게도 소천은 미축에게 잡히자 그의 맥을 잡아서는 흡성대법을 시전한 것이었다.

소천의 흡성대법에 의해 미축이 목내이 꼴이 되자 이것을 본 산적들은 크게 놀라 뒤로 물러날 수밖에 없었다.

"헉! 부, 부채주님!"

"사, 사술이다!"

흡성대법을 모르는 그들은 미축이 목내이 꼴이 되어버리자 이것이 사술이 아닐까 하는 생각에 크게 놀라 소리치기 시작했다. 이에 소천은 자리에서 일어나서는 산적들을 보며 서서히 고개를 들어 올렸다.

"애석하지만, 너희들은 나의 먹잇감이 되어주어야겠구나."

"헉!"

어린 소천의 입에서 차가운 목소리가 흘러나오자 산적들은 온몸에 소름이 좍 끼쳤고, 그 순간 소천은 발을 박차며 산적들을 향해 몸을 날렸다.

"차압!"

미축의 내력을 빨아들인 소천은 십 년 정도의 내력을 지닐 수 있었기에 미숙하기는 하지만 쌍도문의 경신술 중 하나인 청풍신법을 시전할 수 있었다.

"끄아악!"

"사람 살려!"

소천이 몸을 날려오자 산적들은 비명을 지르며 도망치기 시작했다.

하지만 소천의 몸놀림을 산적들은 도저히 당할 수가 없었고, 이내 두 명의 산적이 소천의 손에 잡히고 말았다.

"끄아악!"

"사람 살려!"

"크크크크!"

소천이 귀엽지만 조금 섬뜩한 괴소를 흘리며 흡성대법을 시전하자 두 산적의 생기가 빠른 속도로 소천의 체내로 흡수되기 시작했다.

흡성대법은 단순히 내력을 흡수하는 것만이 아니라 상대의 몸속에 있는 생기나 선천진기마저 흡수할 정도로 사악한 대법인지라 십 년의 내력을 흡수한 소천의 힘에 대항하지 못한 산적들은 부채주 미축처럼 일순간에 목내이 꼴이 되어 땅으로 쓰러져 버렸다.

"하하하하!"

몸속 진기의 양이 늘어나자 소천은 크게 대소를 터뜨리더니 사방을 휘저으며 산적들에게서 내력을 흡수해 나갔고, 이것을 지켜보던 화란은 자신도 모르게 땅바닥에 주저앉을 수밖에 없었다.

"흐, 흡성대법……!"

소천이 시전하고 있는 무공이 흡성대법이라는 것을 안 화란은 몸이 굳어졌다. 흡성대법이 어떠한 무공이라는 것을 잘 알고 있었기 때문이다.

이런 놀람은 산적들을 쓰러뜨리던 당세문 역시 마찬가지였으니, 급히 소천을 향해 몸을 날린 당세문은 그의 뒷덜미를 잡으며 소리쳤다.

"이 녀석! 이게 무슨 짓이냐!"

"예?"

"흡성대법이 어떠한 무공인지 알고나 하는 짓이냐!"

어떠한 이든지 흡성대법을 익힌다면 강호의 공적으로 몰린다는 것을 잘 아는 당세문은 소천을 보며 노한 목소리로 다그쳤다.

하지만 소천은 당세문의 말에도 자신이 무슨 잘못을 했는지 알지 못했다. 그저 자신을 보살펴 주고 있는 사람을 위해 무공을 익혔을 뿐이고, 사도무공에 대한 개념이 없는 그로서는 흡성대법이 무엇이 문제인가 하는 생각을 할 뿐이었다.

"어머니께 들어 알고는 있습니다. 하지만 두 분에게 더 이상 짐이 되고 싶지 않을 뿐입니다."

"휴… 너의 마음은 알겠으나 흡성대법을 익히고 있는 것이 강호에 알려지면 넌 전 무림의 공적으로 몰리게 될 것이다."

"저 역시 흡성대법의 문제점과 그것을 익히면 어찌 되는지는 알고 있지만, 극성으로 익히지만 않는다면 주화입마의 위험도 없을 뿐 아니라 무인의 길로 나설 것이 아니니 문제될 것은 없지 않습니까?"

"그것이 아니다. 타인의 내력을 흡수하는 무공을 익혀서는 안 된다는 말이다."

"무슨 소리이십니까? 무공으로 상대를 죽이는 것보다는 차라리 그 내력을 흡수하는 것이 더 좋은 일 아니겠습니까?"

"휴……."

당세문은 자신의 말에 승복하지 않는 소천을 보며 한숨이 나왔다. 아이의 모습으로 보아 자신이 무슨 말을 해도 흡성대법을 포기할 것 같지 않았고, 일단 시전한 흡성대법은 단전을 파훼하지 않는 한 사라지게 할 수 있는 방법은 없기에 그녀는 흡성대법이 시전된 흔적을 지우고 이것을 알고 있는 자들을 모두 죽일 결심을 했다.

물론 수백 명이나 되는 산적들을 모두 죽이는 것은 어려운 일이지만, 가지고 있는 암기와 독을 모두 사용한다면 불가능하지만은 않은지라 마음을 결정한 당세문은 화란을 보며 말했다.

"화란아."

"예, 숙모님."

"아무래도 이들과의 일전을 피할 길이 없구나. 넌 소천이 다시는 흡성대법을 사용하지 못하도록 철저히 보호하도록 하여라."

"그럼 숙모님께서는?"

"난 혼자 산적들을 처단하도록 하겠다. 만약 세 시진이 지나도 내가 나타나지 않는다면 넌 소천과 함께 빠져나가도록 하거라. 그 시간이 돼도 내가 돌아오지 않는다는 것은 쌍도문의 추적대와 마주쳤다는 것이니 말이다. 만약의 경우엔 내가 그들을 다른 곳으로 유인할 것이니, 너희 둘이 몸을 피하는 것은 어려운 일이 아닐 것이다."

"…예."

화란은 그녀를 도와 싸우고 싶었지만 소천이 안전하게 빠져나가는 것이 더 중요하다는 생각에 그 말을 뱉을 수가 없었다.

잠시 후 영탕산의 작은 동굴로 화란과 소천이 몸을 숨기자 당세문은 옹골채의 산적들을 모두 없애기 위하여 몸을 날렸다.

"어쩌자고 흡성대법을 익혔어! 또 그런 무공은 어디서 난 거야!"

화란은 동굴에 들어가자 흡성대법을 익힌 소천을 탓하며 말했다. 그녀 역시 흡성대법이 어떠한 무공인지 잘 알고 있었기 때문이다.

"백부가 준 무공이야."

"아버지가 준 무공?"

"응. 백부는 나를 무인으로 만들 생각이었던 것 같아. 그래서 수십 권의 무서를 주긴 했는데, 그것 대부분은 중요한 부분이 빠지거나 잘못된 무공서였어."

화란은 잘못된 무공서라는 말에 조금 놀란 표정을 지었지만, 자신의 아버지라면 능히 가능한 일이기에 그의 말에 수긍할 수 있었다.

"흡성대법은 그 무공 자체에 문제가 있는 무공인지라 백부가 손을 대지 않은 유일한 무공서야. 그래서 난 정종의 무공이 아닌 흡성대법을 익히기로 마음먹은 거야."

흡성대법은 마교에서도 금지 무공으로 올라 있었지만, 그 무공 자체는 무림에서 열 손가락 안에 든다 할 수 있는 무공이었다.

"하지만 흡성대법은 너무 위험한 무공이야. 그 무공을 익힌 사람치고 극성에 오르다 주화입마에 빠지지 않은 자가 없단 말이야."

"그럼 엄마는 어떡해! 지금 당장 이 무공을 익히지 않으면 엄마를 구할 수 없는걸!"

"……."

"난 반드시 엄마를 구할 거야! 악마가 되는 한이 있어도 말이야!"

소천의 단호한 어투에 화란은 뭐라 반박할 수 없어 입을 다물 수밖에 없었는데, 그때 입구 쪽에서 인기척과 함께 음흉한 목소리가 들려왔다.

"흐흐흐흐, 이런 곳에 숨어 있었구나."

"아!"

입구에는 거대한 거치도를 든 거한이 두 사람을 보며 음흉한 웃음을 흘리고 있었다. 그는 바로 영탕산 응골채의 채주인 여궁이었는데, 그는 손에 들린 거치도를 흔들며 동굴 안으로 들어서고 있었다.

'흐흐흐. 꼬마 녀석을 잡아 구 대협께 바치면 족히 당주의 직위는 얻을 수 있겠지. 흐흐흐.'

완전히 소천을 잡은 것처럼 생각하는 그였으니, 천천히 거치도를 아래위로 흔들며 소천을 향해 살기를 내뿜었고, 이에 화란과 소천은 긴장할 수밖에 없었다.

하지만 화란과는 달리 소천은 녀석이 방심하고 있을 때 선공을 가하면 이길 수 있다는 생각을 하고 있었다.

"무당면장!"

소천은 단숨에 여궁의 앞에까지 쇄도해 들어가서는 무당면장을 시전했다.

현재 소천이 행하고 있는 것은 구궁이 전해준 요결이 빠진 무공. 하지만 그렇다고 한 수도 행하지 못할 정도로 엉망은 아니었고, 흡성대법을 통해 내력이 생긴 소천이었기에 그 위력은 일류는 되지 못할지라도 이삼류 정도의 위력은 가지고 있었다.

"호오!"

꼬마의 일수가 위력있어 보이자 여궁은 감탄한 표정으로 탄성을 내질렀지만 그리 위험하다고 생각지는 않았다.

여궁의 무공은 강호에서 일류고수로 불려도 이상할 것이 없는 실력이었다. 실전 또한 상당히 겪었기에 초식을 보는 눈 정도는 가지고 있었다.

"크합!"

여궁이 소천의 일장을 가볍게 뒷걸음질하여 피하고는 그의 다리를 향해 거치도를 휘둘렀다. 이에 크게 놀란 소천이 땅을 박차며 뒤로 몸을 날렸다.

장천의 피를 이어받은 소천은 천무성골의 소유자. 무공을 익히는 것에는 세상 누구에도 뒤지지 않아 몸은 날래기 그지없었다.

하지만 일류에 근접한 여궁을 상대로 완벽하게 공격을 피하기는 어려운 일. 간신히 피하기는 했지만 허벅지에 상처를 입고 말았다.

여궁의 거치도는 그 특성상 이빨 같은 칼날이 근육에 상처를 크게 내게 하기 때문에 소천은 고통을 참지 못하고 무릎을 꿇고 말았다.

"아!"

"소천!!"

소천이 쓰러지자 화란은 크게 놀라 여궁을 향해 일장을 내질렀다. 소천과는 달리 제대로 된 무공을 익힌 그녀의 손에서 장영이 일렁이며 여궁을 향해 뻗어 나갔다.

"흥!"

이 정도의 공격을 여궁이 막지 못할 것은 없었기에 거치도의 옆면으로 가볍게 장영을 막아내었다.

하나 화란의 목적은 소천과 무사히 도망치는 것. 그가 장영을 막는 순간 화란은 급히 소천을 잡아 뒤로 몸을 빼었다.

"누나, 괜찮아."

어린 나이와는 달리 상당한 인내심을 가진 소천은 고통을 참으며 자리에서 일어나 다시 자세를 잡으며 여궁을 노려보았다.

"크크크. 어린놈치고는 봐줄 만하구나. 내 구 문주님께 너를 사로잡으란 명을 받았으나 사지 멀쩡하게 데려오라는 말은 없었으니 다리 한 짝 정도는 선물로 가져가마!"

"크윽!"

여궁의 말에 소천은 이를 갈았다. 솔직히 자신과 여궁의 실력 차를 아는 소천으로선 그의 말에 두려움을 느끼는 것은 당연했다.

무공을 익혀 인내심이 강하다 해도 소천은 아직 나이 어린 소년에 불과했다.

두려움과 고통에 다리가 떨리는 것은 어쩔 수 없는 노릇이었는데 여궁은 그것을 보며 더욱 즐거워했다.

여궁이 서슬 퍼런 모습으로 거치도를 들고 천천히 다가오자 소천과 화란은 자신도 모르게 뒷걸음질치고 말았다.

"흐흐흐흐. 어디 한번 피해보거라, 꼬마야!"

여궁은 조롱하듯이 말하고는 횡소천군의 초식으로 거치도를 휘둘렀다. 횡소천군은 강호의 하류잡배조차 할 수 있는 단순한 초식이었지만, 현재의 소천은 여궁의 살기에 눌려 제대로 피할 수조차 없었으니 발이 엇갈리며 뒤로 쓰러지고 말았다.

"끅!"

"하압!"

소천이 쓰러지자 급히 화란이 여궁을 향해 발을 내질렀지만, 여궁은 도를 들지 않은 왼손으로 화란의 복부를 후려 쳤다.

"까아악!"

여궁의 일권에 적중당한 화란은 비명을 지르며 나가떨어졌고, 이에 여궁은 쓰러져 있던 소천의 머리채를 잡아 들어 올렸다.

"으윽!"

"크크크크. 무공을 익혀봤자 꼬마는 꼬마일 뿐인가? 어디, 참을성이 얼마나 있는지 보자!"

머리채를 잡혀 몸부림치는 소천을 보며 여궁은 조소를 터뜨리고는 거치도로 한쪽 다리를 자르려 했다. 그때 한 인영이 빠른 속도로 뛰어 나와서는 그의 팔뚝을 잡았다.

"안 돼!"

"뭐야, 이건?"

여궁의 팔을 잡은 것은 일권에 나가떨어졌던 화란이었는데, 장천이 위기에 처하자 그녀는 고통을 참으며 달려온 것이다.

"소천아! 빨리 피해!"

"아!"

"빨리! 나는 괜찮으니까!"

화란은 소천을 보며 다급히 피하라 소리쳤지만, 소천으로선 이대로 물러나도 소용없음을 알았기에 급히 자신의 머리채를 잡고 있던 여궁의 맥문을 움켜잡고는 흡성대법을 시전했다.

"헉! 뭐야!"

갑자기 자신의 몸에서 내력이 빠져나가자 여궁은 크게 놀라 소천을 집어 던지려 했다. 하지만 아무리 팔을 흔들어도 소천은 떨어질 생각을 하지 않았다.

"젠장할! 이 연놈들이… 끄아아!"

소천을 베어버리려 해도 화란이 거치도를 든 손을 필사적으로 붙잡고 떨어지지 않으려 하고 있는지라 여궁은 크게 당황할 수밖에 없었다.

그렇게 그의 몸에선 점점 내력이 빠져나가기 시작했고, 잠시 후 여궁은 땅바닥에 무릎을 꿇을 수밖에 없었다.

"크억… 꼬마 녀석이… 흡성대법을……."

설마 꼬마가 흡성대법을 익혔으리라고는 생각도 못한 여궁은 내력이 모두 빨려 나가자 중얼거리며 쓰러졌다. 소천은 여궁이 쓰러지자 그의 맥문을 놓고 화란을 안아 들었다.

"누나!"

"나, 난 괜찮아……."

화란이 여궁의 손을 잡고 놓지 않았기에 흡성대법의 여파가 화란에게까지 미쳤던 것이다.

소천의 걱정스러운 말에 괜찮다고는 하지만, 이미 그녀의 몸은 갑작스럽게 빠져나간 내력 때문에 움직일 힘조차 없었다.

소천이 화란 역시 흡성대법의 영향이 미칠 것이란 생각에 어느 정도 선에서 멈추었기에 망정이지, 그렇지 않다면 몸 안의 생기마저 빨려 나와 그녀는 목내이 꼴을 면치 못했을 것이다.

"휴……."

내력을 잃기는 했지만 안정을 취한다면 몸을 회복할 수 있을 것이란 생각에 안도의 한숨을 쉰 소천은 맥을 못 추고 있는 여궁에게 가 그의 목뒤의 혈을 짚으며 말했다.

"처지가 바뀌었군요."

"끄으응… 사, 살려다오."

여궁이 목숨을 구걸했지만 소천은 입가에 조소를 띠고는 그대로 그의 생기를 흡성대법으로 빨아들이기 시작했다.

"끄아악!"

생기가 빨려 나가자 여궁은 비명을 지르며 소천의 손에서 벗어나려 발버둥 쳤지만 내력이 빠져나간 이상 소천의 손아귀를 벗어날 수는 없었다.

그리고 잠시 후 여궁은 생기가 모두 빠져나간 목내이의 꼴이 되고 말았다.

여궁을 쓰러뜨린 소천과 화란은 동굴에서 당세문이 오기를 기다렸지만, 약속한 시간이 지나도 나타나지 않자 그 후로 다시 한 시진을 더 기다리다 할 수 없이 패도 유웅을 찾아 떠날 수밖에 없었다.

민예, 오승과 함께 강북을 움직이는 장천은 자신들을 노리고 나타나는 자객들을 처리하는 데 정신이 없었다.

시도 때도 없이 나타나는 자객들은 세 사람에게 잠을 잘 시간조차 주지 않고 있었기 때문이다.

장천이야 약간의 운기조식만으로도 충분히 움직일 수 있는 무공의 실력을 지니고 있었지만, 여자인 민예로선 죽을 맛일 수밖에 없었다.

"헉헉……."

십여 명의 자객을 모두 쓰러뜨린 민예가 숨을 크게 몰아쉬며 고통스러운 표정을 짓자 장천은 진기를 불어넣어 주며 말했다.

"널 너무 고생시키는 것 같구나."

"아닙니다, 문주님."

장천은 그녀의 머리를 쓰다듬어 주고는 오승을 보며 말했다.

"오승, 아무래도 섬서로 가야겠네."

"섬서라면?"

"본 문에서 온 서신에 따르면 섬서에 패도 유웅 어르신이 있다 들었네. 그분은 구궁과 뜻을 달리하고 있는 강북의 인사 중 한 분이시니 그분의 도움을 얻는다면 잠시 휴식이라도 취할 수 있을 것이라 생각되네."

"알겠습니다."

패도 유웅은 강북에서 크게 명성을 날리고 있는 무인이었다. 거의 대부분의 강북의 인사가 구궁과 뜻을 같이한다고 하지만, 많은 사람의 뜻이 하나일 수는 없었으니 패도 유웅과 같이 무림의 상황을 지켜보고 자신의 뜻에 따라 움직이는 사람도 적지 않았다.

그런 이유로 장천은 그들의 도움을 얻어 구궁의 야욕을 부술 강북의 입지를 마련하고자 하는 것이다.

한편 민예는 장천에게 감탄하고 있었다. 지금까지 수백 명에 이르는 자객들이 자신들을 습격했음에도 거의 대부분이 장천의 손에 의해 저승길로 직행했다. 그런데 그런 와중에 자신에게 계속 진기를 넣어주고 있음에도 전혀 지친 모습을 보이지 않고 있었기 때문이다.

민예가 기운을 찾자 장천은 다시 길을 떠났고, 이들을 지켜보고 있던 자객들은 인간 같지도 않은 장천에게 혀를 내두를 수밖에 없었다.

이들은 구궁이 비밀리에 키운 청살단이란 자객들인데, 이들 전부가 움직이고 있음에도 장천들의 발길을 저지하는 것은 역부족이었다.

청살단을 이끌고 있는 양오로선 어떻게 장천의 움직임을 지체시켜야 할 것인가 고민할 수밖에 없었다. 이대로 있다가는 장천이 아닌 구궁에게 죽임을 당할 수도 있는지라 할 수 없이 최후의 방법을 사용할 수밖에 없었다.

"유망!"

"예, 단주님!"

"벽력탄을 준비해라!"

무림에서는 흔히 볼 수 없는 무기였지만 청살단은 관부에서나 다루는 벽력탄마저 소지하고 있었다.

주인을 모시고 있는 여종의 입장으로 민예는 지금의 행로가 마음에 들지 않았다.

강남이 패권을 장악하고 있는 비도문, 아니, 실질적으로는 중원 최고의 문파라 할 수 있는 문파의 수장이 단 두 명의 수하만을 대동한 채 적진이라 할 수 있는 강북을 돌아다니는 것이 마음에 들 리 없기 때문이다.

연신 장천을 보며 마음을 바꾸지 않을까 돌아보는 민예였지만, 장천의 표정에는 전혀 변화가 없었으니 한숨만 나올 뿐이었다.

그녀의 예상대로라면 강북으로 나왔다 할지라도 문주의 직속이라 할 수 있는 일백의 진풍비도대(震風飛刀隊)의 호위를 받으며 유유하게 강북의 산천을 유람하고 있어야 했는데, 안타깝게도 지금은 구궁이라는 자의 계속되는 공격을 받는 위태로운 여정을 계속하고 있었다.

무공을 익힌 민예가 보기에도 장천의 무학은 천하제일이라 불려도 이상할 것이 없긴 하지만, 수천 수만의 무리들을 상대로는 천하제일고수라 하더라도 그리 안전하다고 볼 수 없었다.

또 강호란 곳이 암수와 간계가 판을 치는 곳이라 무공으로도 해결하지 못할 일이 생길 것은 뻔한 일, 그럴 때 자신의 미천한 무공으로 문주를 어찌 보호해야 하나 걱정이 되기도 하는지라 한 걸음 한 걸음이 무거울 수밖에 없었다.

"무슨 걱정이 그리 많아 한숨만 쉬는 것이냐?"

"아! 아무것도 아닙니다."

장천이 이상하다는 듯 물었지만 그녀는 연신 고개를 저으며 아무것도 아니라 말하고는 다시 한숨을 내쉬니 장천은 민예에게 무슨 문제라도 생긴 것은 아닐까 걱정이 되었다.

"무슨 일인지는 모르지만 걱정되는 것이 있다면 말하도록 하거라."

"아닙니다. 문주님께서 같이 계신데 뭐가 걱정이겠습니까? 호호호."

민예가 억지웃음을 지으며 장천을 안심시키려 하자 그는 잠시 지켜보는 것이 낫겠다 생각하며 더 이상 묻지 않았다.

민예도 걱정이지만 구궁이 무엇을 노리는가도 생각해야 했기 때문이다.

자신의 종적을 발견한 구궁의 공격이 일주일간 뜸했기 때문이다. 무엇인가 간계를 꾸미고 있다는 것을 알 수 있었지만, 그것에 대비할 생각은 하지 않았다.

그들이 어떠한 공격을 한다 해도 그것을 막아낼 자신이 있었기 때문이다.

"음……."

그때 수풀 쪽에서 수십의 무리가 은밀히 움직이고 있는 것을 느낄 수 있었는데, 장천은 그들이 구궁의 무리들이라는 것을 눈치 챌 수 있었다.

내력을 깃들여 청력을 최대한으로 끌어올린 장천은 그들이 전문적으로 자객 훈련을 받은 자들로 자신들을 공격해 왔던 자들과 같음을 알았기 때문이다.

"민예."

"네, 문주님."

"싸울 준비를 하는 것이 좋을 듯하구나."

"아, 예!'

장천의 말에 민예는 적도들이 왔다는 것을 알고는 허리에 차고 있는 검에 손을 가져갔고, 오승 역시 자세를 잡아 적도들을 맞을 준비를 했다.

"이제 그만 모습을 드러내시지."

자신들을 둘러싸고 있는 적도의 무리 중 가장 내력이 고강한 자를 알아낸 장천은 그쪽을 보며 조용히 말했고, 잠시 후 한 인영이 수풀에서 걸어나왔다.

"천하제일고수인 장 문주를 뵙게 되니 영광입니다. 쌍도문 청살단의 단주인 양오라 하오.”

양오의 기도는 지금껏 장천이 상대해 왔던 자들과 크게 달랐다.

양오가 자신을 소개하자 장천은 이내 미간을 찌푸렸는데, 그가 말한 소속이 마음에 들지 않았기 때문이다.

“쌍도문에 청살단이란 무리들이 있었던가?”

“본 문의 구 문주께서 등극하신 후 새로 만든 무단이오.”

“구 문주라…….”

구궁이 쌍도문을 장악한 것은 이미 알고 있었지만, 직접 그가 조직한 무리를 만나니 노기가 치솟아오르는 장천이었다.

쌍도문은 정사마를 차별하지 않는, 어찌 보면 중도의 문파라 할 수 있었지만, 싸움에 있어서 정대한 것은 어느 명문정파에 못지않았다.

그런 쌍도문인만큼 자객과 같은 이를 받아들일 리가 없었는데, 청살단과 같은 자객의 무리들이 생겼으니 어찌 노기가 치솟지 않겠는가.

마음 같아서는 양오를 일검에 베어버리고 싶었지만, 그가 자신의 앞에 모습을 드러낸 이상 무슨 암계가 있으리라는 생각에 섣불리 움직이지는 않았다. 구궁의 휘하라면 자신이 어느 정도의 수준에 이르렀을지 잘 알고 있을 것이기 때문이다.

천천히 들어 올린 장천의 손에서 어느새 기가 유형화되며 검의 형태를 띠고 있었는데, 그 경지에 이른 자가 드물다는 무형검이었다.

“호오! 무형검이라!”

양오는 무형검의 경지를 보며 크게 탄성을 내지르고는 천천히 수풀 쪽으로 물러서며 품에서 무엇인가를 꺼내 들었다. 그것을 본 장천은 놀라지 않을 수 없었다.

“벽력탄?!”

"크크크크. 천하제일고수라 할지라도 이것만큼은 어찌할 수 없을 것이오."

설마 저들이 관부에서나 사용하는 병기를 가지고 있으리라고는 생각도 못한 장천이었다. 어느새 불씨를 꺼내 든 양오는 벽력탄의 심지에 불을 붙이고 있었다.

"흥!"

면전에서 벽력탄의 심지에 불을 붙이는 것을 그냥 지켜볼 장천이 아니었기에 왼손을 들어 탄지신공의 수법으로 기를 날리자 벽력탄의 심지가 잘려 땅으로 떨구어졌다.

"이런, 과연 장 문주십니다. 그러나 이것으로 끝내면 서로 간에 섭섭하겠지요."

삐이이!

심지가 잘려 나가자 양오는 휘파람을 불었고, 이내 사방에서 십여 개의 벽력탄이 이들을 향해 날아왔다.

한두 개라면 모를까, 십여 개의 벽력탄은 혼자 막기엔 벅차 장천은 급히 민예 쪽으로 뛰어가서는 그녀를 온 힘을 다해 위로 집어 던졌다.

"꺄아악!"

갑자기 장천이 자신을 공중으로 집어 던지자 민예는 크게 놀라 비명을 내질렀지만, 비명 소리는 벽력탄의 굉음 소리에 묻혔다.

쿠구궁!

엄청난 폭발 소리와 함께 뜨거운 열풍의 기운이 사방에서 몰아쳤기에 민예는 장천이 집어 던진 기세와 함께 열풍에 휘말려들 수밖에 없었다.

다행히 비도문에서 많은 수련을 쌓았던 것이 경공술이었던지라 급히 신형을 안정시키고 근처에 있는 나무에 내려설 수 있었다. 하지만 그녀는 자신보다 장천의 안위가 더 걱정되었다.

"문주님!"

아무리 무공이 뛰어난 문주라 할지라도 십여 개의 벽력탄이 터진 곳에서 살아남는다는 것은 불가능하다고밖에 생각할 수 없는 그녀였기에 자신도 모르게 눈에서는 눈물이 흘러나오고 있었다.

폭발이 일어나고 잠시 시간이 지나 열풍의 소용돌이는 사라지고 앞을 볼 수 없을 만큼의 흙먼지도 가라앉자 민예는 급히 그곳으로 몸을 날렸다. 하지만 폭발이 일어난 곳에는 구덩이만 남아 있을 뿐 장천과 오승의 모습은 어디에서도 볼 수가 없었다.

"흑흑흑… 문주님!"

뼈도 남지 않고 폭발에 사라졌다고 생각한 민예는 구덩이를 보며 오열할 수밖에 없었는데, 그때 숲에서 인영이 하나둘씩 모습을 드러내기 시작했다.

"흐흐흐. 천하제일고수도 벽력탄의 위력에는 어쩔 수 없는 모양이구나. 흐흐흐."

폭발의 흔적을 보며 음침한 웃음을 짓는 청살단의 단주 양오였다.

자신들의 가장 큰 적이라 할 수 있는 장천을 손쉽게 처리했다는 생각에 웃음을 참지 못한 것이다.

그의 말에 민예는 노기를 참지 못하고 검을 뽑아 그를 향해 몸을 날렸는데, 그때 누군가 그녀의 뒷덜미를 잡아챘다.

"죽어라!"

자신을 잡은 이를 적도라 생각한 민예는 검을 돌려서는 그자를 베어 버리려 했다. 한데 그자는 왼손으로 가볍게 검을 받고는 미소를 지으며 말했다.

"민예야, 너무 성급하구나."

"문주님!"

민예는 자신의 검을 막은 자의 목소리가 문주의 것이라는 걸 알고는 눈물을 쏟으며 안겨들었고, 이에 장천은 미소를 지으며 그녀의 머리를 쓰다듬어 주었다.

"이 문주가 고작 벽력탄 따위에 죽을 줄 알았느냐?"

"문주님, 미워요! 얼마나 놀랐는데요!"

"미안하구나. 오승이라면 능히 지둔술로 폭발의 여파를 피할 수 있지만, 너는 공력이 부족하여 같이 지둔술로 피할 수 없었다. 설마 내가 죽기라도 했을까 걱정했느냐?"

장천은 벽력탄이 자신들에게 날아오자 오승을 끌고 급히 지둔술로 땅속으로 파고들어 가 폭발의 여파를 피했던 것이다.

기문숙에게서 자연도의 무도를 익힌 오승이라면 자신이 지둔술로 강제로 땅으로 데리고 간다 하더라도 몸에 무리는 없을 테고, 오랜 시간 귀식대법을 취해도 괜찮을 테지만, 민예의 낮은 내력으로는 어려울 듯하여 급히 그녀를 공중으로 집어 던진 후 오승과 함께 땅속으로 파고들어 갔던 것이다.

"크윽!"

장천이 멀쩡하게 모습을 드러내자 양오는 이를 갈았다. 설마 벽력탄의 공격에도 상처 하나 없이 멀쩡한 모습으로 살아남으리라고는 생각지도 못한 것이다.

"벽력탄이라는 보기 힘든 선물을 받았으니 본좌 역시 그만큼의 선물을 주도록 하지."

장천은 민예를 조심스럽게 옆으로 옮기고는 양손을 들어 손가락을 빠르게 폈고, 다음 순간 열 개의 지력이 청살단의 무사들을 향해 사방으로 뻗어 나갔다.

"끄악!"

강렬한 지력에 순식간에 십여 명의 자객이 비명을 지르며 쓰러졌고, 이에 양오는 크게 놀라며 부하들을 향해 소리쳤다.

"쳐라!"

장천이라는 고수를 상대로 정면으로 얼굴을 드러낸 이상 절대 살아나가기 힘들 거라 생각한 그는 부하들에게 공격을 명했고, 그의 외침과 함께 청살단의 무사들은 검을 뽑아 들고 장천에게로 몸을 날렸다.

적도들이 몸을 날려오자 장천의 신형은 갑자기 흐릿해졌고, 이내 사방에서 자객들이 피를 흘리며 쓰러지기 시작했다.

"이형환위?!"

오승은 자신의 눈앞에서 일어나는 일에 도무지 정신을 차릴 수가 없었다. 장천의 잔상이 사라지기도 전에 몸을 날리던 무사들이 순식간에 불귀의 객으로 변하고 있었기 때문이다.

그도 무림을 돌아다니며 경신법에 조예가 있는 사람들을 많이 보아왔지만 장천이 펼친 신법에 버금가는 빠름을 보인 자는 없었다.

"이, 이럴 수가……!"

남아 있던 자신의 부하들이 순식간에 모두 쓰러진 것을 보며 양오는 황당한 표정을 감추지 못했다.

본래 그는 이곳에서 쉽게 빠져나가지 못할 것이라는 것을 알고는 자신의 부하들에게 그를 공격하게 한 후 도주하려 했던 것인데, 눈 깜짝할 사이에 부하들이 모두 장천의 손에 쓰러지자 도망갈 기회를 놓치고

만 것이다.

그런 때문에 이곳에서 살아 나가지 못할 것이란 생각에 양오가 들고 있던 검의 끝이 흔들리고 있었다.

하지만 이대로 당할 수는 없는 일이라 생각하며 양오는 구파일방의 하나인 곤륜파의 무공인 정양의검법으로 장천을 공격했다.

검끝으로 내력이 실려 푸르스름한 기운이 장천의 일곱 개 요혈을 노리며 뻗어 들어갔는데, 이에 장천은 여유있는 미소를 지으며 손을 움직여 양오의 검은 잡아챘다.

내력이 실린 검은 강철이라도 두 동강 낼 수 있을 정도의 예기를 뿜고 있음에도 그것을 손으로 잡아낸 장천의 수공은 놀랍다고 말해도 부족할 정도였는데, 그는 잡은 검을 가볍게 옆으로 돌렸고, 이에 양오의 몸은 크게 휘청거리는가 싶더니 검을 놓치며 튕겨져 날아갔다.

"끄윽!"

장천이 신음 소리를 내며 쓰러져 있는 양오의 목줄기를 잡아서 그대로 들어 올리자, 양오는 고통스러운 표정으로 발버둥 치기 시작했다.

"구궁에게 전해라. 쓸데없이 부하들을 희생시키지 말고 본좌에게 직접 오라고 말이다."

"끄으웅… 아, 알겠습니다……."

양오가 간신히 대답하자 장천은 더 이상 볼 것 없다는 듯이 그를 집어 던졌다. 더 이상 자신들에게 대적할 자가 없음을 확인한 장천은 민예를 보며 말했다.

"가자."

"예."

양오들을 모두 처리하고 길을 가던 중 민예는 장천에게 궁금했던 것을 물어보았다.

"문주님."

"무슨 일이냐?"

"왜 위험을 자초하시는지 모르겠습니다. 이런 식으로 길을 가다가는 큰 봉변을 당할 수도 있을 것입니다."

"백만의 적이 온다 하여도 나에게는 생채기 하나 입힐 수 없을 것이다."

"그런……."

"전에 말했던 대로 구궁은 분명 부하들의 희생을 최소화하기 위하여 수를 쓸 것은 분명할 터. 그렇다면 가장 희생을 줄일 수 있는 것은 나의 친인을 데리고 와 협박하는 것뿐이다. 그렇게 생각한다면 나를 협박할 인질이 될 사람은 능예일 확률이 높다."

"마님이오?"

그녀의 물음에 고개를 끄덕인 장천은 더 이상 아무 말도 하지 않았다. 그런 장천의 모습에서 민예는 구궁이 능예를 인질로 협박해도 문주가 그것을 타개할 무슨 방법이 있는가 보다 생각할 수밖에 없었다.

그렇게 양오의 청살단을 전멸시킨 후, 장천 일행에게 더 이상의 기습은 없었기에 비교적 조용히 패도 유웅이 머물고 있는 섬서성으로 향할 수 있었다.

섬서성은 구파일방 중 상위 서열에서 벗어난 적이 없는 화산파가 있을 뿐 아니라, 구파일방에서 말석에 있다 물러난 종남파가 있는 곳인지라 정파의 영역이라 할 수 있었다.

강남을 비도문이 장악하는 동안 오 년간 봉문한 화산과 종남파는 외부에 끼치는 영향력이 줄어들었기에 중소문파들이 힘을 쓰기 시작했다.

이들 중 섬서에서 지금 가장 큰 세력을 유지한 것은 바로 금아현에 있는 청운표국이라 할 수 있다. 명문정파의 힘이 사라지고 중소문파들이 감숙의 쌍도문에 연을 닿으려 노력하는 와중에도 청운표국은 낭인무사들과 강호의 분란 중 문파가 사라져 떠돌던 무인들을 모아 큰 세력으로 성장해 있었다.

물론 표국이란 이름 하나로는 이들을 끌어들이는 것은 어려운 일이었으나, 청운표국의 국주인 유상렬에게는 패도 유웅이 있었다.

패도 유웅이 표국주인 유상렬의 고종 사촌인지라 그에게 표국을 키우는 데 상당한 도움을 받았던 것이다.

화산과 종남의 힘이 크게 약해지고 청운표국의 힘이 널리 알려지자 금아현에는 청운표국에서 표사로 일하기 위하여 많은 무인들이 몰려오고 있어 객잔이나 기루 등은 때 아닌 호황을 누리고 있었다.

금아현에서 세 손가락 안에 드는 객잔인 안상객잔 앞에는 누더기 같은 옷을 입고 있는 어린아이 두 명이 객잔 안에서 흘러나오는 음식 냄새에 입맛을 다시고 있었다.

안으로 들어가 음식을 먹고 싶은 마음이 굴뚝같았지만, 그들에게는 돈이 없었기에 그저 한숨밖에 나오지 않았다.

"소천, 미안해……."

두 아이는 바로 구궁에게서 도망쳐 나온 소천과 구궁의 딸 화란이었다.

그들은 산에서 벗어난 이후 간신히 금아현에 도착하기는 했지만 유웅이 머물고 있다던 유가장 입구에서 문전박대를 당하여 이곳에 머물며 유웅을 만날 기회를 찾고 있었다.

처음 떠나올 때 약간의 금전만을 소지하고 있었던 그들인지라 긴 여정에 돈이 다 떨어져 옷 하나 제대로 갈아입지 못한 거지꼴이 되어버린 것이다.

이틀을 굶은 두 사람이지만 무가의 자존심으로 구걸조차 하지 못하고 있었기에 앞길이 막막하기만 했다.

화란으로선 자신의 낭군이라 할 수 있는 소천을 이틀이나 굶게 한 것이 마음 아플 수밖에 없었지만, 소천으로선 화란이 더 걱정이었다.

"난 무공을 익혔으니 며칠을 굶어도 끄떡없지만, 누나는 무공까지 잃었잖아. 미안해."

"아니, 내가 미안해."

한참 객잔 앞에 서 있던 소천은 크게 마음을 다잡고는 화란을 보며 말했다.

"누나, 우리 구걸이라도 하자."

"소천!"

"이렇게 굶을 수는 없잖아."

소천으로선 계속 굶을 수는 없다는 생각에 한 말이었으나 그녀는 고개를 저을 뿐이었다.

"우리가 지금 이런 꼴이 되었지만 구걸을 해서는 안 돼. 넌 감숙 명문 쌍도문 사람이란 말이야."

"그 딴 건 개한테나 주라고 그래! 난 더 이상 누나가 굶는 것은 참을 수 없다고!"

소천이 화를 내며 소리치자 화란은 한숨밖에 나오지 않았다. 그때 그들에게로 덩치 큰 세 남자가 다가왔다.

"이런. 어린것들이 불쌍하기도 하지. 쯧쯧."

얼핏 듣기에는 두 사람을 걱정하는 듯한 소리였지만, 소천은 그들의 말에 미간을 찌푸렸다. 그들의 모습이 동네 불량배 같았기 때문이다.

건들거리는 그들의 허리에는 한 번도 사용하지 않은 듯한 화려한 도가 매달려 있었다.

하지만 과거라면 모를까 내공을 상실한 화란은 이들을 피해야겠다 생각하곤 소천을 보며 말했다.

"소천, 우리 다른 곳으로 가자."

"응, 누나."

소천 역시 그들과 말을 섞기 싫어 화란의 말에 따라 순순히 걸음을 옮기려 했다. 그때 장정 중 한 사람이 화란의 손목을 잡으며 말했다.

"이런! 이 대인들께서 불쌍한 어린것을 도와주려 하는데 건방지게 무슨 짓이냐?"

"뭐 하는 짓이에요!"

손목을 잡힌 화란이 화를 내며 앙칼진 목소리로 소리치자 이에 사내는 웃음을 지으며 말했다.

"크크크크. 거지 꼴이긴 해도 잘 씻겨놓으면 한인물 하겠구나. 어떠냐? 어르신들의 몸을 데워주면 은 다섯 냥을 주마. 그 정도면 네 동생하고 배터지게 먹을 수 있을 것이다."

"흥!"

역시나 그들은 화란의 미색을 보며 음탕한 마음을 품고 다가왔던 것이다. 화란이 그 손을 내치려 했지만 이미 무공을 잃은 그녀였기에 쉽게 장정의 손에서 벗어날 수가 없었다.

그런 모습에 소천은 노기를 참지 못하고 주먹을 쥐고는 소리쳤다.

"당장 그 손을 놓지 않으면 후회하게 될 것입니다!"

"응? 하하하하!"

아직 일곱 살 정도밖에 되지 않은 꼬마의 말에 세 장정은 크게 조소를 터뜨렸고, 그중 하나가 소천에게 다가와서는 그의 머리를 잡고는 흔들며 말했다.

"꼬마야, 지금부터는 어른들의 일이니 넌 네 누나가 가져다 줄 돈이나 기다리거라."

그 말과 함께 그자가 소천을 밀어 젖히려 했는데, 놀랍게도 소천이 꼼짝도 하지 않는지라 그는 크게 놀랄 수밖에 없었다.

자신은 쌀 두세 가마니는 거뜬히 들 정도의 힘을 지니고 있는데 꼬마를 밀쳐 내지 못하고 있었기 때문이다.

"흥!"

소천이 자신의 머리를 잡고 흔들던 자의 손목을 잡고는 그대로 꺾어 버리자 육 척 장신의 그 몸이 크게 한 바퀴 굴러 땅으로 패대기쳐지고 말았다.

"어이구!"

소천이 자신의 동료를 패대기치자 다른 두 명의 사내가 크게 놀랐다. 아무리 방심했다고는 하지만 어린아이가 장정 한 사람을 날려 버린다는 것은 무공을 익히지 않고는 불가능하기 때문이다.

하지만 상대가 꼬마였고 화란의 미색이 출중한지라 그들은 물러날 생각을 하지 않고 허리의 도를 빼 들고는 소리쳤다.

"꼬마 놈이 한 수 재간을 익혔나 보구나!"

그 소리와 함께 두 건달이 소천을 향해 도를 휘둘러 왔다.

하지만 아무리 허점이 있는 무공을 익혔다고 하더라도 삼류잡배를 상대하지 못할 정도는 아니었기에 소천은 어느새 그들 가까이로 붙어 서는 복부에 주먹을 내리꽂았다.

쿵!

"끄어억!"

강렬한 내력이 깃든 장력에 두 건달은 삼 장 이상 뒤로 튕겨져 날아 갔고, 땅에 쓰러진 그들은 입에서 피를 흘리며 괴로워하다 이내 숨이 끊어지고 말았다.

이미 상당한 내력을 가진 소천의 일장은 평범한 사람들이 견딜 수 있는 수준이 아니었다.

"까아악!"

"살인이다!"

두 사람의 숨이 끊어지자 사방에서 비명 소리가 들려왔고, 화란은 크게 놀라 소천의 손을 잡으며 소리쳤다.

"소천! 빨리 도망가자!"

"도망이라니, 무슨 소리예요?"

"이런 거리에서 사람을 해쳤으니 관병이 곧 몰려올 거야!"

"관병 따위는 무섭지 않아. 또 무인들의 싸움은 흔한 거잖아."

"이곳에는 아버지의 무리들이 있을 거라고! 또다시 잡혀가고 싶어?"

"…알았어."

화란의 다그침에 소천을 할 수 없다는 표정으로 그녀와 함께 도망쳤 다. 관병들은 무서울 것이 없었지만 구궁의 부하라도 나타난다면 지금 의 자신들로는 상대할 수 없었기 때문이다.

두 사람은 한참을 도망쳐 골목길로 숨은 후에야 간신히 숨을 돌릴 수 있었지만, 소천으로선 자신의 처지가 못마땅할 수밖에 없었다.

"누나, 우리 언제까지 이렇게 살아야 하지?"

"유웅 어르신을 만나면 좋아질 테니까 너무 걱정하지 마."

화란으로선 그저 유웅을 만나면 사정이 좋아질 것이라는 말밖에 할 수 없었다.

그렇게 골목에 숨어 숨을 돌리던 두 사람은 한 시진 정도가 지난 후에야 조심스럽게 한적한 골목에서 빠져나오려 했다.

하지만 이때 소천은 주위에서 수십의 인기척이 느껴져 오자 화란의 앞을 막으며 소리쳤다.

"누나, 잠깐!"

"왜?"

소천이 자신의 앞을 막자 화란은 영문을 몰라 물었는데, 그때 주위로 하나둘씩 장정들이 모습을 드러내는지라 크게 놀랄 수밖에 없었다.

"감히 흑룡회를 건드리고 이 금아현에서 온전히 도망칠 수 있다고 생각하였느냐? 흐흐흐."

이들 앞에 나타난 이들은 바로 소천이 쓰러뜨렸던 건달들의 패거리로, 그들은 금아현의 일대를 주름잡고 있는 흑룡회의 건달이었다.

소천과 화란을 둘러싸고 있는 건달들은 모두 한 자루의 도를 들고 있었지만, 도를 든 손은 어설프기 그지없었다.

하지만 소천에게 말을 건넨 자만은 다른 이들과 달리 족히 일류고수 정도의 기도가 흐르는 듯했기에 좋게 일을 끝내는 것은 어려울 듯이 보였다.

시정잡배들 사이에 이러한 고수가 있다는 것이 이상하게 생각될 정도였는데, 아직 어설픈 무공의 소천으로선 이자와 같은 일류고수를 상대할 재간이 없었다.

소천이 무당면장을 시전하려 하자 그것을 보고 있던 상대가 비웃음을 보였다.

"호오… 무당파의 자제신가 보군? 아니지, 꼴을 보아하니 속가제자로 한 수 배운 모양인데, 무당면장이라……. 후후후."

그의 추리는 어찌 보면 당연하다 할 수 있었다. 소림과 함께 무림 양대 산맥의 하나인 무당파에서 무당면장은 무당파 내에서 인정받지 않으면 익히지 못하는 무공이었다.

그러한 무공을 거지 차림의 소천이 기수식을 취하는 것을 보며 아마도 속가제자로 들어가 한 수 배운 자라 생각한 것이다.

하나, 나이가 어려서일까? 소천의 자세에서는 무당파의 제자들이 무당면장의 기수식을 취했을 때의 위압감은 보이지 않았다.

형(形)은 있으나 의(意)가 없는 모습이랄까? 어쨌든 그런 모습에 상대는 전혀 두려움을 보이지 않는 것이다.

"여아는 생포하고 저 꼬마는 죽여라!"

무당의 제자가 아니라면 더 이상 볼 것도 없다고 생각한 그는 부하들을 향해 소리쳤다. 소천과 함께 있는 여아의 미색이 출중하여 색심이 돌았기 때문이다.

아직 나이가 어리기는 하나 화란은 어머니를 빼닮아 상당한 미색이었다.

"와아아!"

두목의 명령을 받은 흑룡회 건달들이 고함을 지르며 달려들자, 무당면장의 기수식을 취하고 있던 소천은 땅을 박차고 나가 자신의 앞으로 달려들던 두 명의 건달을 향해 쌍장을 내질렀다.

쿵!

"끄아악!"

소천이 무공에서는 많은 허점을 보이고는 있었지만 내력 면에서는 이들의 두목과 비교해도 뒤지지 않았으니 쌍장의 위력은 결코 허투루 볼 수 없는 것이었다.

두목의 명령을 받아 달려들던 두 명의 건달이 소천의 손에서 뻗어 나온 장력에 그대로 비명을 지르며 뒤로 튕겨지자 이것을 보고 있던 두목은 놀랄 수밖에 없었다.

무당면장 자체는 어설프기 그지없음에도 그 위력은 장난이 아니었기 때문이다.

"어떻게 저런 위력을?!"

초식의 흐름으로 미루어본다면 저 정도의 위력을 보인다는 것은 불가능할 수밖에 없는 일인지라 두목이 놀라는 것은 당연한 일이었다. 어설픈 한 수를 지닌 꼬마가 아니라는 생각이 드는 그였다.

두 명의 동료가 쓰러지자 건달들은 더욱 험악한 표정을 지으며 소천에게 몰려들었고, 다수와의 싸움을 제대로 경험해 보지 못한 소천은 손발이 어지러워져 일순 상대의 도를 허용하고 말았다.

"끄윽!"

건달들이 어설프게 휘둘렀던 도는 소천의 어깨를 노리며 들어왔고, 이에 소천은 급히 뇌려타곤의 수법으로 몸을 굴려 그들의 공격에서 벗어날 수 있었지만 완전히 피하지 못하여 어깨에 부상을 입고 말았다.

상처가 몸을 구르는 동안 땅에 스치자 쓰라린 통증에 소천은 눈물이 다 날 지경이었다.

아직 어린 나이인지라 도에 의해 난 상처의 고통을 견디기 어려운 것은 당연한 일이었다.

고통에 소천은 일순간 화가 치밀어 올라 더 이상 참지 못하고 화란이 절대 쓰지 말라고 했던 무공을 끌어올렸다.

"응?"

소천의 몸에서 이상한 기도가 흘러나오자 두목은 자신도 모르게 긴장했다.

이런 긴장은 수년 전에 자신이 상대도 하지 못했던 고수를 상대로 느꼈던 공포와도 같은 것이었기에 등줄기에선 식은땀이 흘러내렸는데, 그것을 증명이라도 하는 것일까? 다음 순간 귀청을 찢을 듯한 두 개의 비명이 크게 울려 퍼졌다.

"뭐야!"

"헉!!"

소천을 공격하던 건달들은 갑자기 일어난 상황에 자신들도 모르게 뒤로 물러서서는 몸을 떨고 있었는데, 방금 전까지만 해도 도를 휘두르던 자신들의 동료가 목내이가 되어 쓰러져 있었기 때문이다.

그들은 마치 생기가 빨려 나간 듯한 모습이었으니 삼류건달들이 놀라는 것은 당연한 일이었다. 그러나 두목은 그것이 꼬마의 소행이라는 것을 잘 알고 있었다.

"흐, 흡성대법?!"

무림에서 마공으로 분류되며 그것을 시전한 자는 전 무림의 공적으로 몰리게 된다는 흡성대법이 꼬마의 손에서 시전되는 것을 보며 몸을 떠는 것은 당연한 일이었다.

도대체 어디서 이런 꼬마가 나타났는지 믿어지지 않는 것은 당연한 것인데, 소천은 천천히 두목을 향해 고개를 돌리더니 입을 열었다.

"죽여 버리겠어……."

"헉!"

꼬마의 입에서 나오는 살기 어린 목소리에 그는 자신도 모르게 뒷걸음질을 치고 말았다.

그는 이내 도를 뽑아서는 노려보고 있는 소천을 향해 겨누었으나 도의 끝이 크게 흔들리는 게 두려움을 이겨내지 못했음을 말해 주고 있었다.

흡성대법이란 것은 그만큼 무공을 익히는 자에게는 두려움을 줄 수밖에 없는 것이었다.

"차압!"

두목이란 자가 자신을 향해 도를 겨누자 소천은 땅을 박차며 몸을 날렸는데, 그 몸놀림이 마치 한 마리 제비와 같이 경쾌했다.

크게 놀란 두목이 허둥지둥 도를 휘두르며 자신에게 달려드는 소천을 베어버리려 했지만, 갑자기 소천의 신형이 하늘로 솟구쳐 오르자 자신도 모르게 고개를 들고 말았다.

하지만 그것은 소천의 빠른 움직임이 만들어낸 잔상과도 같은 것이었다.

고개를 들어 본 하늘에는 소천의 모습이 보이지 않았고, 목줄기에 차가운 느낌이 들자 소름이 온몸을 덮었다.

"헉!"

"죽어라!"

"끄아악!"

목줄기를 움켜잡은 소천이 차가운 목소리로 말하곤 그대로 흡성대법을 시전하자 그는 비명을 내지를 수밖에 없었다.

그리고 점점 사라져 가는 내력에 죽음이란 공포가 온몸을 지배했는데, 그때 날카로운 예기가 그들을 향해 빠른 속도로 쇄도해 들어왔다.

"합!"

날카로운 기운이 자신을 향해 날아오는 것을 느낀 소천이 급히 그자의 목줄기를 잡고 있던 손을 놓고는 뒤로 몸을 날려 간신히 그 기운을 피할 수 있었다.

"누구냐!"

소천이 예기가 날아온 방향을 향해 소리치자 다음 순간 세 명의 인영이 그의 앞에 모습을 드러내었다.

"예쁘게 생긴 아이가 흡성대법이라니 그러면 안 돼요."

가장 선두에 서 있던 여인이 손가락을 들어서는 저어 보이며 마치 장난치던 아이에게 그런 것을 하면 안 된다는 표정으로 말을 했지만, 소천은 그런 모습에도 긴장을 감출 수가 없었다.

자신을 향해 날아왔던 예기가 그녀의 검에서 뻗어 나온 것임을 느낄 수 있었기 때문이다.

그녀의 뒤에 있던 두 남자 중 쌍도를 차고 있던 이는 소천에게 당하고 있던 흑룡회 두목에게 다가가서는 낮은 음성으로 물었다.

"하오문의 문도인가?"

"아… 예… 금아현을 담당하고 있는 흑룡회의 회주입니다."

"흑룡회라……."

이들 앞에 나타난 이는 바로 장천 일행이었는데, 흑룡회 두목에게 다가가 그의 소속을 물어본 이는 바로 오승이었다.

흡성대법을 시전하던 꼬마 녀석에게 당하던 자들의 모습으로 보아 하류잡배들이라는 것을 안 오승은 그들이 하오문의 문도가 아닐까 생각하며 물어본 것이다.

골목 한쪽에 꼬마보다 나이가 좀 많은 듯한 여아가 떨고 있는 모습을 확인한 오승은 이자들이 무슨 짓을 벌이다 이리됐는지 알고는 미간을 찌푸리며 흑룡회 회주란 자의 귀를 잡고는 들어 올렸다.

"끄악!"

"네 녀석 꼴을 보아하니 무슨 짓을 하려 했는지 잘 알겠구나."

하오문은 강호의 하류들이 모여 만들어진 문파라 하지만 그 나름대로의 규칙이 있었는데, 그건 장사치들에게 보호세를 받는 하류잡배라 할지라도 길 가는 행인에게 함부로 손을 대서는 안 된다는 것이었다.

만약 힘없는 백성들을 괴롭힌다면 일개 산적들과 무슨 차이가 있겠는가? 물론 보이지 않는 곳에서 이러한 일들이 다반사로 일어나기는 하지만, 하오문의 소문주였던 자신의 눈에 띈 일이니 그가 흑룡회의 두목에게 벌을 내리는 것은 당연한 일이었다.

한편 민예는 자신을 노려보고 있는 소천을 향해 방긋 미소를 짓고 있었는데, 그녀에게는 흡성대법이란 것은 그저 무공의 하나로 느껴지고 있었을 뿐인지라 소천이 귀엽게 생긴 꼬마로밖에 보이지 않았던 것이다.

그녀의 뒤에 있던 장천은 흡성대법을 시전하고 있던 꼬마에게서 알지 못할 친밀감이 느껴져 천천히 아이에게 다가가서는 낮은 목소리로 물었다.

"쌍도문의 아이냐, 아니면 홍련교의 교도이냐?"

"……!"

그의 물음에 소천은 크게 놀랄 수밖에 없었지만, 장천이 이렇게 묻는 것은 당연한 일이었다.

현재 흡성대법의 요결을 가지고 있는 무리들은 장천이 속한 비도문과 구궁이 문주로 있는 쌍도문, 그리고 홍련교, 이렇게 셋뿐이었다.

그중 비도문은 흡성대법의 결점 때문에 단순히 무서관에 보관만 할 뿐 이것을 익힌 자가 없었기에 당연히 구궁이나 홍련교 중의 하나였다.

장천의 물음에 소천은 긴장할 수밖에 없었는데, 한참을 생각하던 그는 천천히 장천의 말에 답했다.

"호, 홍련교의 교도입니다."

소천이 홍련교 교도라는 말에 잠시간 아이를 보던 장천은 다시 물어보았다.

"네 아버지는 누구를 따르고 있었더냐?"

"예… 그, 그것은 말씀드릴 수 없습니다."

소천은 당장 누구를 언급할 수 없는지라 말해 줄 수 없다 했지만 장천은 아이가 구시독인을 따르던 자의 자식이 아닐까 하는 생각이 들었다.

홍련교도는 명예 때문이라 할지라도 자신의 소속을 숨기는 일이 드물었는데, 불괴대제의 수하들은 참수를 면치 못한 것을 알고 있기에 구시독인 쪽의 아이가 아닐까 생각한 것이다.

불괴대제와는 달리 구시독인의 수하 중에는 교를 떠나 은거한 자들이 꽤 있었기 때문이다.

그런 때문에 장천은 고개를 끄덕이고는 천천히 걸음을 옮겼고, 그가 다가오자 소천은 크게 긴장할 수밖에 없었다.

하지만 장천이 향한 곳은 뒤에 있던 화란 쪽이었다.

장천은 놀란 표정으로 주저앉아 있는 화란을 일으켜 주고는 그 아이의 몸에 진기를 불어넣어 주었다.

몸을 살펴보니 무공을 모르는 아이인지라 지금의 일에 크게 놀랐다는 것을 알 수 있었다.

잠시 후 화란이 놀란 가슴을 진정시키자 장천이 인자한 목소리로 화란에게 물었다.

"저 아이는 너의 동생이더냐?"

"아! 예, 전 누이인 화민이라 하옵고 저 아이는 동생인 화명이라 하옵니다."

화란은 아직 장천들의 정체를 모르는 상태인지라 진짜 이름을 밝힐 수 없어 가명을 대었는데, 그것을 알지 못하는 장천은 고개를 끄덕였다.

"흡성대법은 상대의 진기를 자신의 것으로 하여 급속히 내력을 늘릴 수는 있으나 후에 이종의 진기가 충돌하여 주화입마할 수 있는 무공인데, 왜 이것을 익혔느냐?"

"그, 그것은… 한시라도 빨리 원수를 갚기 위해……."

화란이 장천의 물음에 떨리는 목소리로 대답하자 장천은 이 아이들이 구시독인을 따르던 자의 후예임을 의심하지 않았다.

그런 생각에 장천은 화란을 토닥여 주고는 소천에게 다가가서는 말했다.

"계속 흡성대법을 익힐 생각이더냐?"

"그, 그것이……."

"어디 본좌에게 한 수 재간을 펼쳐 보려무나. 흡성대법을 사용해도 무방하다."

장천의 말에 소천은 당황할 수밖에 없었다.

상대의 정체가 누구인지도 모르는 상황에서 자신에게 덤벼보라고 말하니 어찌 당황하지 않겠는가.

그저 마교의 인물 중 하나라는 것을 예측할 수는 있었지만, 뭐 하는 사람이고 그가 왜 자신을 이렇게 대하는지 알 수가 없었다.

또 마교의 무공이라고는 어머니가 거의 알려주지 않은 탓에 알고 있는 것이 전무하다고 할 수 있었기에 무당면장 외에 상대를 공격할 방법을 알지 못했다. 하지만 물러설 수는 없는 일인지라 소천은 그를 보며 말했다.

"선배님이 누구이신지 모르겠으나 미숙하지만 한 수 청하도록 하겠습니다."

"음……."

공손하게 말하는 소천을 보며 장천은 미소를 지었다. 자질이 뛰어나 보이는 데다가 어린 나이에도 불구하고 무인으로서의 선배에 대한 예우까지 바르기 때문이었다.

소천이 포권을 한 후 향해 무당면장의 자세를 잡자 장천은 의외라 생각했다. 하나 정체를 숨기기 위해 정파의 무공을 배울 수도 있었기에 그러려니 생각하고 아이를 보며 말했다.

"선배로서 세 수를 양보할 터이니 공격해 보아라."

"그럼 실례하겠습니다. 하압!"

소천이 고개를 끄덕임과 동시에 몸을 날렸고, 빠른 속도로 장천의 앞으로 쇄도해 들어와서는 무당면장을 시전했다.

무당면장은 무당에서도 상승의 장법에 속한 것으로 무당과 무학의 정수가 담긴 것이라 할 수 있었다.

소천의 팔이 크게 회전하는가 싶더니 어느 사이엔가 작은 손에서 일렁이는 장영이 장천의 복부를 향해 밀려들어 왔다.

부드러우면서도 그 이면에는 강맹함마저 섞여 있는 것이 무당면장이었기에 소천의 장영에는 강한 기운이 서려 있었는데, 장천은 뒷짐을 진 자세로 가볍게 몸을 돌려 소천의 공격을 피했다.

"합!"

장천이 자신의 일장을 몸을 돌려 피하자 소천 역시 몸을 돌림과 동시에 왼손으로 다시 일장을 날렸다. 하지만 그 순간 소천은 발이 엇갈리고 말았는데, 제대로 된 보법을 연성하지 못한 탓에 상대의 움직임에 반응하는 것이 미흡했던 것이다.

"쯧쯧."

그 모습을 본 장천은 혀를 차고 말았는데, 무당면장 자체에는 상당한 위력을 보였지만 보법이 받쳐 주지 못하여 그 위력의 태반이 흩어지고 장공의 방향 또한 일률적이었기 때문이다.

또 장법에는 어딘가 모르게 흐트러지는 것이 완전하지 못한 무공을 익힌 모습을 보이고 있었다.

"장(掌)은 무당의 흐름을 따르나 보(步)는 흐름을 따르지 못하고, 상체와 하체의 균형이 맞지 않으니 무당면장의 무리를 반도 따르지 못하였구나."

장천이 자신의 무공에 대해서 문제점을 지적해 주고 있다는 것을 안 소천은 그의 말을 이해할 수 있었지만, 구궁이 가르쳐 준 무공 중 제대로 된 것이 거의 없는지라 한숨밖에 나오지 않았다.

구궁이 자신에게 건네준 무당면장은 일장의 위력만 있을 뿐 곳곳에 일부러 바꾸어놓은 것이 많아 제대로 된 무공을 펼치기가 어려웠던 것이다.

그 자신이 알고 있는 무공으로 이러한 결점을 보완하고는 있었지만 아직 무학에 대한 지식이 부족했기에 완전한 무공을 만드는 것은 어려웠다.

해서 이러한 문제점을 장천이 지적해 주어도 소천은 어떻게 해결해야 할지 막막할 뿐이었다.

흐트러진 보법을 바로잡은 소천은 다시 장천을 향해 공격을 들어갔지만 또다시 장천의 빠른 위치 변화에 제대로 적응하지 못하고 발이 엉켜 버려 답답함은 더욱 가중될 뿐이었다.

이렇게 실수만을 연발하며 삼 초식이 끝나자 장천은 뒷짐을 지고 있던 손을 풀어 몸을 날리는 소천을 향해 가볍게 일장을 내질렀다.

장천의 일장에는 일성도 되지 않은 공력만이 실렸을 뿐이지만, 장력에는 소천처럼 진기가 흩어져 나가는 일은 없었기에 그 위력은 소천의 장력보다 몇 배나 강한 위력을 보이고 있었다.

"헉!"

자신을 향해 날아오는 일장을 보며 급히 뒤로 물러서는 소천은 왼발을 박차고 몸을 옆으로 틀었지만 장천의 장영은 소천의 움직임을 그대로 따라 움직였기에 흐트러진 발이 멈추었을 때 장천의 손바닥은 소천의 얼굴 앞에서 멈추어져 있었다.

소천과 장천의 무공의 차이라는 것은 이미 하늘과 땅의 차이라 하더라도 이상할 것이 없었는지라 자신의 눈을 가리고 있는 장천의 손바닥을 보며 소천은 상대에 대한 두려움보다는 허망함을 떠올릴 뿐이었다.

온 힘을 다하여 세 번의 초식을 시전했음에도 장천의 옷깃 하나 스치지 못했는데, 상대는 마치 장난같이 가볍게 일장을 뻗었는데도 자신이 손 하나 쓰지 못하고 당했기 때문이다.

"다시 겨루어보겠느냐?"

"예, 다시 한 번 부탁드립니다."

소천은 고개를 끄덕이며 자세를 잡았다. 지금과 같은 대결은 무림 초출인 소천에게는 상당히 이득이 되는 일이기 때문이다.

또 이번에는 그에게 제대로 된 공격이라도 한 번 해봐야겠다는 오기도 있었는데, 장천은 그러한 소천의 심정을 잘 이해하고 낮은 목소리로 말했다.

"이번에는 본좌가 먼저 선공을 하마."

그와 함께 장천이 소맷자락을 휘두르자 강한 바람이 일렁였고, 소천은 그 힘을 이겨내지 못하고 다섯 발자국이나 뒤로 물러서고 말았다.

소천이 뒤로 밀려나자 장천은 가볍게 걸음을 옮겨서는 경쾌한 발걸음으로 아이에게 다가가 가볍게 일장을 내질렀다.

방금 전과 다른 것이 있다면 이번에 장천의 초식에는 한 올의 내력도 실려 있지 않고 단순히 초식의 흐름에 따라 움직인다는 것이었다.

일장이 전혀 변화없이 일직선으로 뻗어오자 소천은 무당면장을 사용하여 그의 장을 옆으로 흘림과 동시에 몸을 돌려 내력을 돋워 쌍장을 내질렀다. 상대의 이번 공격은 단순히 장을 내지르는 것에 지나지 않았기에 그 일장을 흘리는 것은 쉬운 일이었다.

소천의 쌍장이 자신의 복부를 향해 밀려오자 장천은 가볍게 소매를 휘둘러 쌍장을 옆으로 흘린 후 몸을 낮추어 오른발을 휘둘러서는 소천의 다리를 공격했고, 이에 소천은 다리의 중심 축이 크게 흔들리며 땅에 쓰러져 엉덩방아를 찧고 말았다.

"끅!"

자신도 모르게 신음 소리를 낸 소천이지만, 이대로 끝내고 싶은 마음은 없었기에 그 자세에서 몸을 크게 회전시켜 두 다리로 장천의 턱을 향해 마치 물구나무와 같은 자세로 공격해 들어갔다.

소천이 무당면장에만 정신을 쏟던 것과는 다른 반응을 보이자 이 임기응변의 공격에 장천의 입가에는 미소가 흘렀다.

보통 무공을 익힌 사람은 자신의 무학에 정신이 팔려 간단한 임기응변조차 행하지 못하고 그저 형에만 정신이 팔려 있는 경우가 많았는데, 소천은 단숨에 그 과정을 이해했기 때문이다.

턱을 향해 솟구쳐 오르는 소천의 다리를 보며 장천은 다시 오른발을 돌려 가볍게 그의 옆구리를 찼고, 이에 소천의 몸은 그의 일각에 튕겨져서는 옆으로 날아갔다.

하지만 다행히도 장천의 일각에는 부드러운 공력이 실려 있는지라 일 장 정도를 튕겨져 나갔지만 소천의 몸에는 전혀 타격이 없었다.

"재밌는 아이로구나. 화명이라 했느냐?"

"예."

"본좌는 홍련교 십이사도 중 한 사람인 두형이라 한다. 과거 구시독인의 제자이자 같은 십이사도인 동방명언과 친분이 있으니 너와 연이 있다 할 수 있다. 네가 원한다면 본좌가 알고 있는 무공 몇 수를 전수할 터인데, 어찌하겠느냐?"

장천은 소천의 심성과 자질이 마음에 들어 홍련교에서의 가명이었던 두형이란 이름으로 아이에게 제안을 했는데, 소천은 그와 같은 고수가 자신에게 무공을 가르쳐 주겠다는 말에 당장이라도 따르겠다고 말하고 싶었다.

하지만 화란을 혼자 버려두고 갈 수 없는지라 망설일 수밖에 없었는데, 그것을 안 장천은 고개를 끄덕이며 말했다.

"물론 너의 누이도 같이 동행할 것이다."

"사부님께 화명이 구배지례를 올리겠습니다."

그 말에 소천은 그에게 구배지례를 올리려 했는데, 그 순간 부드러운 기운이 그의 몸을 감싸자 몸은 그 이상 숙여지지 않았다.

"본좌가 연이 있어 너에게 몇 수의 무학을 전수하려 하나 너의 사부가 되기에는 그 연이 부족한 듯하구나."

"…알겠습니다."

장천이 사부의 연을 거부하자 소천은 조금 아쉬운 생각이 들었다. 그의 무공이 어느 정도 되는지는 알 수 없었으나 한 수 한 수에는 자신이 엄습할 수 없는 기운이 가득했기에 그에게 무공을 배운다 하여 크게 기뻐했기 때문이다.

소천이 자신에게 무공을 배우겠다고 하자 장천은 천천히 아이에게 다가가서는 말했다.

"너의 내력은 어느 정도가 되느냐?"

"흡성대법으로 몇 명의 내력을 흡수하여 일 갑자에 약간 못 미치는 것으로 알고 있습니다."

"일 갑자?!"

소천의 대답에 놀란 것은 뒤에 서 있던 민예였는데, 영약을 복용하고 상승심법을 익힌 그녀도 이제 겨우 사십 년 정도의 내력만을 가지고 있었기 때문이다.

"흡성대법으로 얻은 내력일 것은 분명한데, 조금 많구나."

하지만 장천은 그 내력이 많음에 미간을 찌푸릴 수밖에 없었다. 아이의 내력이 많다 함은 그동안 흡성대법으로 희생된 사람이 꽤 된다는 소리였기 때문이다.

"알고 있습니다. 하지만 제가 흡성대법을 사용한 자치고 선한 사람은 없었습니다. 모두 저희 두 사람의 목숨을 노린 이들이었으니까요."

"음……."

장천은 아이의 말이 사실이라면 탓할 수는 없다 생각했다. 아이의 무공 정도를 보아 흡성대법이라도 없었다면 살아남기 어려웠을 것이 분명했다.

"알겠다. 하나 흡성대법은 그 사악함도 사악함이지만 이종의 진기가 서로 뒤섞여 후에 주화입마에 빠질 위험이 크니 더 이상 사용해서는 안 될 것이다."

"예."

"너에게 두 가지의 선택을 할 수 있는 기회가 있다. 너의 몸속에 있는 기운을 모두 버리고 다른 심법을 익혀 내공을 쌓는 방법과 네 몸에 흐르는 이종의 진기를 특수한 심법으로 정순한 내공으로 바꾸는 방법이다. 첫 번째는 정순한 내공을 익혀 올바른 무학으로 들어설 수 있으나 지금 네가 이루고 있는 내력에 이르려면 많은 시간이 필요하고, 두 번째는 네가 가지고 있는 내력을 유지할 수 있지만 제대로 익히지 못하면 또 다른 이종의 진기가 생겨 주화입마할 수 있는 위험이 있다."

장천의 말에 소천은 잠시 생각에 잠겼다. 솔직히 자신의 몸속에 있는 진기를 버리고 그가 가르쳐 주는 새로운 심법을 익히고 싶은 마음이 없지 않았지만, 지금 그에게는 화란을 보호하는 것과 함께 구궁의 손에 잡혀 있는 어머니를 구출하는 일도 있었기에 일 갑자에 가까운 내공을 버릴 수가 없었다.

하루 빨리 무공의 고수가 되어야 했기에 주화입마의 위험은 있지만 두 번째 방법을 선택하기로 했다.

"두 번째 방법으로 하겠습니다."

"음… 네가 그것으로 정했다면 본좌는 너의 몸속에 흐르는 이종의 진기를 하나로 합일할 수 있는 심법을 전수하도록 하겠다."

　이렇게 해서 소천은 자신의 아버지이지만 아버지라 알지 못하고 있는 장천에게서 상승의 무공을 익힐 수 있게 되었으니, 운명의 장난이라고밖에 말할 수 없는 일이었다.

　만약 소천이 자신의 내공을 모두 버리고 또 다른 심법을 익히겠다고 했다면 장천은 그에게 홍련교의 상승심법을 가르치리라 생각하고 있었다.

　구시독인의 후예인만큼 홍련교의 무학을 익히게 하여 동방명언에게 보내 그의 제자가 되게 할 생각이었는데, 소천은 두 번째의 선택을 했는지라 장천은 자신이 알고 있는 무학 중 기를 정순할 수 있게 하는 심법인 태극일기공을 전수하기로 했다.

　태극일기공은 내공을 늘리는 것에는 효능이 그리 없었지만, 내공을 정순하게 하는 데 무림의 어떠한 심법보다 뛰어났기 때문이다.

　물론 홍련교의 교주였던 구양생의 무천무급에서 보완한 태극일기공이라면 내공을 익히는 것에도 상당히 도움이 되기는 했지만, 장천은 그것을 무급으로 남겨 아들이 익힐 수 있게끔 숨겨놓았기에 소천에게는 가르쳐 주지 않고 기문숙에게 익혔던 심법만을 전수했던 것이다.

　장천은 소천, 화란과 함께 금아현에 머물며 오승더러 패도 유웅에게 연락을 보내라 하는 한편 두 사람에게 본격적으로 무공을 전수하기 시작했다.

　물론 그것은 객잔 안의 좁은 공간에서였지만, 단순히 심법만을 전수하고 있는 상태였기에 그리 큰 문제는 되지 않았다.

　소천에게는 쌍도문의 무학이라 할 수 있는 태극일기공을, 화란에게는 민예가 익히고 있는 선도공을 익히게 했다. 화란은 내공이 존재하지 않았기에 선도공을 익히는 것에는 문제가 없었지만, 흡성대법으로 이종의 진기가 뒤섞여 있는 소천에게는 상당히 힘든 나날이 계속되었다.

흡성대법으로 취한 이종의 진기는 일 갑자에 이르는 동안 더욱 심하게 변화하고 있었기에 태극일기공으로 하나의 정순한 진기로 바꾸는 작업은 그리 쉽지 않았던 것이다.

일주일 동안 소천은 심법을 운용하며 무려 열다섯 번이나 주화입마의 위기를 겪었으나 다행히 장천이라는 천하제일고수가 뒤에서 도와준 덕에 주화입마에서는 벗어날 수 있었다.

그렇게 일주일의 시간이 흐르자 오승은 패도 유웅과 장천이 만날 약속을 정하게 되었는데, 그날은 지금까지 오 년간 봉문을 해왔던 구파일방을 비롯한 무림의 명문정파들이 오랜 봉문을 깨고 드디어 무림에 발을 내딛는 날이었다.

제61장
낙천산장의 혈투

구파일방을 비롯한 무림의 명문정파들이 모두 봉문을 깨고 무림에 나선다는 소문이 강호에 퍼지자 가장 바쁘게 움직이는 것은 비도문이었다.

이미 강남의 패권을 장악하고 있었던 비도문은 중심 세력이라 할 수 있는 음귀단을 열 개로 나누어 강남의 요지에 배치함으로써 이후의 강북의 움직임에 대비했다.

지난 오 년간 비도문은 소장하고 있던 구파일방이나 명문정파들의 무서 사본을 강남의 중소문파들에게 보냄으로써 구파일방의 힘에 대항할 수 있는 세력을 키워 나갔다.

그 때문에 구파일방의 무공은 무림 전체에 퍼졌다고 해도 과언이 아니었다.

물론 각 명문정파들이 자랑하고 있는 비전절기만은 비도문 역시 감추고 있었는데, 그것은 새롭게 키우고 있는 전귀단에게 주어 무인들이 봉문을 깨고 나올 무림명문의 무사들에게 대항하기 위해서였다.

음귀단이 강북의 무리들에 대항하기 위해 강남의 요지로 떠나자 비도문은 이제 한적하기까지 했다.

비도문 문주의 전각 서쪽에는 비도문의 비림이라고까지 불리고 있는 대나무 밭이 있고 그 죽림 깊숙이 들어가면 하나의 작은 오두막이 있었다.

이 작은 오두막에는 두 명의 노소가 거처하고 있었는데, 한 달에 한 번 정기적으로 음식과 물품을 전해주는 것 외에는 이곳에 드나드는 이들은 거의 전무했다.

작은 오두막 안에서는 열세 살 정도의 어린아이가 침상에 누워 있는 노인을 간병하고 있었다.

아이는 정성스레 달인 탕약을 조심스럽게 들어서는 탁자에 내려놓은 후 얼굴색이 극히 좋지 않은 노인의 앞에 가서 공손히 말했다.

"어르신, 약 드실 시간입니다."

노인이 천천히 눈을 뜨고는 힘들게 몸을 일으키자 아이는 급히 노인을 부축해서는 침상의 끄트머리에 기대앉게 했다.

노인이 자리에 앉자 아이는 조심스럽게 탕약이 담긴 그릇을 건네주었고, 그는 힘겹게 그릇을 들어 마시고는 길게 숨을 내쉬며 말했다.

"구파일방의 봉문이 풀리는 날이 아니더냐?"

"그렇습니다. 이미 본 문의 음귀단 무사들이 문파를 떠난 지가 열흘이나 되었습니다."

"문주는?"

"문주께서는 벌써 반년 전에 문파를 나선 상태이십니다."

"반년 전에?"

"예. 무슨 일로 나가셨는지는 알 수 없사오나 그 일로 하 장로님께서 걱정하시는 것을 본 적이 있습니다."

아이의 말에 그는 잠시 생각에 잠겼다.

'하노가 걱정한다면 그의 계획에 있지 않은 일이라는 것인데, 무슨 일인지 모르겠구나.'

하노. 비도문에서 최고령 장로인 그의 이름을 부를 수 있는 사람은 단 한 사람뿐이었으니, 그는 바로 강호에 혈비도 무랑이라 알려져 있던 장춘일이었다.

"원하든 원하지 않든 강호는 이제 혈하로 대지가 범람할 듯하구나."

"본 문에서 기다리고 있던 일이 아니었습니까?"

시동이 조심스럽게 말하자 그는 아이를 잠시 부드럽게 응시하고는 다시 자리에 누우며 말했다.

"본 문이 원하던 일이라……."

어쩌면 이 싸움은 비도문은 물론이요 강호의 어떠한 문파도 원하지 않을 싸움일 수도 있었다.

과연 누구를 위하여 흘려질 피인지 많은 것에 관계되어 왔던 장춘일로선 무어라 확답을 내릴 수 없었다.

그저 안타까운 과거에 대한 불행한 일이라 생각되어질 뿐이었다.

산서 금아현에 머물고 있는 장천은 오승의 도움으로 장춘삼의 의형제인 패도 유웅과의 연락이 닿을 수 있었기에 다음날 그와 만날 것을 약속하며 금아현의 객잔에 머물렀다.

그의 주위에는 장천에게 무공을 배우고 있는 화란과 화명, 아니, 그의 자식과 며느리가 머물러 있었으니, 아이들은 장천이 말해 주는 무공의 무리를 하나라도 잊어버리지 않으려는 듯 초롱초롱한 눈으로 그를 바라보고 있었다.

"현세의 무공은 과거 수렵을 위한 수단에서 변질되어 이제 사람을 상대로 하는 무공으로 바뀌었다."

"사람을 상대로 하는 무공이요?"

소천이 이해하지 못하고 되묻자 장천은 자신이 알고 있는 무공을 생각하며 아이에게 설명해 주었다.

"그래. 너는 화산파의 이십사수 매화검법에 대해 들어보았느냐?"

"예. 화산파가 자랑하는 상승검법으로 극성으로 익힌다면 스물네 송이의 매화가 허공에 수놓아지듯 그려지며, 시전하는 사람에게서는 매화 향기마저 난다고 들었습니다. 그런 이유로 화산파 이십사수 매화검법을 십이성 익힌 사람은 검향의 고수라 말하기도 합니다."

"그래, 네 말이 맞다. 그런데 생각을 해보아라. 화산파의 검법은 환검으로 허공에 매화가 그려지고 검에서 화향이 흐른다. 하지만 그것은 인간을 상대로 할 때나 상대를 현혹시키며 허점을 노리는 것이지 늑대나 호랑이와 같은 것을 상대로 하여 무슨 소용이 있겠느냐?"

장천의 말대로 확실히 검향의 경지에 오른 자에게 맹수 같은 것은 그저 한 번의 손짓으로 잡을 수 있는 일. 무공이란 그의 말대로 사람을 상대로 하는 수법이라 할 수 있었다.

"그렇군요."

"그런 무공에 정진한다면 네 자질이면 충분히 절정에 달하는 고수가 될 수 있을 것이다. 하지만 네가 무의 끝을 보려 하거나 천하제일인이 되고자 한다면 그러한 무리로선 절대 불가능한 일이다."

"아!"

"네가 진정한 무에 대해서 알고자 한다면 사람의 눈을 속이는 무공에는 눈을 돌리지 말거라. 네가 익힌 흡성대법은 이종의 진기에 의한 문제가 아니라면 천하제일무공이라 할 수 있지만, 애석하게도 만일 그 문제가 아니라 할지라도 흡성대법으론 넌 진정한 무를 알 수 없을 것이다."

"내공이 높고, 높은 무공을 익히면 무성의 경지에 도달할 수 있는 것이 아닌가요?"

확실히 현재의 후기지수는 그저 상승의 무공과 함께 영약이나 뛰어난 심법으로 높은 내공을 익히면 최고가 된다고 생각하는 경우가 많았기에 소천 역시 그렇게 생각하고 있는 듯했다.

"글쎄, 그것은 내가 답해주지 않을 생각이다."

"왜요?"

"네가 알고 있을지 모르겠지만, 너는 다른 이들보다 근골이 뛰어나 무공을 익히기에 적합한지라 다른 이들보다 더 큰 그릇을 지니고 있다 할 수 있다."

"더 큰 그릇이오?"

"그래. 하지만 그것으로 인해 진정한 무리를 이해하는 것을 방해받게 될 것이다."

"방해받는다고요?"

장천의 말을 소천은 이해할 수가 없었다. 뛰어난 무골을 지녔다면 어느 누구보다 무공의 이치를 더 빨리 이해할 수 있는 것이 아닌가 생각했기 때문이다.

"무를 익히는 자에게 뛰어난 병기는 자신의 실력을 배가시킬 수 있지만, 어느 정도 경지에 이르면 검이 날카로운 만큼 그 자신이 무디어지는 우를 범할 수 있다. 화명, 만일 수십 년을 날카로운 병기에 익숙해 있던 자가 만일 그것이 사라진다면 어찌 되겠느냐?"

"……."

"훗날 명검에 연연했던 자는 보통의 검을 쥐었을 때 자신의 손이 무디어진 검을 따를 수 없음에 한탄하게 될 것이다. 그리고 그는 명검에 의해 고수가 되었을지 모르지만 보통의 검으로는 보통의 무사가 될 수밖에 없는 것이다. 화명, 잘 듣거라. 네 몸이 무공을 익히기에 최고의 신체일지 모르지만, 넌 쉽게 무공을 익히고 쉽게 상대를 이길 수 있음에 취하여 무에 대한 공부가 소홀해질 수도 있을 것이다. 넌 오늘 내가 한 말을 가슴에 새기고 자신이 보통 사람과 다르지 않다는 생각으로 무를 익히고 그것을 발전시켜 나가야 할 것이다."

"알겠습니다."

"사람의 눈을 속이는 것도 그와 같은 것이니, 넌 오늘 내가 말해 준 것을 생각해 보고 그것을 깨달았을 때 말하거라."

"예."

수업이 끝나자 장천은 미소 지으며 아이에게 나가 수련을 하라 말했고, 소천은 공손히 인사를 하고는 밖으로 나갔다.

소천이 나가자 오승이 기다렸다는 듯이 안으로 들어와 장천의 앞으로 와서는 조용히 말했다.

"말씀하시던 것을 조사해 보았습니다."

"말해 보시게."

"일단은 화명과 화란이 홍련교 출신이 아닌 것은 확실합니다."

"음……."

장천이 오승에게 부탁했던 일은 바로 자신이 제자로 받아들인 화명과 화란에 대한 일이었다. 그는 화명에게 무공을 전수하던 중 그 아이가 자신과 같은 천무성골이라는 것을 알 수 있었기에 혹시나 하는 생각에 오승에게 두 아이에 대해서 조사를 부탁했던 것이다.

혹시 자신의 아들이 아닐까 하는 생각에서였는데, 오승은 그에게 일말의 희망이 있는 보고를 해준 것이다.

"그렇다면……."

"예. 확실히 사형의 아들일 확률도 있지만, 그것도 확실하다고는 할 수 없습니다. 홍련교나 구궁 측에서도 그 아이를 본 적이 없다 하니 우연히 그러한 무골을 타고난 아이일 수도 있습니다. 천무성골이라 하는 것이 사형의 가문에서만 직전되는 것도 아니니까요."

오승은 화명과 화란에 대해서 조사하기 전 장천에게서 자세한 이야기를 들었기에 그가 무림에서 보기 힘든 천무성골을 타고났으며 그것이 비도문 종가의 혈통으로 이어지는 것임을 알고 있었다.

"음……."

장천이 생각에 잠기자 오승은 그에게 자신이 생각하는 바를 말했다.

"제 생각에는 화명에게 넌지시 물어보는 것이 어떨까 합니다."

"음."

"사형의 아들이 확실하다면 전혀 문제될 것이 없지 않습니까?"

확실히 장천이 화명에게 소천이란 이름을 넌지시 띄워본다면 아들인지 아닌지를 알 수 있겠지만, 그로선 구궁이란 자의 존재 때문에 그것이 여의치 않았다.

지금의 상황에서 구궁이 자신의 아들을 밖으로 내보낼 리가 없었고, 그와 같은 자가 아들을 인질로 잡아두는 데 경계를 소홀히 할 리 없었기 때문이다.

자신이 알고 있는 화명은 흡성대법을 익히기는 했지만 무공의 초식이나 내력의 운용은 삼류무사보다 떨어지는지라 그 정도의 실력으로 구궁의 감시망을 빠져나오는 것은 불가능한 일이었기 때문이다.

거기에다 구궁이라면 충분히 자신이 천무성골임을 알고 그와 같은 신체를 지닌 아이를 포섭하여 아들로 위장시킨 후 함정에 빠뜨릴 위인인지라 그것 역시 간과할 수 없었다.

그리고 또 하나의 문제라면 화명과 같이 있는 그의 누이인 화란이라는 존재였다.

그 아이를 처음 보았을 때 내공을 하나도 가지지 않은 것을 알 수 있었지만, 계속 관찰해 보니 무공을 익히지 않은 것은 아니었기 때문이다.

내공이 없다 하나 무공을 익힌 자는 확연히 다른 것이 있어 몸가짐과 걸음걸이가 각 무공에 따라 차이점을 보인다.

장천이 보는 화란은 확실히 무공을 익혔었고, 자신도 알지 못하는 사이에 보이는 손놀림에는 그가 잘 알고 있는 무공인 홍련교의 화련십팔검의 초식이 서려 있는지라 그의 머리를 더욱 복잡하게 하고 있었다.

만일 구시독인의 후인이라면 문제될 것은 없지만, 홍련교 출신도 아닌지라 화란이 어디에서 홍련십팔검을 익혔는지 의문이었다.

화란이 구궁의 딸로 어린 장천과 강제로 성혼시킨 것을 알지 못하는 장천으로선 두 아이가 부부라는 것을 짐작조차 하지 못하니 자신의 아들이라 생각되는 아이를 보면서도 물어보지도 못하고 그저 속내만 앓을 뿐이었다.

만약 자신이 그것을 물어 화명이 자신을 소천이라고 밝힌다면 그것을 아무런 의심도 없이 믿을 것인가 하는 문제에 대해서는 그 역시 장담할 수 없었다.

하나 그것이 구궁의 간계라고 할지라도 그 아이가 자신을 소천이라고 밝힌다면 장천은 그것으로 좋지 않을까 생각했다.

오랜 시간 떨어져 있어 해준 것이라고는 아무것도 없었기에 일말의 가능성이라도 믿고 아이에게 모든 것을 주고 싶었기 때문이다.

그러나 이내 고개를 젓고 말았는데, 아이를 믿기에는 아직 성급하다는 생각이 들었기에 일단은 화명이라는 이름으로 대하기로 했다.

만약 화명이 자신의 아들이라 하고 그것이 구궁의 간계라면 함정에 빠져 능예마저 위험하게 할 수 있기 때문이다. 현재 두 사람이 안전할 수 있는 것은 그 자신이 건재하기 때문이니, 만일 조금의 문제라도 생긴다면 두 사람의 목숨은 그저 구궁의 손에 좌지우지되는 위태로운 상황이 되기 때문이다.

다음날 장천은 오승이 말해 주었던 장소로 향했다. 그곳은 금아현에서 이십 리 정도 떨어진 곳에 있는 작은 암자였다.

민예를 포함하여 화란과 화명은 오승이 보호하고 있었기에 그의 무공이라면 그리 큰 문제는 없으리라 생각되었다.

기문숙에게 무공을 익힌 그는 웬만한 고수를 상대해도 문제없는 데다가 다수의 무리가 와도 하오문에 속한 그라면 그 정도의 움직임을 쉽게 발견하여 몸을 피할 수 있을 것이기 때문이다.

패도 유웅과 약속했던 암자에 도착한 장천은 발걸음 소리를 죽이고 천천히 안으로 들어갔고, 그곳에서 거대한 패도를 들고 있는 노무사가 서 있는 것을 볼 수 있었다.

처음 장춘삼에 손에서 쌍도문으로 올 때 보았던 모습과 많이 변해 있는지라 장천은 세월이 유수와 같다 생각했다.

그때의 유웅과는 달리 지금 보고 있는 패도 유웅은 세월의 흔적인 듯 백발이 성성하고 얼굴에는 주름이 가득했기 때문이다.

장천은 문으로 들어서서 가볍게 인기척을 내고는 그의 앞으로 가 공손히 인사를 올리며 말했다.

"유 숙부님께 인사 올립니다."

"어서 오시게."

유웅은 인기척과 함께 젊은 남자가 자신에게 다가오자 그 사람이 장천이라는 것을 알고는 만면에 미소를 띠었다.

오랫동안 보지 못했던 조카가 헌헌장부가 되어 나타났으니 기쁜 것은 당연한 일이었고, 이에 장천도 반가운 마음이 들었지만, 지금의 상황이 극히 좋지 않은지라 잘 알고 있었다.

그런 이유로 죄송한 마음에 고개를 숙이고 있는 장천이었는데, 유웅은 준비해 두었던 술병을 들어 자신 앞에 있던 잔에 따라 한 모금 마시고는 장천의 잔에 따라주고는 말했다.

"왜 이리 얼굴 보기가 힘든 것이냐. 자, 이 숙부가 주는 벌주나 한잔 받거라!"

"…예."

장천은 잠시 망설였지만 이내 공손히 대답하고는 잔을 들어 술을 마셨다.

하지만 술을 마시며 장천은 고마움과 섭섭함이 들었다.

장천의 현 위치상 가까이 있는 친인도 믿을 수 없는 것이 사실인지라 유웅이 건네주는 술에 독이 들어 있을 수도 있었다.

그래서 그런 것을 잘 알고 있던 유웅이 먼저 한 모금 마신 후 건네준 것인데, 사실 그가 먼저 시음을 하지 않고 건네주었다 해도 장천은 결코 사양하지 않았을 것이다.

그런 때문에 자신의 믿음을 백부가 몰라주어 섭섭한 것이고, 그러한 것까지 신경 써주는 것이 또 한편으로 고맙고 감사한 것이다.

하지만 장천은 유웅이 연신 따라주는 술을 마시며 오랜만에 시름을 잊기로 했다.

지금의 껄끄러운 상황은 자신이 만든 탓이라 생각했기 때문이다.

술병이 몇 번 더 오간 후 유웅은 크게 대소를 터뜨리고는 하늘을 보며 말했다.

"그 친구가 너와 내가 이렇게 술을 마신다는 것을 알았다면 자신도 끼워달라며 능글맞게 달려들었을 텐데……."

장천은 그가 말하고 있는 사람이 숙부이자 양부인 장춘삼이라는 것을 알 수 있었기에 고개는 점점 더 숙여질 뿐이었다.

한참을 침묵하고 있던 유웅은 길게 한숨을 내쉬고는 장천을 보며 말했다.

"왜 이리 늦게 왔는가?"

"그것이……."

"차라리 오지 않느니만 못하였네."

방금 전과는 달리 힘이 없는 그의 목소리에 장천은 무엇인가 낌새가 좋지 않음을 느꼈다. 자신이 알고 있는 패도 유웅은 결코 이전에 있었던 잘못을 두 번 이상 탓하는 사람이 아니기 때문이다.

방금 전의 벌주로써 자신의 잘못은 모두 상쇄되었다고 해도 이상할 것이 없는 것이 패도 유웅의 성격인지라 장천은 그의 신변에 좋지 않은 일이 벌어졌음을 간파할 수 있었다.

"누구입니까?"

"…손자라네."

"죄송합니다."

손자라는 한마디에 장천은 모든 것을 유추할 수 있었다. 설마 구궁이 그와 같은 정파의 명숙에게까지 손을 뻗으리라고는 생각지도 못했다.

패도 유웅은 산서성 내에서는 어찌 보면 화산파의 명숙보다 더 명망이 있는 인물이다.

무인으로 살아가면서 한 번도 협의에 어긋난 행동을 한 적이 없었고, 지역 내의 모든 일에 자신의 자산을 아끼지 않고 쓰며 사람들을 돕고 있어 무인이 아닌 평범한 사람에게도 크게 대협으로 칭송받고 있는 인물이다.

사파의 무인들조차 감히 패도 유웅에게 쉽게 손을 대지 못했는데 이유는 산서성 내에서 그에게 도움을 받은 이의 수가 헤아릴 수 없을 정도였기 때문이다.

이런 이유로 장천 역시 패도 유웅을 찾아옴에 구궁의 위협이 없으리라 생각했는데, 그가 설마 하니 그의 손자를 미끼로 자신을 끌어들이려 함은 생각하지 못했기 때문이다.

"약해지셨군요."

"나도 이제 늙었나 보네."

과거의 패도 유웅이라면 어떠한 협박에도 굴하지 않고 싸울 사람이었지만, 이제 노년의 나이로 접어들어서인지 과거의 패기는 많이 사라진 듯했다.

물론 그것은 자식을 가진 사람이라면 당연한 일인지라 장천은 그를 탓할 생각은 없었다. 오히려 그에게 이러한 선택을 하게 만든 게 미안할 뿐이었다.

"장소를 말해 주십시오."

"갈 텐가?"

"제 한 목숨 정도는 지켜낼 자신이 있습니다."

"어려울 것이네."

"압니다. 상대가 구궁이라면 그에 맞는 준비를 했을 테니까요."

장천의 말에 고개를 끄덕인 그는 잠시 침묵을 지키고 있다 이윽고 전음을 통해 그에게 말을 전했다.

[만박광인을 찾게. 그는 모든 것을 잘 알고 있는 사람이니, 비학선인과 청개가 자네를 도와줄 것일세.]

장천 역시 그가 어떠한 일을 준비하고 있다는 것쯤은 알고 있었기에 그의 전음에 대답하는 행동 같은 것을 하지 않았다.

"봉명산으로 가게. 그곳의 낡은 장원에서 기다리고 있을 것일세."

"알겠습니다."

[분양 천향루의 금월이란 아이를 만나십시오. 상세한 이야기를 하면 제가 속해 있는 곳에서 도움을 줄 것입니다.]

전음으로 그에게 비도문에게 도움을 받을 수 있게 길을 열어준 장천은 그의 말에 대답을 하고는 자리에서 일어나서는 포권을 하고는 자리를 떠났다.

자신이 이곳에 계속 있는 것이 그에겐 더 위험스러운 일일 수 있기 때문이다.

"봉명산인가……."

그곳으로 가기 전 민예와 두 아이를 안전한 곳으로 보내는 것이 먼저라는 생각에 오승이 말한 곳으로 향했는데, 마을에 도착하기 전 수십의 인영이 자신의 뒤로 붙었다는 것을 알 수 있었다.

그들의 걸음걸이로 살수 조직인 살막의 은살보(隱殺步)라는 것을 알 수 있었다.

몸을 은신하고 기를 감추는 것이 전에 자신을 막았던 구궁의 청살단과 비교해서 전혀 뒤지지 않았다. 하지만 장천에게 있어서는 그저 주위를 귀찮게 날아다니는 파리 떼와 별반 다를 바 없는 자들이었다.

"이제 그만 나오시지!"

마을까지 그들을 끌고 갈 생각이 없는 장천이었기에 걸음을 멈추고 말하자 주위에서 움직이던 자들 중 한 사람이 그의 앞으로 와서는 포권하며 말했다.

"문주님께서 보내셨습니다."

"장소는 알고 있다."

"그곳까지 안전하게 보필하라는 명을 받았는지라, 양해해 주십시오."

그의 말에 장천은 고개를 돌리며 미소를 지어 보였다.

"날 너무 우습게 보는 것 같군."

이에 상대는 안 좋은 기분이 들었는데, 다음 순간 장천이 천천히 손을 들어 올리자 사방에서 파공음과 함께 암기가 소나기 퍼부어지듯 쏟아져 내리기 시작했다.

"헉!"

갑작스러운 상황. 주위에서 쏟아지는 암기에 나타났던 청살단 무사들이 순식간에 한 사람만 남고 모두 죽임을 당했다.

그리고 잠시 후 이들을 처리한 자 중 하나가 유령과 같은 모습으로 나타나 장천의 앞에 무릎을 꿇고는 말했다.

"명하신 대로 귀찮은 파리 떼들을 모두 처리했습니다."

"모두? 한 명이 남지 않았는가?"

장천이 공포에 젖어 앞에 서 있는 자를 보며 말하니, 앞에 있던 자는 다리에 힘이 빠졌는지 자리에 주저앉고 말았다.

"용무가 없으시다면 처리하도록 하겠습니다."

그 말과 함께 유일하게 살아남았던 무사가 갑자기 목을 움켜쥐며 괴로워하면서 쓰러졌으니, 그의 은밀한 손속은 놀라울 뿐이었다.

청살단 무리들을 모두 쓸어버린 이는 바로 비도문에서 은밀하게 조직한 그의 호위대라 할 수 있는 백귀대의 무사들이었다.

모두 백 명의 고수로 구성되어 있는 백귀대는 음귀단 내에서도 자질이 뛰어난 자들만 모아 선출했다.

민예나 오승 역시 이들의 존재조차 알지 못하고 있었다.

장천이 이들의 종적을 느낀 것은 오승이 화명과 화련에 대해서 알아보았을 때부터였다.

구파일방이 봉문을 끝냄과 함께 현재 비도문의 모든 것을 관리하고 있는 하노가 장천의 종적을 알고 이들을 보냈던 것이다.

이들이 나타나자 장천은 지금까지 보여주었던 모습과 다른 모습으로 변해 있었는데, 그의 눈에는 지금까지의 무심함이 아닌 살기가 흐르고 있었다.

"일귀."

"예, 주군!"

"본좌와 녀석의 싸움에 끼어들려는 자들이 있다. 유 대협의 뒤를 밟아 그들을 처리하도록 하거라."

"예."

"이귀와 십귀까지는 본좌를 따르되 함부로 모습을 드러내지 말아라."

"알겠습니다."

"크크크."

드디어 자신이 바라던 모든 것의 시작이라는 생각에 장천은 괴소를 터뜨렸다. 그 모습을 지켜보던 일귀는 모골이 송연해졌다.

백귀대가 다시 모습을 감추자 장천은 아무 일도 없었다는 듯이 일행이 있는 곳으로 걸음을 옮겼고, 약속된 장소에 있던 민예는 장천이 무사히 돌아오자 안도의 한숨을 쉬고 달려와 물었다.

"문주님, 별일없으셨나요?"

"다행히 어르신만을 뵈었을 뿐 아무 일도 없었다."

"휴."

장천의 자상한 말에 민예는 안도의 한숨을 내쉬었으니, 지금의 장천은 마치 어진 아버지와 같은 모습이었다.

과연 백귀대를 만났을 때의 모습은 무엇일까? 알 수 없는 일이었다.

민예에게 화명과 화란을 재우라고 말하고 보낸 장천은 오승을 보며 유웅과 만났던 일을 이야기해 주었다.

모든 이야기를 다 들은 오승은 구궁의 행태가 심히 못마땅할 수밖에 없었다.

"겁도 없이 화산파 문주와 함께 산서의 양대 산맥이라는 유 대협의 손자를 인질로 삼다니, 구궁이란 자도 이번 싸움에 사활을 건 모양입니다."

"확실히 유 숙부님을 건드린 것으로 그는 화산을 포함하여 산서의 무인들과 그와 연이 있는 많은 이들을 적으로 돌린 셈이지만, 나를 죽일 수 있다면 그리 밑지는 장사는 아니겠지."

"그만큼 사형의 비중이 높으니까요."

"자네는 자네의 의형이라는 정 대협과 함께 만박광인을 찾도록 하게."

"만박광인을요?"

갑자기 장천의 입에서 만박광인이 나오자 오승은 다시 되물어볼 수밖에 없었다.

"유 숙부님의 말씀을 들으니 만박광인과 함께 돌아가신 아버지의 의형제이셨던 무당파의 비학선인 백부님과 개방의 청개 숙부님들이 구궁의 간계를 캐내려 하셨던 것 같네. 만박광인이라면 지금쯤 그의 감추어진 이면을 알아내셨을 테니, 자네의 하오문이 도움을 준다면 그의 야욕을 분쇄할 수 있을 걸세."

장천의 말에 오승은 고개를 끄덕이며 그의 의견을 따를 것을 약속했는데, 사실 그에겐 구궁보다 비도문이라는 곳이 더 두렵게 생각되었다.

기문숙에서 무공을 배우며 비도문의 문주인 장천을 사형으로 모시지만, 한때 혈비도 무랑과 함께 현 무림 자체를 말살시키려 했던 비도문이었고, 그 자신 역시 그러한 돌풍에 휩싸인 적이 있는지라 그들에 대한 두려움은 어느 누구보다 크다 할 수 있었다.

물론 자신의 앞에 있는 장천에게선 어떠한 야욕의 징후도 보이지 않았지만, 사람이란 그 속마음을 알 수 없는 것이니 장천에 대한 경계를 하지 않는 것은 아니었다.

장천이 비도문의 다음 행동에 대해서 언질이라도 해준다면 그의 의심이 사라지겠지만, 그는 아무 말도 하지 않고 있으니 과연 구궁을 무너뜨린 후 비도문이 어떠한 자세를 취할까 하는 생각에 오승이 고심하는 것은 당연했다.

다음날, 장천은 오승에게 민예 일행을 부탁한 후 홀로 유웅이 말했던 봉명산으로 향했다.

어떠한 함정이 있을지 모르는 상태에서 무공이 약한 민예와 화명들은 그에게 방해만 되기 때문이다.

봉명산은 그가 머물고 있던 금아현에서 백여 리 떨어진 곳에 위치해 있는 산이지만, 산세가 험해 인적이 드문 곳이기도 했다.

미시 정도쯤에 봉명산에 도착한 장천은 근처 작은 촌락을 발견하고는 장원의 위치를 물어보려 그곳으로 향했다.

하지만 촌락에서는 단 한 사람의 촌민도 발견할 수 없었는데, 얼마 전까지만 해도 사람이 살고 있었던 흔적이 있는지라 장천은 구궁이 이곳 사람들을 다른 곳으로 이주시켰다는 것을 알 수 있었다.

촌락 안으로 계속 걸음을 옮기자 잠시 후 마을의 우물터 앞에서 한 남자가 은색의 창을 꼬나 쥐고 앉아 있는 것을 볼 수 있었다.

"어서 오십시오."

장천의 모습을 확인한 그는 다가와 말했는데, 손질하지 않은 장발을 날리고 있는 장정의 모습은 마치 한 마리의 흑마(黑馬)를 보는 듯했다.

장천은 그자의 걸음걸이가 경쾌하기 그지없었기에 명문가의 자손임을 알아볼 수 있었다.

"예주임가장의 임무헌이라 합니다."

"장천이라 하오."

예주임가는 강호에 큰 명성이 있는 것은 아니지만 창술에 능한 가문으로 무림보다는 관부에 연이 많았다.

명문의 자식이라서일까. 그의 얼굴에는 천하제일고수라 할 수 있는 사람을 앞에 두고도 한 치의 두려움도 보이지 않았는데, 장천은 그의 손에 들려 있는 창을 보며 그 자신감을 이해할 수 있었다.

임무헌의 손에 들려 있는 은색 창이 바로 십대신병 중 하나인 유성신창이었기 때문이다.

열 개의 무기 중 하나만 가지고 있어도 천하제일을 다툴 수 있다고 알려져 있는 십대신병이 고금의 다른 뛰어난 병기와 다른 것이 있다면 그것은 각 신병마다 그 특유의 무공이 존재한다는 것이다.

유성신창의 전 주인이었던 진형 역시 이러한 무공을 익히고 있었다. 하지만 장천은 그의 무공이 완전하지 않았음을 알고 있었다.

사실 유성신창에 존재하는 무공인 음양양의공(陰陽兩意功)을 극성으로 익힌다면 능히 천하제일을 논할 수 있기 때문이었다.

그러한 유성신창이 창의 명문이라 할 수 있는 예주임가의 자손인 임무헌에게 넘어갔으니 명실 공히 천하제일고수라 할 수 있는 자를 앞에 두고도 당당할 수 있는 것은 당연한 일이었다.

"이곳 사람들은 어찌 되었는지 알 수 있겠소? 근래에 사람이 살았던 흔적이 있는데."

혹시나 이곳 사람이 자신으로 인해 해를 당하지 않았을까 하여 물어보자 임무헌은 미소를 지으며 말했다.

"이곳 사람들은 걱정 마십시오. 이미 정의련의 무인들이 안전한 곳으로 모셨습니다."

"음……."

정의련은 구궁을 따르고 있는 정사마의 무리들을 통합시켜 만든 새로운 무림의 연합으로 비도문과 대치하고 있는 세력이었다.

개인적으로는 쌍도문 문주 직을 가지고 있지만 정의련의 부련주 직도 함께 역임하고 있는데, 련주가 그의 부하였던 소림이 노진이라는 것을 감안한다면 구궁이 실질적인 정의련의 주인이라 할 수 있었다.

"안내하시오."

정파 명문가의 자손인 임무헌이 이런 거짓을 말할 리 없다고 생각한 장천은 이내 고개를 끄덕이니, 임무헌은 미소를 지으며 봉명산 쪽으로 걸음을 옮겼다.

봉명산으로 올라가는 길 주위에는 기관진식의 흔적이 남아 있었는데, 이러한 진법 탓에 마을 사람들을 다른 곳으로 떠나게 했다는 것을 알 수 있었다.

봉명산의 진법은 그 정체는 알 수 없었지만 그 형태로 보아 상당한 수준이라는 것을 느낄 수 있었는데, 들어섬에는 진의 영향을 받지 않지만 나갈 때에는 길이 복잡하게 엉켜 있어 빠져나가는 것은 쉽지 않을 듯했다.

물론 기관진식 정도야 장천 자신의 무공으로 하나하나 파훼하며 지날 수 있었기에 이런 것에 두려움은 느끼지 않았다.

반 시진 정도를 오르자 드디어 멀리서 장원의 모습이 보이기 시작했는데, 유웅의 말과는 달리 지은 지 얼마 되지 않은 듯한 곳이었다.

한눈에 보이는 것만으로도 담의 길이가 족히 백 장은 되는 거대한 장원이었는지라, 이러한 장원을 비도문의 눈을 속이며 지었다는 것에 조금 감탄하는 그였다.

담장 높이 역시 족히 오 장은 될 듯한 것이 하나의 거대한 성을 보고 있는 듯한 착각을 불러일으키고 있을 정도였다.

장원의 정문은 이 장 정도의 높이의 거대한 철문이었다. 정문 위쪽의 현판에는 '낙천산장(落天山莊)'이라 쓰여 있으니, 하늘을 떨어뜨린다는 것이 바로 자신을 지칭하고 있음에 헛웃음이 나왔다.

"비도문의 장 문주께서 당도하셨다! 문을 열어라!"

문 앞에 선 임무헌이 내력을 돋워 소리치자 천천히 거대한 철문이 열리기 시작했는데, 두께와 재질로 미루어보아 현철을 섞은 듯해 자신의 패도적인 무공을 사용한다 해도 깨뜨리는 것은 어려울 듯 보였다.

웬만한 검으로는 내력을 불어넣는다 해도 이 정도 두께의 현철이 섞인 철문을 깨뜨린다는 것은 불가능한 일이었다.

장원 내부로 들어선 장천이 고개를 돌려서 뒤쪽을 쳐다보자 장원 담장의 내부 쪽으로 수십 개의 창이 뚫려져 있는 것을 볼 수 있었다.

담장 안쪽으로 사람이 들어갈 수 있는 공간이 있다는 것이었는데, 안력을 돋우어 살펴보니 창문 쪽에서 관에서나 사용함 직한 철포의 모습이 눈에 들어왔다.

만약 장원을 빠져나갈 시에는 수십 개의 철포가 일제히 자신을 향해 불을 뿜을 것이 분명한 일이었기에 철저한 준비를 하고 자신을 불러들였음을 알 수 있었다.

거기에다 괴이한 것은 장원 바깥쪽이 아닌 안쪽으로 오 장 넓이의 해자가 파여져 있다는 것이다.

봉명산을 비롯하여 장원마저 들어가기는 쉬울지 모르나 나가기는 불가능한 하나의 철옹성이었다.

오랜 시간 자신을 이곳으로 끌어들이기 위하여 작업했다는 생각에 장천으로선 그저 헛웃음이 나올 뿐이었다.

이 외에도 장원 곳곳에는 수많은 기관진식과 함께 여기저기 잠복해 있는 사람들의 인기척이 느껴졌기에, 장천이라 하여도 이곳에서 쉽게 빠져나가지는 못할 듯했다.

　장원엔 전각이 수십 채가 지어져 있었는데, 그 숫자를 보며 이곳에 상주하고 있는 자의 숫자를 유추할 수 있었다.

　'족히 일천 명은 넘을 듯하군.'

　일천 명 넘는 사람이 자신 하나만을 없애기 위해 장원에서 숨을 죽이고 있다는 생각에 의외로 구궁이 준비한 것이 무엇인지 흥미가 생기기도 했다.

　다시 두 식경 정도를 안으로 들어가자 거대한 연무장이 그 모습을 드러냈는데, 그곳에서 이십 명 정도의 무사가 자리에 앉아 담소를 나누고 있었다.

　거의 대부분의 무사가 젊은 무인들로 이루어져 있었는데, 그들이 입고 있는 복장이 각양각색인지라 하나의 문파에 속한 자들이 아님을 알 수 있었다.

　"응?"

　문득 장천의 눈에 화룡신도와 냉혈검을 들고 있는 자들이 들어왔다.

　"비도문의 장 문주님께 인사 올립니다."

　장천이 당도하자 그들은 담소를 나누는 것을 멈추고는 정중하게 포권하며 인사를 올렸는데, 모두가 명문의 자손으로 강남의 패권을 장악하고 있는 비도문의 문주를 인정하고 있는 듯했다.

　이러한 모습은 과거 비도문의 상징이라 할 수 있는 혈비도 무랑이 강호에서 활약할 때와는 전혀 다른 모습이었다.

　장천이 그들의 인사를 받자 임무헌은 연무장에 있는 이들을 소개해 주기 시작했는데, 한 사람 한 사람이 강호에서 한 지역 패주의 입지를 가진 이들이었다.

특히 장천의 시선을 끈 사람은 바로 냉혈검을 들고 있는 삼십 대가량의 검객이었는데, 놀랍게도 그는 과거 쌍도문에서 본 적이 있던 무인으로 기관진식의 명가라 불리는 제갈세가의 소가주인 제갈명이었다.

제갈명은 귀진자 제갈호의 형이자 현재 제갈세가의 가주인 제갈운의 아들로 진법과 함께 검에 일가견이 있다고 알려져 진검쌍절(陣劍雙絶)이란 명호를 지니고 있었다.

냉혈검은 다른 십대신병과는 달리 어느 정도 상승 음공을 익히지 않는다면 그것을 지니고 있는 자를 광인으로 만드는 부작용이 있었는데, 제갈명의 두 눈에는 음한의 기운이 서려 있는 것으로 보아 음공의 한 갈래를 익히고 있음을 알 수 있었다.

제갈명이라면 자신의 사형인 임성과 어느 정도 연이 닿아 있는지라 임성의 소식을 물어보고 싶은 마음도 있었다. 현재 곽무진을 비롯하여 쌍도문의 인물들은 거의 그 종적이 묘연해 제갈세가에 남아 있었을 그가 어찌 되었는지 알아보고 싶었던 것이다.

그러나 자칫 자신이 내뱉은 말이 그에게 크나큰 해가 될 수도 있어 이내 고개를 내저으며 다시 화룡신도를 들고 있는 자를 보았다.

도가의 무인인 듯한 그자는 도복에 공동파의 표식이 그려져 있었기에 그가 공동의 문인이라는 것을 알 수 있었다. 자신을 쳐다보는 눈빛에서 살기마저 어리고 있는 것이 마치 원수를 보는 듯했다. 또한 그의 손은 이미 검의 손잡이에 가 있어 여차하면 자신을 향해 덤빌 것 같았다.

이자들의 손에는 유성신창과 냉혈검, 화룡신도뿐만 아니라 귀혼부는 홍련교의 소유인 천마패와 혈마가 들고 있을 흑마겸, 곽무진이 가지고 있던 파사신검, 구궁의 애병인 진천벽력궁들이 보이고 있었으니 장천 자신이 가지고 있는 탈혼섬광구비도를 합한다면 십대신병의 대부분이 모여 있다 할 수 있었다.

어째서 자신이 알고 있는 사람들이 가지고 있던 신병이 이곳에 있는지 알 수는 없었지만, 이자들 모두가 신병상에 존재하는 무공을 익히고 있다면 이 싸움은 결코 쉽지만은 않으리라는 것을 알 수 있었다.

임무헌을 포함하여 장천의 앞에 서 있는 자들은 모두 스물여덟 명으로 한 명 한 명이 뛰어난 무공을 소유하고 있는 젊은 후기지수들이었다.

모두를 소개한 임무헌은 장천에게 미소를 지으며 말했다.

"저희들은 정의련에서 이십팔숙이란 이름을 가지고 있습니다."

이십팔숙은 비밀리에 연성이 된 젊은 후기지수들로 철저하게 장천을 상대하기 위한 무리였다.

뒤에서 수많은 암계를 통해 일을 처리하는 구궁의 존재와는 달리 자신들을 정의련 이십팔숙이라 칭하고 있는 젊은 후기지수들은 정대하기 그지없는 모습이었다.

"재밌군."

구궁이 만들어놓은 자들을 보며 장천은 웃음밖에 나오지 않았다.

고금을 통틀어 가장 혼란하다고 하는 현세의 무림, 수없이 많은 권모술수가 펼쳐지는 무림에서 현실과는 너무나 동떨어져 있기 때문이다.

장천에게 이런 자들은 이단의 인물로밖에 보이지 않았다.

"본좌와 지금 장난을 하자는 겐가?"

"헉!"

아직 강호에 대한 경험이 미천했던 임무헌은 장천의 살기로 인해 자신도 모르게 숨이 막혀오는 것을 느꼈는데, 그의 기도는 사문에서 보았던 존장들과는 비교할 수 없는 압박감이 있었기 때문이다.

자신도 모르게 무릎이 꺾여질 것 같은 충격을 받은 임무헌은 간신히 정신의 한 가닥을 놓치지 않고 힘을 내어 뒤로 물러섰고, 다른 이들 역시 그러한 압박감을 느끼고는 병기에 손을 가져간 상태였다.

"흥!"

그들의 모습에 장천은 콧방귀를 뀌곤 손을 들어 그들을 보며 말했다.

"너희들이 본좌를 쓰러뜨리려 했다면 이런 방식이 아니라 암습을 택했어야 했다. 그것이 일말의 가능성이라도 있었겠지."

"무, 무슨 말씀이십니까!"

명문가의 자손으로서 암습이라는 것은 전혀 생각해 보지 않았던 임무헌은 떨리는 목소리로 반박했으나, 그것은 장천에게 더욱 조소를 흘리게 할 뿐이었다.

"덤벼라! 너희들이 원하는 대로 선배로서 삼 초 정도는 양보해 줄 용의가 있다."

"으드득!"

장천의 말에 임무헌이 천천히 뒤로 고개를 돌리자, 다른 이들은 이미 장천을 상대로 준비해 놓았던 검진을 이루고 있었기에 임무헌은 천천히 자신의 자리로 찾아 들어가서는 그를 보며 말했다.

"더 이상의 대화가 필요없다면 실례하겠습니다."

"기다렸던 바다."

장천이 미소를 지으며 손을 휘젓자 장력이 일렁이며 연무장엔 장천을 중심으로 강렬한 돌풍이 형성되었다.

눈조차 제대로 뜰 수 없는 상황에 임무헌을 비롯한 후기지수들은 크게 당황한 모습을 보였지만 이내 정신을 수습하고는 검진을 펼치기 시작했다.

이십팔 명의 무인에게서 뿜어져 나오는 기운이 진법과 힘이 더해지며 장천의 패도적인 기운에 맞서기 시작했다.

허공을 격하고 이루고 있는 공력의 대결. 하지만 장천은 이십팔 명의 적을 상대하고도 결코 지지 않는 힘을 지녔기에 이들로선 경의감마저 생겨났다.

하나 언제까지 이러고 있을 수만은 없는 일. 진의 중심이라 할 수 있는 임무헌의 지시에 따라 이들은 빠른 속도로 진을 움직이기 시작했고, 강렬한 기도로 변화하며 잠시 후 현란한 움직임으로 장천의 주위를 빠르게 돌기 시작했다.

장천을 상대로 이십팔 명의 무사가 네 개의 무리로 나뉘어져 빠른 속도로 주위를 맴돌았는데, 각기 사방의 성좌로 나뉘어져 있음을 알 수 있었다.

"개진(開陣) 동방좌(東方座) 창룡맹위(蒼龍猛威)!"

일곱 명의 무사가 네 개의 무리로 이루어진 이십팔숙 중 먼저 장천을 향해 선공을 가해온 이들은 동방칠수의 좌에 있던 무사들이었다.

선두 각(角)의 좌에서 유성신창을 들고 있는 임무헌이 소리치자 이들은 일사불란하게 움직이며 장천을 감싸는가 싶더니 일제히 병기를 내뻗었다.

이들은 장천의 목과 가슴, 배, 엉덩이, 단전을 향해 일제히 밀려들어 왔으나 정작 무서운 공격을 한 이는 그들이 아니었다.

각(角), 기(箕)에 해당하는 자들이 들고 있던 신병의 그 힘이 전혀 다른 공격을 하고 있었기 때문이다.

"뇌격낙파(雷擊落破)!"

"태산압쇄(泰山壓碎)!"

각에 해당하는 자는 유성신창을, 기에 해당하는 자는 귀혼부를 들고 있었는데 진법의 힘에 신병의 위력까지 더하자 상당히 강한 힘이 되어 장천을 압박해 왔다.

"홍! 파천용각공 패룡선회각(覇龍旋回脚)!"

한꺼번에 일곱 개의 무기가 밀려오자 장천은 콧방귀를 뀌며 오른발을 축으로 빠른 속도로 회전하는가 싶더니 각공인 파천용각공을 시전했고, 강렬한 돌풍이 그를 중심으로 생성되더니 동방칠수들의 병기를 일거에 밀어냈다.

"끅!"

병기를 들고 있는 손으로 강렬한 충격이 밀려오자 동방칠수에 있던 자들은 신음 소리를 내며 뒤로 물러설 수밖에 없었고, 그들이 뒤로 물러남과 동시에 다시 일곱 명의 무사가 그 사이를 헤집고 들어와 각공을 시전하는 장천을 향해 각자의 병기를 내질렀다.

"서방좌(西方座) 맹호출림(猛虎出林)!"

동방좌가 물러서자마자 밀려들어 오는 서방좌의 무사들은 모두 검을 들고 있었다. 다섯 개의 날카로운 검기가 장천이 만들어놓은 돌풍의 사이사이를 헤집으며 들어왔다.

채재쟁!

하지만 잠시 후, 그에게 밀려들어 오는 검들은 푸른색의 불꽃을 일렁이며 일제히 튕겨졌는데, 서방좌의 진짜 공격은 그것이 아니었다.

다섯 개의 검이 밀려들어 옴과 동시에 하늘에는 하나의 인영이 마치 선학이 날아오르듯이 올라왔는데, 그의 손에는 곽무진이 들고 있을 파사신검이 들려 있었다.

"성광척사!"

강렬한 빛과 함께 밀려오는 검기는 이전의 다섯 개의 검기와는 그 위력이 크게 다른 공격이었다.

쿠구궁!

파사신검은 장천이 만든 돌풍의 중앙을 꿰뚫고 들어가선 강렬한 굉음과 함께 대지를 파괴했고, 그 여파로 돌풍은 사방으로 산산이 흩어져 나갔다.

"사라졌다!"

하지만 이미 돌풍이 흩어진 곳에는 장천의 모습이 존재하지 않았기에 갑자기 사라진 그의 종적에 무인들은 사방을 두리번거릴 수밖에 없었다.

"본좌를 찾는가?"

"헉!"

차가운 목소리가 그들의 뒤에서 들려오자 서방좌에 있던 무사들이 크게 놀라 일제히 뒤를 돌아볼 수밖에 없었다.

"두 번째 검진의 공격이었으니 이초라 생각해 주지!"

차갑게 미소 짓고 있는 장천의 몸에서 강렬한 기도가 흘러나오고 있는지라 장풍만 시전했어도 서방좌 일곱 명은 죽음을 면치 못했을 것이다.

등줄기에서는 식은땀이 흘러내리는 그들이었으나 싸움이 끝난 것이 아닌지라 뒤로 재차 몸을 날렸고, 그들의 뒤로 다시 일곱 명의 무사가 밀려들어 왔다.

"남방좌(南方座) 주작명천(朱雀鳴天)!"

슈우욱!

수좌에 위치한 이가 소리치자 갑자기 하늘에서 한 마리의 새가 울부짖는 듯한 소리가 들리고 장천의 위로 화살이 내리 꽂히는가 싶더니,

분리되며 수십 개의 바늘이 일제히 장천을 향해 폭우가 쏟아지듯이 떨구어졌다.

하나하나의 침마다 푸르스름한 기운이 서려 있는 것이 절독이 묻어 있음을 알 수 있었다.

"독문?"

"크하하하! 복수다!"

진천벽력궁을 들고 앙천대소를 터뜨리는 사람은 바로 독문의 소문주였던 구독망 양견이었다.

확실히 독문의 독이라면 사천당가와 비교해도 그 우위를 가릴 수 없을 만큼 뛰어난 것인지라 쏟아져 내리는 침의 하나만 스친다 해도 죽음을 면치 못함을 알 수 있었다.

양견의 폭우시와 함께 주위를 감싸고 있는 여섯 명의 무사가 일제히 검기를 날리자 장천은 사방에서 몰아쳐 오는 공격을 피할 도리가 없었다.

몸을 피할 수 없다면 그것을 막을 수밖에 없었기에 품에서 두 개의 비도를 꺼내 든 장천은 그것을 두 손에 나누어 쥐고는 검기를 만들어 몸을 감싸듯이 초식을 시전했다.

"쌍용승천도법 제이식 쌍용탈피!"

그것은 장천이 쌍도문에서 가장 먼저 익혔던 쌍용승천도법의 쌍용탈피의 초식이었다. 원래는 두 개의 도로 시전하는 무공이지만, 짧은 비도로 시전함에도 검에 내력이 서려 푸르스름한 검막이 그의 주위를 물샐틈없이 감싸기 시작했다.

채재쟁!

장천의 몸을 감싸고 있는 검막으로 인하여 사방에서 밀려오는 검기와 암기들은 쇳소리를 내며 사방으로 튕겨져 날아갔다.

"젠장! 폭렬시!!"

자신의 폭우시가 장천의 검막으로 인하여 튕겨져 날아가자 양견은 기다리지 않고 폭렬시를 날렸고, 날카로운 파공음과 함께 화살은 맹렬한 속도로 장천을 향해 뻗어 나갔다.

쿠구궁!

폭렬시는 검막에 닿자마자 귀청을 찢을 듯한 폭발음과 함께 강렬한 불꽃을 일렁이며 폭발했기에 장천은 그 여파를 이기지 못하여 뒷걸음질칠 수밖에 없었다.

"뭐 하는 거냐! 쳐라!"

장천이 뒤로 밀려 나가자 그 기회를 놓치지 않기 위해 양견은 다시 진천벽력궁에 화살을 재며 소리쳤고, 이에 남방좌의 말좌에 위치해 있던 천마패의 소유자가 내력을 집어넣어 그것을 봉으로 변화시키고는 천마패의 무공을 시전했다.

"천마공(天魔功) 수라살조(修羅殺爪)!"

강렬한 폭발에 검막이 버티어주기는 했지만 그 탓으로 손이 크게 어지러워질 수밖에 없는 장천이었는데, 그와 함께 십대신병 서열 삼위의 천마패의 신공이 펼쳐지자 뒤로 쓰러진 그대로 땅을 박차 뒤로 몸을 회전시키곤 오른손에 들고 있던 비도를 천마패를 들고 있는 상대를 향해 집어 던졌다.

"섬광비도 섬(閃)!"

일 장 앞으로까지 밀려온 강렬한 천마공의 강기에 급히 대항하기 위하여 장천은 드디어 비도문 수장들만의 독문무공이라 할 수 있는 무공 중 하나인 섬광비도술 섬의 초식을 시전했다. 눈에 보이지 않을 정도로 빠르게 비도가 뻗어 나가 천마공과 충돌하여 굉음 소리와 함께 폭발했다.

"끄윽!!"

천마공이 장천의 비도술과 충돌하자 그것을 시전했던 무사는 내공이 방탄되며 크게 타격을 받게 되니 피를 토하며 쓰러지고 말았다.

"혈비도 무랑의 비도술이다!!"

현재 장천이 혈비도 무랑을 쓰러뜨리고 천하제일고수의 자리에 올랐다고는 하지만, 많은 무림인들에게는 아직도 혈비도 무랑의 존재가 더욱 두렵게 생각되고 있는 것이 사실이었다.

당시 혈비도 무랑과 장천의 싸움을 보았던 사람들은 무랑의 상태가 좋지 않았음을 보았는지라 그의 승리는 무랑이 부상을 당하여 기회를 잘 잡은 것뿐이라 생각했다. 그런 때문에 아직 세인들의 머리 속에는 천하제일고수는 혈비도 무랑으로 자리 잡혀 있었다.

그러한 생각 속에서 장천의 손에서 드디어 혈비도 무랑의 비도술이 펼쳐지자 사람들이 크게 놀라 소리치는 것은 당연한 것이었다.

현세의 무림인들에게는 소림의 역근경이나 무당의 태극혜검보다 혈비도 무랑의 비도술을 천하제일무공으로 생각되고 있었다.

"이런 멍청한 것들! 저놈은 혈비도 무랑이 아니란 말이다!"

자신과 함께하는 자들이 비도술에 넋이 빠져 있자 양견은 노성을 터뜨리고는 장천을 향해 화살을 날렸고, 진천벽력궁에서 벗어난 화살은 빠른 속도로 회전하며 장천을 향해 뻗어 나갔다.

"홍!"

하지만 진천벽력궁만의 공격이라면 장천에게는 어려운 것이 아니었기에 맹렬한 속도로 회전하며 날아오는 화살을 손을 휘둘러 잡아챘다.

양견이 사용한 화살은 선풍시 화살의 대에 날카로운 칼날이 달려 있어 그것을 손으로 잡는다면 손에 큰 상처가 남는 것은 당연했다. 하지만 내력을 돋운 장천의 손에 화살대에 있는 칼날은 여지없이 깨져 나가며 어느새 그의 손에 잡혀 회전을 멈추고 있었다.

"젠장!"

장천이 자신의 화살을 잡아채자 미간을 찌푸린 양견은 다시 화살을 꺼내어서는 그에게 쏘려 했지만, 그때 날카로운 목소리가 그의 귀를 울렸다.

"양견! 사소한 복수로 진을 깨뜨릴 생각이냐!"

"제갈명?"

그에게 소리를 친 사람은 제갈명이었다. 그가 소리치자 양견은 노기를 참고 다시 화살을 넣고는 뒤로 물러섰다.

진을 움직이고 있는 자가 제갈명이라는 것을 알아챈 장천은 가볍게 땅을 박차며 몸을 날렸다.

"네가 진의 중심이로구나!"

"헉!"

족히 칠 장 정도의 거리가 있었음에도 눈 깜짝할 사이에 장천이 제갈명의 면전까지 다가들자, 제갈명은 순간 등줄기에 식은땀이 흘러내렸다.

"어디, 자네부터 시작해 볼까?"

"큭!"

그 말에 제갈명은 난감할 수밖에 없었다. 자신이 무너진다면 검진의 위력이 반 이하로 떨어질 것이 분명하기 때문이다.

검진의 최고 위력을 낼 수 있는 사천난무(四天亂舞)는 자칫 같은 편을 다치게 할 수 있을 정도로 복잡한 진을 이루고 있어 제갈명이 빠지면 그 진의 움직임이 둔해져 위력이 떨어지는 것이다.

"크크크크. 겁에 질린 눈이로군."

"큭! 하압! 냉혈검법 한풍만빙(寒風萬氷)!!"

제갈명은 장천의 조소를 참지 못하고 냉혈검을 들어서는 한풍만빙의 초식을 시전했고, 강렬한 냉기가 장천을 향해 밀려들어 갔다.

하나 장천은 이미 한기 내식의 절정인 천한의 경지에 달해 있었기에 제갈명의 음공이 서린 냉혈검의 위력은 반감될 수밖에 없었다.

"이럴 수가!"

제갈명이 익힌 무공은 바로 음공으로 강호에서 최고의 경지에 이른 문파인 북해빙궁의 무학이었다. 물론 북해빙궁 최고의 심공인 빙백신공을 구성에 가까이 익히고 있는 데다가 냉혈검의 검법까지 익혔기에 그 냉기는 사람의 힘으로 어찌할 수 있는 것이 아니라 생각하고 있었다.

"설마 천한의 경지에……!!"

냉혈검의 검기를 잡을 수 있는 유일한 경지라면 오로지 천한의 경지밖에는 없었기에 제갈명의 목소리는 떨릴 수밖에 없었다. 이에 장천은 미소를 지으며 한쪽 손에 화의 무공을 시전하며 말했다.

"열한의 쌍천 경지에 이른 나에겐 너의 무공이라는 것은 그저 내력을 보태어주는 것 외에는 아무것도 아닌 듯하구나."

"크윽!"

도저히 빠져나갈 구멍이 없는지라 제갈명의 눈에는 이미 절망의 빛이 서려 있었다. 하지만 이대로 당할 수는 없다는 생각에 장천을 도발하기 위해 소리쳤다.

"흥! 쌍천의 경지에 이르렀다 하더라도 이십팔숙무진의 마지막 단계인 사천난무는 피할 수 없을 것이오!"

"사천난무? 하하하하! 본좌의 호승심을 돋울 생각인가? 그래, 어디 자네들의 공격을 받아보지!"

제갈명의 말에 장천은 재미있다는 표정을 짓고는 땅을 박차고 뒤로 몸을 날렸고, 이에 제갈명은 안도의 한숨을 쉬고는 손을 들어서는 이십팔숙무진을 다시 정리하기 시작했다.

그의 말대로 최후의 검진인 사천난무를 시전하기 위해서였다.

이십팔 명의 무인이 크게 원을 그리며 흩어지자 장천과의 거리는 십 장을 넘어서고 있었다.

"이십팔숙들은 사천난무를 준비하라!"

제갈명이 소리치자 무사들은 각기 네 방향에서 뭉치는가 싶더니 잠시 후 사방으로 흩어졌는데, 그들의 움직임을 재빠르기 그지없었다.

이들의 움직임을 지켜보고 있던 장천은 조금 의아한 생각이 들었는데, 사방의 어느 움직임도 같은 것이 없었기 때문이다.

보통 각기 다른 방향에서의 집단 공격이라 한다면 그 반대 방향의 무인들의 움직임은 같기 마련인데, 사천난무의 움직임은 크게 달랐다.

그들 모두가 자신이 할 수 있는 한 최대의 경신술을 행하며 움직이고 있었는데, 동료끼리 부딪친다 해도 이상할 것이 없었음에도 어느 한 사람 다른 이들과 옷깃을 스치지도 않고 있었기 때문이다.

하지만 이들 중 한 사람의 움직임을 흐트러뜨리면 진이 무너지지 않을까 하는 생각에 장천은 오른손에 내력을 주입하고는 가볍게 내뻗었다.

그가 손을 내뻗자 강렬한 기운의 격공장이 밀려오자 사천난무의 진을 형성하고 있던 무사들은 격공장의 기운을 알아채고 급히 몸을 피했다.

한데 그러한 와중에도 복잡하게 움직이던 자들이 여유있게 서로를 피해 나가자 장천은 탄성을 내지르고 말았다.

물론 지금까지는 단지 주위를 맴돌고 있을 뿐 별다른 공격이 없다고는 하지만, 이 정도의 움직임이라면 만약 공격이 시작된다면 상대하기가 쉽지 않을 것은 분명했다.

"사천난무 용호쟁투(龍虎爭鬪)!"

그때 제갈명이 내력을 돋우어 소리치자 열네 명의 무사가 주위를 맴돌던 것을 멈추고는 일제히 장천을 향해 몸을 날렸다.

"난화십팔장!!"

적들이 밀려오자 적당히 견제해 볼 생각으로 장천은 난화십팔장을 펼쳤고, 수백 개의 장영이 일제히 사방으로 뻗어 나가기 시작했다.

화산파의 장법으로 알려져 있는 난화십팔장을 극성으로 펼치고 있는 장천의 경지는 화산파의 고수라 할지라도 그와 같지 못할 것이다.

사천난무진을 펼치며 쇄도해 들어가던 무사들은 장천의 손에서 수백 개에 이르는 장영이 펼쳐지자 공격해 들어가던 것을 멈추고는 일시에 물러섰는데, 사방으로 펼쳐지는 장영 중에 어느 하나 허투루 볼 수 있는 게 없었기 때문이다.

모여들었던 이들은 삽시간에 사방으로 흩어져 장영의 범위에서 벗어났는데, 이들 중 어느 하나 발걸음을 늦추는 자가 없었기에 상당한 훈련을 받았다는 것을 알 수 있었다.

장영이 사라지자 제갈명이 다시 한 번 용호쟁투를 외쳤고, 이들은 장천을 향해 쇄도해 들어갔다.

이들의 움직임이 한순간의 도발로 흐트러지지 않는다는 것을 깨달은 장천은 그들의 공격을 견식해 볼 양으로 가까이 오기를 기다렸다.

"동방좌 생령무(生靈舞)!"

"서방좌 조격무(爪擊武)!"

제갈명의 목소리가 터져 나오자 열네 명의 무사가 마치 춤을 추는 듯한 모습으로 장천을 향해 공격해 들어왔는데, 그것은 일시적인 것이 아니었다.

한번에 들어올 때 그것이 한 명일 때도 있었고 여러 명의 무사가 한 꺼번에 몰려들 때도 있었기에 질서를 찾을 수 없었다. 하지만 이들의 공격은 마치 틀에 짜맞춰 놓은 것처럼 서로 간에 방해가 되지 않는 자 리에서 장천을 향해 병기를 내뻗었기에 이들의 공격을 막는 장천은 정 신이 없을 정도였다.

소림의 백팔나한진이나 무당의 진무칠성진이라 할지라도 그것에는 하나의 규칙이 존재하는 데 반해 사천난무진에는 어떠한 법칙도 존재 하지 않는 듯했다.

채재재쟁!! 쟁! 채쟁!

두 개의 비도를 들고 있는 장천은 이들이 불규칙한 공격을 어렵지 않 게 막고는 있었지만, 사방에서 몰려오는 공격에 정신이 없을 정도였다.

작은 틈이라도 보일라 치면 그것을 놓치지 않고 검을 찔러오니 그로 선 잠시의 쉴 틈도 없었다.

물론 그것은 아직 장천 자신이 가진 무공에 오성 정도밖에 사용하지 않은 이유도 있었지만, 이 정도만으로도 상당히 놀라운 것이었다.

장천이 가지고 있는 무공의 오성이라면 구파일방의 수장과 싸운다 해도 뒤지지 않을 정도의 경지였기 때문이다.

비도문의 문주에게만 전승되는 팔연환비도술은 그저 빠름으로 상대 를 제압하는 여타의 비도와는 달리 그 변화를 예측할 수 없어 강호에 서는 이기어검이 아닐까 하는 생각을 했다.

물론 이것은 비도술 자체에 있는 교묘한 진기의 조절과 상대의 움직 임을 예측하여 비도를 날리는 데에서 기인한 것이지만, 사실 이 무공 자체가 이기어검을 위한 무공이라 해도 과언이 아니었다.

팔연환비도술을 극성으로 익혀 마지막의 오의인 여의비도에 도달하게 된 것은 이미 이기어검의 경지에 도달한 것이기 때문이다.

장천은 두 손에 들려 있는 비도를 양쪽으로 던졌다.

이미 장천은 이기어검의 경지를 넘어서 전설상의 무형검의 경지에 이르러 기로써 비도를 만들어 그것으로 적을 칠 수 있는 경지에 이르러 있었다.

그의 손에서 벗어난 두 자루의 비도는 장천을 몸을 감싸듯이 주위를 맴돌기 시작했고, 이에 열네 명의 무사는 황급히 뒤로 물러설 수밖에 없었다.

"합!"

장천은 비도를 물러서는 자들을 향해 던졌고, 한순간 두 자루의 비도는 실체가 흐릿해지더니 두 자루에서 네 자루로, 네 자루에서 여덟 자루로 늘어나 어느새 수십 자루가 되어선 사방으로 퍼지며 이들을 공격해 나갔다.

"팔연환비도술 여의비도 환(幻)!"

장천이 펼친 것은 팔연환비도술을 극의 여의비도로 변형시킨 초식으로 본디 여의비도가 여덟 자루의 검으로 일시에 이기어검의 수법을 펼쳐 상대를 공격하는 것이라면 이것은 두 자루의 비도에 환검의 수법을 섞어 적을 공격하는 것이다.

손을 벗어난 비도에 환의 묘의를 섞는 것은 이기어검 극의 경지에 이르러서도 어려운 일인지라 장천 역시 아직까지 환의 초식은 세 자루가 한계였다.

두 개의 비도가 순식간에 수십 개로 늘어나며 밀려들어 오자 진을 이루어 몸을 피했던 무사들도 크게 당황할 수밖에 없었다. 그때 제갈명이 앞으로 나와서는 크게 소리쳤다.

"북방좌 현무배갑(玄武背甲)!"

그의 외침과 함께 일곱 명의 무사가 날아오는 수십 개의 비도를 향해 일제히 병장기를 휘둘렀고, 그러자 그들의 앞으로 거대한 기막이 형성되었다.

캉! 챙!

"끄윽!"

"커억!"

이들이 펼치는 기막으로 인하여 여의비도의 환영은 충돌하여 깨어져 나갔지만, 그 위력이 쉽게 감당할 수 있는 것이 아닌지라 북방좌 무사들은 충격을 받고 오 장 이상이나 튕겨져 날아갔다.

내력이 섞인 신병이 아니고서는 막아낼 수 있는 병기는 전무하다고 할 수 있는지라 낭아봉을 들고 있던 자는 그 윗부분이 잘려져 나갔고, 호수구를 지니고 있던 자는 호수구가 부러져 버리는 모습을 보였다. 만약 이 병기들이 현철로 만든 것이 아니었다면 병기와 함께 죽음을 면치 못했을 것이다.

두 사람을 뒤로 튕겨 버린 비도는 다시 장천의 손으로 돌아갔고, 제갈명은 그것을 보며 급히 쓰러져 있는 북방좌 무사들을 물러서게 한 후 다시 동방좌와 서방좌의 무사들로 하여금 그를 공격하게 했다.

두 개의 성좌 연환 공격으로는 장천에게 어떠한 해도 줄 수 없음을 느낀 제갈명은 이에 사천난무 최후의 무진을 펼치기로 결심했다.

"사천난무 최종진을 준비하라!"

제갈명이 소리치자 장천을 공격하던 두 개의 진은 다시 뒤로 물러섰고, 이번에는 제갈명 역시 공격에 가담하기 위하여 냉혈검을 뽑아 들고는 다른 이들의 사이로 몸을 날렸다.

"각오하시는 것이 좋을 것이오!"

"글쎄, 하나 원한다면 각오 정도는 해주지."

장천의 조소 찬 말에 제갈명은 미간을 찌푸리는가 싶더니 다른 이들에게 손짓을 했고, 그러자 그들의 움직임이 더욱 빨라지기 시작했다.

점점 빨라지고 있는 그들의 신법은 마치 하나의 선을 그린 것과 같은 착각을 일으킬 정도였는데, 그때 제갈명의 외침이 터져 나왔다.

"사천난무(四天亂舞) 최종진(最終陣) 극세파성멸천진(極世破星滅天陣)!!"

드디어 사천난무의 최종 형태인 극세파성멸천진이 펼쳐지자 스물여덟 명의 손에 들려 있던 병장기에서는 푸르스름한 기운이 펼쳐지는가 싶더니 잠시 후 스물여덟 개의 강기가 사방에서 장천을 향해 몰아쳐 오기 시작했다.

명문가에서 선출된 이들은 이 싸움을 위해 수많은 영약은 물론 존장들에게 벌모세수까지 받았지만 아직 강기를 사용하기에는 무리였기에 크게 지칠 것은 당연한 일이었으니, 장천은 이들이 배수의 진을 펼치는 각오로 최종진을 펼침을 알 수 있었다.

스물여덟 개의 강기는 사천난무의 특성대로 그 순서도 간격도 일정하지 않은 채 밀려들어 왔기에 장천은 두 개의 비도에 내력을 돋우어 강기를 쳐내기 시작했다.

쿠구궁!

강기로 인하여 귀청을 찢을 듯한 굉음이 여기저기에서 터져 나오기 시작했다.

'이런!!'

장천은 이들이 펼치는 강기의 위력에 미간을 찌푸리며 자신의 내력을 칠성 가까이 끌어올려 간신히 손목에 충격이 오는 것을 면할 수는 있었다.

하지만 이대로 계속 이들의 공격을 허용하다가는 낭패를 금치 못할 것이란 생각에 장천은 내력을 십성 이상 끌어올린 후 극세파성멸천진에 대항했다.

"쌍용비무 출운승천!!"

이에 장천은 쌍도문의 무공인 쌍용승천도법의 사식과 오식을 합친 무공을 시전했고, 두 손에 들린 비도를 눈에 보이지도 않을 정도로 휘두르며 몸을 날린 그는 극세파성멸천진으로 공격해 오는 이십팔숙의 무사들을 공격해 갔다.

"끄악!!"

채재재쟁!! 채쟁!!

눈에 보이지도 않는 손놀림과 함께 강호에서도 명성이 자자한 쌍도문의 경공이 합쳐진 그의 신형은 마치 한 마리 천룡이 이십팔숙의 좌를 헤치며 춤을 추는 듯한 모습이었고, 이에 대항하던 무사들은 비명을 지르며 나가떨어져 나갔다.

하지만 이십팔숙 중에서도 핵심이라 할 수 있는 여덟 명의 무사는 그의 공격에도 버티고 있었고, 장천에겐 애석한 일이지만 아직 사천난무 최종진의 공격은 남아 있었다.

"천마패 최종오의 천마패천공(天魔覇天功)!!"

"파사신검 최종오의 만불구세(萬佛救世)!!"

"진천벽력궁 최종오의 파천벽력시(破天霹靂矢)!"

"흑마겸 최종오의 흑마도래(黑馬渡來)!!"

"냉혈검 최종오의 냉혈만세빙(冷血萬世氷)!!"

"탈명천귀공 최종오의 만마흡령(萬魔吸靈)!"

"유성신창 최종오의 음양살의(陰陽殺意)!!"

"화룡신도 최종오의 분천멸세(焚天滅世)!!"

그 하나의 힘으로도 천하제일을 넘볼 수 있다고 할 수 있다는 십대신병. 드디어 그 십대신병상의 무공인 최종오의 여덟 개가 이들에 의해 펼쳐졌고, 이들의 공격은 방금 전 강기와는 비교도 할 수 없을 정도로 강맹했다.

"큭!"

장천은 설마 이들이 실력으로 신병상의 무공의 최종오의를 익혔을 것이라고는 생각지도 못했다. 신병무공의 최종오의라는 것은 쉽게 익힐 수 있는 것이 아니었다. 광무자에게 인정받은 무재였던 곽무진조차 파사신검을 오랜 기간 수련했음에도 기껏해야 삼식 정도밖에 익히지 못한 것이 신병상의 무공이었던 것이다.

한데 이들의 손에서 한꺼번에 최종오의가 펼쳐지자 장천은 그는 급히 품에 있는 탈혼섬광구비도를 모두 꺼내어 자신이 가지고 있는 최고의 비도술을 펼쳤다.

"섬광구비도(閃光九飛刀)!"

이에 장천의 손에서도 여덟 개의 빛줄기가 사방으로 뻗어 나가며 신병의 소유자들이 펼친 신병의 기운과 충돌하자, 일순간 강렬한 폭발이 사방으로 퍼져 나가며 일대를 크게 뒤엎을 듯 진동하기 시작했다.

쿠구구궁!

단순한 강기와 강기의 충돌에서 일어나는 기의 폭발과는 비교할 수 없는 일이었다.

그러나 장천이 아무리 무공이 뛰어나다고 해도 여덟 명이나 되는 자가 일시에 펼친 여덟 개의 기운을 모두 제압하는 것은 어려운 일이었다. 이들이 펼친 무공의 기운은 그 하나하나가 무림 최절정 수준의 공격이었기 때문이다.

강렬한 충돌의 이후에 그 여파가 사라질 즈음에 폭발로 인한 흙먼지가 서서히 가라앉자 이들 여덟 명의 신형이 드러났는데, 이것을 지켜보고 있던 다른 이들은 크게 놀랄 수밖에 없었다.

여덟 명의 동료가 펼친 신병의 오의를 상대로 겨루었던 장천의 몸에 그가 던진 비도가 여기저기에 박혀 있었기 때문이다.

장천은 자신의 몸에 박혀 있는 비도를 내려다보며 충격을 감추지 못했는데, 이윽고 강렬한 통증이 전신을 자극하며 뜨거운 기운이 솟구치더니 붉은 피가 입술 사이로 흘러내려 왔다.

여덟 개의 신병 오의를 상대로 나아갔던 장천의 비도는 그 기운을 이기지 못하고 그 기운에 반탄되어 장천의 몸에 박히는 꼴이 되고 만 것이다.

한편 신병을 들고 있던 여덟 명의 무사들 역시 온전한 꼴이 아니었다.

그들 역시 입에서 붉은 피가 쉼없이 흘러내리고 있었고, 얼굴색이 파리하게 변해 있는 것이 심한 내상을 입은 것이 확실했다.

"끄윽!!"

제갈명을 비롯한 여덟 명의 무사는 왜 심한 내상을 입은 것일까?

사실 그들은 장천을 죽이기 위해 각대문파에서 선출된 후기지수로, 각종 영약은 물론 문파의 장로급에게서 내력을 이어받은 자들이었다.

하지만 그것만으로는 혈비도 무랑이 쓰러진 이후 당대 천하제일고수라 할 수 있는 장천을 상대하기에는 역부족, 그런 때문에 구궁은 한 가지 방법을 생각해 냈는데, 그것은 바로 선천진기의 격발이었다.

이러한 선천진기의 격발로 이들의 내력은 순간 극성까지 이르렀고, 그 극성의 내력은 구궁이 억지로 다시 만든 신병상의 최종오의를 가능하게 한 것이다.

하지만 최종오의를 행한 후기지수들은 선천진기의 소모와 함께 극심한 내상을 면치 못할 것은 당연한 일이었으니 장천을 쓰러뜨리기는 했지만, 이들 여덟 명의 후기지수는 더 이상 버티지 못하고 자리에서 쓰러지고 말았다.

"크윽……."

장천은 몸에 박혀 있는 아홉 자루의 비도를 하나씩 뽑아 나갔고, 비도가 빠져나올 때마다 시뻘건 핏줄기가 솟구쳐 나오고 있었다.

외상과 내상 모두 중한 상태의 장천은 쉽게 생각했던 녀석들에게 이런 꼴이 되었다는 것이 믿어지지 않았다.

"뭐, 뭣 하는 것이오! 히, 힘이 남아 있는 사람이 있으면 빨리 비도문의 문주를 공격하시오!"

정적이 흐르고 있는 가운데 한 청년의 음성이 크게 울렸는데, 바로 제갈명이었다.

어차피 처음부터 이런 신세를 각오하고 있었던 그들이었기에 제갈명은 반드시 자신들의 사명이라 할 수 있는 장천을 없애야 한다는 생각에 정신이 혼미한 상태에서도 다른 이들에게 소리친 것이다.

하지만 제갈명의 외침에 정신을 차린 무사들도 쉽게 몸을 움직이지 못하고 있었는데, 이미 사천난무진의 최종오의를 행함에 그들 역시 선천진기를 격발하여 무리하게 강기를 사용했기 때문에 움직일 수 있는 자는 개 중 서넛에 지나지 않았던 것이다.

'이런……!'

장천은 내력을 끌어올려 보았지만, 단전은 방금 전 충격으로 한 올의 진기도 남아 있지 않았고, 많은 피를 흘린 이후인지라 정신이 몽롱해지고 있었다.

슈슈슉! 채쟁!

제갈명의 외침에 간신히 몸을 일으킨 무사 네 사람이 힘겨운 표정으로 장천을 죽이기 위해 병기를 들고 다가오고 있었다. 그때 무엇인가가 날아와서는 날카로운 소리와 함께 그들이 들고 있던 병기를 떨어뜨렸다.

위기에서 장천은 구한 인물은 바로 장천의 호위 무사인 백귀대의 이귀와 십귀까지의 인물들이었다.

장천의 지시로 은밀하게 그의 주위에서 숨어 있던 백귀대는 장천이 큰 위기에 닥치자 급히 뛰어나와 그를 보호한 것이다.

물론 장천이 부상당한 이후 바로 모습을 드러내어 그를 보호할 수도 있었지만, 평소에 그가 자신들이 함부로 나서는 것을 싫어했기 때문에 마지막이 돼서야 그 모습을 드러낸 것이다.

"구귀와 십귀는 문주님을 부축하고 나머지는 적들을 주살하라!"

"예!"

이귀의 명령이 떨어지자 이들은 품에서 비도를 꺼내어 적들을 향해 집어 던지려 했는데, 그때 장천이 다급히 그들의 막았다.

"잠깐!"

백귀대는 장천의 목소리에 비도를 던지는 것을 멈추었고, 장천은 태양혈을 눌러 몽롱해지는 정신을 바로잡으며 말했다.

"삼귀와 사귀는 저들의 손에 있는 여덟 개의 신병을 가져오도록 하라!"

"예!"

장천의 명령에 그들은 잠시 후 여덟 개의 신병을 모두 회수했고, 그것을 보며 장천은 힘든 표정으로 자신을 보고 있는 제갈명을 보며 말했다.

"이 신병 중 화룡신도와 냉혈검은 본좌가 천무성자님과 신검진인님께 받은 것이니 돌려받는 것이고, 천마패, 흑마겸, 파사신검은 본좌와 친분이 있는 사람들의 물건이니 그들에게 되돌려 줄 것이다. 이 외에 나머지 신병들은 훗날 너희들이 본좌를 상대할 수 있다 생각하면 찾아오라. 병기에 의존하지 않고 본좌와 십 초를 겨룰 수 있는 경지에 이른다면 능히 신병을 자신의 수족처럼 사용할 수 있을 것이다."

장천이 신병을 가져간 것은 이들 후기지수가 훗날 강호를 이끌어 나갈 인재들이었기에 어린 나이에 신병과 그 신병상의 무공에 치우치게 되면 신병에 의해 그 자신과 문파에 무학에 대해서는 미진할 것이 분명했기에 해가 된다 생각하여 가져가기로 한 것이다.

하나 단 한 사람만은 그 행실을 용서할 수가 없었기에 장천은 그를 보며 살기를 띠며 말했다.

"다른 이들은 용서할 수 있을지 모르나 양견, 너만은 죽여야겠다!"

"헉!"

그의 말에 독문의 소문주인 구독망 양견은 크게 헛바람 소리를 내고 말았는데, 그동안 장천과의 악연을 생각한다면 그가 이렇게 겁을 먹는 것은 당연한 일이었다.

양견은 두려움에 안간힘을 쓰며 빠져나가려 했지만 어느새 육귀와 칠귀가 유령처럼 그의 곁으로 다가서 있었고, 그들이 손을 뻗자 두 자루의 비도가 양견의 등에 박혔다.

"끄악!!"

비도가 등에 박히자 양견을 비명을 지르며 땅으로 나가떨어졌고, 잠시 몸이 떨리는가 싶더니 이내 잠잠해졌다.

양견의 죽음을 지켜본 장천은 씁쓸한 표정을 지으며 몸을 돌렸다.

하지만 아직 이곳에서의 싸움이 끝난 것은 아니었다. 장천 일행이 입구를 향해 걸음을 옮기자 그 순간 한 발의 화살이 허공을 가르며 장천을 향해 빠르게 뻗어 나왔다.

"주군!!"

화살에는 상당한 내력이 서려 있어 이귀가 급히 앞으로 몸을 날려 화살을 잡아채었지만, 그 기세가 강하여 완전히 잡지 못하고 화살을 놓치고 말았다.

"끄윽!!"

상당한 통증이 손바닥을 자극하여 보니 화살이 스쳐 간 손바닥이 시뻘겋게 익어 있었다.

이귀가 화살을 놓치자 급히 삼귀와 사귀가 화살을 잡으려 했지만 그들 역시 이귀와 똑같은 꼴을 당하고 말았다. 장천은 자신의 앞으로 날아오는 화살을 보며 급히 비도를 들어 검면으로 날아오는 화살을 막았다.

챙!

그의 손에 들린 비도는 십대신병 중 하나인 탈혼섬광구비도였기에 강한 기세의 화살도 이것만큼은 어쩌지 못하고 위로 튕겨져 올라갔다.

하나 장천은 화살을 막은 비도를 보며 크게 경악할 수밖에 없었는데, 비도에 화살의 여파로 인하여 길게 흔적이 남아 있었기 때문이다.

지금까지 수많은 싸움에서도 약간의 흠집조차 나지 않았던 비도가 긁혔다는 것은 쉽게 간과할 수 있는 일이 아니었는데, 땅에 떨어진 화살의 촉을 보는 순간 그 이유를 알 수 있었다.

'이건!!'

놀랍게도 화살의 촉은 비도문에서 십대신병을 만들 때 사용했던 천공석이었던 것이다.

또 화살의 촉에는 화기에 내력이 실려 있어 마치 화룡신도의 한 조각과 같은 느낌이 들고 있었다.

비도문 문주의 증표라 할 수 있는 탈혼섬광구비도를 제외하면 나머지 여덟 자루의 신병은 오립산에 의해 만들어진 것이지만, 그 병기의 재질은 모두 같았다.

탈혼섬광구비도를 만든 사람은 바로 비도문의 팔대 문주인 비도천장(飛刀天匠) 장상(張霜)으로, 그는 우연히 천공에서 떨어진 금속이 현철보다 강함을 알고 그것으로 아홉 자루의 비도를 만들었다.

천장(天匠)이라고 불릴 만큼 병기를 만드는 데도 조예가 깊던 장상이었음에도 불구하고 아홉 자루의 비도를 만드는 데 삼십칠 년이란 시간이 걸렸으니 그 금속이 얼마나 제련하기 어려운가를 말해 주는 것이다.

장상에 의해 만들어진 금속의 견고함은 현철로 만들어진 명검으로도 상처조차 내지 못했다.

또 이 비도를 사용하여 무공을 시전하자 그 예리함이 크게 배가가 되는 것은 물론이요, 천공에서 떨어진 금속에는 세상에 알려지지 않은 특성이 있었기에 병기를 제조할 때 장인이 금속에 어떠한 공력을 집어넣느냐에 따라 금속의 성질이 크게 달라져 같은 류의 내공을 지닌 자가 이 병기를 들고 시전하면 그 무공의 위력이 크게 늘어났다.

당시 비도문은 가문의 선조인 일환구명진인의 유명을 받들어 가렴주구하는 탐관오리들과 강호의 무인으로 힘없는 백성을 괴롭히는 자들을 처단하는 것이 문주 된 자의 일이었으나, 장상의 전대 문주이자 부친인 장경(張勁)은 흑백마왕(黑白魔王)이라는 두 거마와 싸우다 동귀어진하고 말았다.

삼대 문주와 육대 문주에 의해 비도문의 무공은 천하제일을 다투어도 이상할 것이 없었지만, 흑백마왕이라는 두 거마와 비교한다면 한 수 높은 정도에 지나지 않았다.

고수들에게 있어 한 수의 차이라는 것은 상당히 것이었기에 장경은 이들을 처단할 수 있음을 의심치 않았지만, 애석하게도 두 거마는 청명검과 어궐도라는 희대의 보검과 보도를 지니고 있었기에 평범한 비도를 지니고 있던 장경은 병기를 모두 잃고 동귀어진하며 강호의 악을 제거하게 된 것이다.

부친의 죽음 이후 서른다섯 살의 나이에 문주 직에 오른 장상은 병기에 대한 중요함을 어느 누구보다 절실하게 느끼게 되었고, 아홉 개의 비도를 완성하자 이것을 탈혼섬광구비도라 명하여 비도문 문주의 독문 병기로 정하였다.

이 탈혼섬광구비도는 어떤 병기보다 더 뛰어남을 보였고, 장상은 가문의 사람들에게 무적비도(無敵飛刀)라는 별호까지 들을 정도였다.

문주로서 모든 일을 마친 장상은 세수 예순아홉에 자신의 아들에게 문주 직을 물려주고 드디어 미루었던 일을 하게 되니, 그것이 여덟 개의 신병을 만드는 일이었다.

물론 천공에서 떨어진 금속은 탈혼섬광구비도를 쓰는 데 모두 사용하여 병기를 만드는 것은 어려운 일이었지만, 후대를 위해 그는 역대 문주들이 강호행에서 얻었던 강호고수들의 무공들을 나누어 각기 여덟 개의 신병의 제조 비법과 그에 따르는 무공을 정리하였다.

세수가 백 세가 넘어선 후에야 장상은 간신히 두 개의 비급을 완성할 수 있었는데, 바로 신병을 만드는 방법을 서술한 책과 여덟 가지의 무공이었다.

장상이 만든 두 개의 책은 비도문의 무서에 보관되었는데, 이것은 후에 비도문의 십삼대 문주인 만통자 우길이 우연히 발견하게 된다.

비도문 가전의 무공은 팔연환비도술과 섬광비도술을 다시 정리하여 그 위력을 크게 배가시킬 정도로 무학에 있어 역대의 어느 누구보다 그 이해력이 뛰어났던 만통자 우길에게 팔대 무적비도라는 별호가 있었던 장상이 쓴 두 개의 비급은 크게 관심이 갈 수밖에 없었으니, 그 역시 세수 일흔에 문주 직을 후대에 넘겨준 후 장상이 정리하였던 여덟 개의 무공을 한 단계 위로 끌어올리게 된다.

이렇게 해서 여덟 개 신병의 무공은 장상과 우길의 손을 거쳐 완성되나, 이 무공은 제조될 신병의 특성을 띠고 그 수배의 위력을 자아낼 수 있는 무공이기에 그저 비도문 장서관에 보관되어질 뿐 어느 누구도 관심을 가지지 않았다.

이 무공은 훗날 비도문 이십칠대 문주인 혈비도 무랑과 함께 비도문 최고의 고수라 불리는 오립산의 손에 들어가게 되었고, 오립산은 비도문의 자금과 정보 수집의 일을 맡고 있던 중 팔대 문주인 장상이 말했던 천공에서 떨어진 금속을 얻을 수 있게 되어 스스로 장상의 비급에 따라 아홉 개의 신병을 만들게 되었다.

오립산은 후에 문파의 일로 강호를 주유하며 자신이 만든 여덟 개의 신병을 친분이 있던 여덟 명의 무림고수에게 선물하게 되었고, 이렇게 해서 신병은 상호에 그 모습을 드러내게 된 것이다.

그런데 이러한 사연을 지닌 금속이 화살의 촉으로 사용되었으니 어찌 장천이 놀라지 않을 수 있겠는가?

"크하하하!! 오랜만이군, 장천!"

커다란 음성이 일대를 진동시키며 들려오자 장천은 소리가 들린 곳을 쳐다보았는데, 그곳에는 진천벽력궁의 두 배는 됨 직한 거대한 궁을 들고 있는 사람이 서 있었다.

장천을 향해 화살을 쏜 인물은 다름 아닌 그가 죽어도 잊지 못할 숙적인 신궁 구궁이었다.

"구궁!!"

그의 모습을 확인하자 장천은 노기 어린 목소리로 소리쳤고, 이에 구궁은 미소 지으며 그를 향해 말했다.

"이제야 만나게 되는구나!"

"본좌 역시 너를 기다린 지 오래다! 구궁, 오늘은 둘 중 하나는 이곳에서 뼈를 묻어야 할 것이다!"

장천은 살기를 드러내며 소리쳤다.

하나 현재 그의 상태는 상당히 심각했는데, 그런 와중에 구궁이 나타났으니 장천은 등줄기에서 식은땀이 흘러내릴 수밖에 없었다.

사실 구궁은 이십팔숙이 그저 장천의 내력을 반 이하로 줄여주는 정도의 역할만을 생각했었는데, 생각 외로 장천이 큰 부상을 입었으니 상당한 호기를 만났다고 할 수 있었다.

또 이번에 그는 상당한 자신감도 있었다. 바로 그의 손에 들려 있는 철궁이 그 자신감의 근원이었는데, 그것은 비도문에서 내려오는 신병의 제조 비법이 적혀 있는 비급을 통하여 만든 무기였다.

오립산이 만든 진천벽력궁은 사실 천공석의 양이 많지 않았기에 원래의 형태보다 작게 만들어져 있었으나, 현재 그의 손에 들린 것은 비서에 적힌 원래의 형태와 크기를 그대로 따른 것이다.

또 그의 활통에는 천공석으로 촉을 만든 열 발의 화살이 있었기에 화살 하나하나가 십대신병의 위력을 가졌다고 해도 과언이 아니었다.

"각오해라!"

구귀와 십귀가 부축하는 동안 적으나마 진기를 돌려 약간의 내상을 치유했던 장천은 그들을 옆으로 물린 후 땅을 박차고 구궁을 향해 몸을 날렸다. 하지만 그런 장천을 향해 미소 짓고 있던 구궁은 여유로운 모습으로 천천히 손을 들어 올렸다.

쿠구구궁!!

그 순간 그의 아래에 있던 성벽의 창에서 큰 소리와 함께 수십 개의 불꽃이 뿜어져 나왔고, 장천은 크게 놀라 급히 비도를 들어서 자신의 앞에 검막을 펼쳤다.

채재재재쟁!!

검막이 펼쳐지자 날카로운 쇳소리 수십 개가 울려 퍼지며 장천은 몸을 밀어붙였기에 그는 구궁을 향해 움직이던 것을 멈출 수밖에 없었다.

"화총!"

성벽의 작은 창에서부터 불꽃과 함께 쏘아진 것들은 바로 화총이었는데, 장천은 그 위력에 놀랄 수밖에 없었다.

쌍도문은 관의 사람들과 인연이 있는 사람이 많아 화총을 처음 본 것은 아니지만, 지금의 화총은 그의 손을 얼얼하게 할 정도로 강렬한 힘을 지니고 있었기 때문이다.

화약의 힘으로 탄환을 쏘아내는 화총은 그 큰 폭발의 힘을 견디어내지 못했기에 자연히 위력이 떨어질 수밖에 없었는데, 놀랍게도 구궁은 강북을 장악하며 얻어낸 엄청난 재화를 바탕으로 현철과 천공석, 그리고 철을 합친 합금으로 화총을 만들어 무림고수들도 쓰러뜨릴 수 있는 화총을 만들어낸 것이다.

약간의 현철을 섞어 만든 검이라 할지라도 그 견고함은 놀라운 것인데, 그것에 천공석까지 섞어 넣었으니 그 견고함은 어떠하겠는가.

물론 두 금속의 희귀성 때문에 많은 화총을 만들지는 못하지만, 장천 하나만을 상대로 한다면 오 년간 무림의 명문 문파들의 봉문으로 강북을 장악하여 막대한 자금력과 정보력을 손에 넣은 구궁에게는 그리 어려운 일이 아니었다.

"제이탄 발사!"

쿠구궁!

장천이 머뭇거리고 있는 사이에 또다시 두 번째 화총의 공격이 시작되었고, 그것은 장천은 물론이요, 뒤에서 지켜서고 있는 백귀대의 무사들에게도 향했다.

"끄악!"

"큭!"

엄청난 위력의 화총 공격에 아홉 명의 백귀대 무사가 제대로 반항도 하지 못하고 땅으로 쓰러지고 말았는데, 그들로서는 보통의 대여섯 배 위력을 지닌 화총 탄환을 막는 것은 어려운 일이었다.

화총의 공격으로 백귀대 무사들이 쓰러지자 장천은 급히 백귀대의 무사 중 하나가 들고 있던 유성신창을 들어 구궁을 향해 집어 던졌다.

슈우우웅!

그의 손에서 벗어난 유성신창을 날카로운 파공음을 내며 그대로 구궁을 향해 뻗어 나갔고, 이에 구궁은 크게 당황할 수밖에 없었다.

"주군!!"

화총의 공격을 보며 방심하고 있었던 터라 구궁으로선 피하기 어려운 순간이었는데, 그 순간 그의 주위에 있던 십여 명의 무사가 주군을 보호하기 위하여 유성신창을 향해 몸을 던졌다.

퍼버버벅!

"끄아악!!"

장천의 내력이 실린 유성신창은 그대로 구궁을 보호하기 위하여 몸을 날린 부하들의 몸을 꿰뚫고 날아갔지만 내상으로 인하여 위력이 약해져 구궁의 앞에서 멈추고 말았다.

"……."

만약 장천이 이십팔숙들에 의하여 내상을 입지 않았다면 죽음을 면치 못했을 것인지라 구궁은 등줄기에서 식은땀이 흘러내리고 있었다.

내상을 입힘과 함께 완전히 궁지에 몰았다고 생각했는데, 역시나 장천을 우습게 보아서는 안 되겠다는 것을 깨달은 그는 안도의 한숨을 내쉬고는 부하들을 보며 소리쳤다.

"비격진천뢰(飛擊震天雷)를 쏴라!!"

그의 명령이 떨어지자 다섯 문의 화포가 성벽 위로 모습을 드러냈고, 횃불을 심지에 붙이자 천둥 같은 굉음과 함께 장천을 향해 다섯 문의 화포가 일제히 불을 뿜었다.

콰과광!!

비격진천뢰는 일반의 화포와는 달리 화탄에 화약이 들어 있어 일정한 위치에서 작렬하여 사방으로 파편을 날려 사람을 살상하는 대인 살상용의 화탄이었다.

하지만 장천에게로 화탄을 날린 것은 구궁의 실수라 할 수 있었으니, 화총의 경우에는 그 탄환이 작고 빠르기 때문에 장천으로서도 그것을 막는 것이 힘들었지만, 비격진천뢰의 화탄의 경우는 그의 눈을 벗어날 수 없었기 때문이다.

"훙!"

다섯 발의 화탄이 자신에게 날아오는 것을 확인한 장천은 양손을 허리춤에 가져가는가 싶더니 이내 허공에 장력을 방출했다.

"차압!!"

엄청난 장풍이 사방으로 뻗쳐 가자 장천을 향해 날아오던 화탄은 허공으로 솟구치는가 싶더니 큰 소리를 내며 폭발했다.

콰과과광!!

"크윽!!"

다행히 화탄의 직접적인 공격은 피할 수 있으나 장천의 내상은 더욱 심화될 수밖에 없었다. 사실 그 혼자라면 어떻게 피할 수 있었으나 주위에 백귀대 무사들이 쓰러져 있었기에 그로선 내상이 심해지는 것을 알면서도 이런 방법을 취할 수밖에 없었던 것이다.

목구멍으로 넘어오는 피를 간신히 삼킨 장천은 다시 근처에 떨어져 있던 화룡신도와 냉혈검을 집어 들고는 구궁을 향해 몸을 날렸다.

장천이 자신을 향해 몸을 날려오자 구궁은 자신의 진천벽력궁에 화살을 재워 내쏘았다.

"섬전시!!"

그의 손에서 벗어난 화살은 한줄기 빛과 같은 빠르기로 일직선을 그리며 장천을 향해 뻗어 나왔고, 이에 장천은 공중에서 몸을 돌려 화살을 향해 좌검우도의 초식을 시전했다.

"쾌섬일점 천월붕쇄!"

장천은 공중에서 몸을 돌려 쾌섬일점의 초식으로 화살을 튕겨내며 화룡신도의 천월붕쇄의 강기를 구궁에게 날리려 한 것이다.

방어와 함께 화살을 사용한 후 보이는 허점을 공략하여 구궁을 없애려 했던 것인데, 아쉽게도 문제가 있었다. 그것은 구궁이 날린 화살이 보통의 화살이 아니라는 것이다.

천공석으로 만든 촉의 화살에 구궁의 내력이 섞여 그 위력이 수배 더해진 화살이었기 때문이다.

채애애앵!! 탕!! 쿠구궁!

구궁의 손에서 벗어난 섬전시의 화살 끝은 장천이 내지른 검의 끝과 일치하였으나 화살의 위력은 무시할 수 없는 것이기에 냉혈검은 그 힘을 이기지 못하고 부러질 듯 크게 휘는가 싶더니 두 병기 모두 반대쪽으로 튀어버린 것이다.

그 여파로 장천의 신형이 제대로 유지되지 못하고 공중에서 크게 흔들리자 천월붕쇄의 강기는 방향이 틀어져서는 구궁에게로 향하지 않고 성벽과 충돌하여 큰 굉음과 함께 폭발했다.

"콜록!!"

그 때문에 내상은 더 심해지고 있었지만, 구궁은 화총수를 다그치며 소리쳤다.

"화총을 쏘지 않고 뭣 하는 게냐!!"

쿠구궁!

구궁이 대갈을 지르자 그제야 화총은 장천을 향해 일시에 불을 뿜었고, 장천은 고통을 참고 냉혈검을 들어 검막을 시전했다.

장천의 검막에 의해 탄환을 튕겨져 나갔고, 다음 순간 장천은 급히 몸을 날려 백귀대의 시체가 있는 곳으로 향해 시체의 몸을 뒤져 환단 하나를 찾아서는 그것을 복용했다.

"주군! 그것을 복용하시면 안 됩니다!!"

복부에 총탄을 맞고 쓰러져 있던 이귀는 장천이 그것을 복용하자 크게 놀라 만류하였지만, 이미 상황은 끝난 후였다. 잠시 후 장천의 눈에서는 시뻘겋게 핏줄이 서는가 싶더니 그의 온몸에 있는 혈맥이 크게 부풀어 오르기 시작했다.

"끄아악!!"

강렬한 고통이 온몸을 휘감기 시작하자 장천은 고통을 참지 못하고 괴성을 내질렀고, 그의 모습을 지켜보는 이들은 모골이 송연할 지경이었다.

그리고 잠시 후 장천의 몸에서는 강렬한 기도가 흘러나오기 시작하며 머리카락은 금세 시뻘건 색으로 변했고, 엄청난 힘이 그의 온몸에서 흘러나왔다.

백귀대는 비도문의 문주를 보호하는 임무를 맡고 있는 이상 목숨을 걸고서라도 그를 보호해야 하는 무사들이었다.

그런 이유로 그들은 만약의 경우를 생각하여 비도문에서 극비리에 제조한 하나의 환단을 몸에 지니고 있었는데, 바로 폭혈환(爆血丸)이었다.

이것은 각종의 독과 함께 쉽게 얻을 수 없는 영약이 섞여 있는 약으로 몸을 보한다는 것보다는 신체의 진기를 폭발시켜 잠재력을 끌어올리는 데 사용되는 약이었다.

이것을 복용하면 자신의 잠재력까지 끌어올릴 수 있지만, 과도한 선천진기의 폭발로 인하여 후에 큰 후유증이 남아 심하면 죽거나 전신불수까지 되는 경우가 있었다.

그러한 위험이 있는 약인만큼 문주를 보필하는 이귀가 극구 만류하는 것은 당연한 일이었다.

폭혈단으로 자신의 몸에 있는 잠재력을 끌어올린 장천은 상당한 내상을 입었음에도 불구하고 구궁과 싸울 수 있는 힘을 얻을 수 있었기에 내력을 끌어올리며 화룡신도와 냉혈검을 잡은 손에 힘을 주고는 구궁을 향해 몸을 날렸다.

"발사!"

장천이 자신들을 향해 날아오르자 또다시 화총이 일제히 불을 뿜었지만, 좀 전과는 전혀 다른 양상이 벌어졌다. 폭혈단으로 진기를 폭발시켜 내력을 찾은 장천에게 화총의 탄환은 그저 평범한 암기와 다를 바 없었다.

"흥!"

자신을 향해 날아오는 화총을 탄환을 보며 양손에 들려 있는 도와 검을 휘두르자 수십 개의 빛줄기가 장천의 주위에서 맴도는 듯한 착각을 불러일으키는 듯했고, 다음 순간 탄환은 땅으로 떨어져 내렸다.

탄환을 쳐낸 장천은 허공을 밟으며 구궁을 향해 몸을 날렸다.

"이분시(二分矢)!"

장천이 다가오는 것을 막기 위하여 구궁은 또 한 발의 화살을 재어 그를 향해 날렸고, 화살은 허공에서 두 개로 분리되어서는 장천의 양옆으로 빠지는 듯했다.

챙!

그리고 다음 순간 두 개로 갈라져 가던 화살은 갑자기 방향을 바꿔서는 그대로 장천의 관자놀이를 향해 빠르게 쇄도해 들어왔다.

카가강!

진천벽력궁 화살의 한 종류인 이분시는 처음부터 화살이 두 개로 분리되게 되어 있었고, 그 분리된 화살의 사이에는 천잠사가 매어져 있었다. 그리고 두 개의 화살을 이어주는 천잠사의 중간 부분에는 또 하나의 천잠사가 진천벽력궁에 매달려 있는데, 빠른 속도로 날아가던 화살에 거리를 맞추어 구궁이 내력을 다하여 끌어당기자 허공에서 방향이 바뀐 화살은 장천의 양 관자놀이를 노리며 들어온 것이다.

진천벽력궁은 그 위력 면에서는 다른 신병들과 비교하면 크게 떨어지지만, 원거리에서의 공격이 가능하고 수백 종류에 이르는 화살은 범인은 생각지도 못할 기이한 것인지라 구궁에게는 최고의 무기라 할 수 있었다.

두 개의 화살이 관자놀이로 날아오자 장천은 급히 냉혈검과 화룡신도의 면으로 관자놀이를 보호하였는데, 강하게 밀려들어 오던 화살은 놀랍게도 두 개의 신병을 뚫어왔다.

그러나 장천 자신도 내력을 돋운 상태로 신병을 들고 있었기에 화살은 두 개의 신병에 꽂혀서는 멈추고 말았다.

하나 이것으로 신병으로 신병을 파괴할 수 있다는 것을 안 장천은 조심하지 않을 수 없었다.

이분시의 공격에 장천의 멈추어지자 다섯 문의 화포는 다시 그를 향해 불을 뿜었다.

쿠구궁!

화포로 쏘아진 비격진천뢰는 또다시 굉음과 함께 사방에 파편을 날리며 작렬했지만, 이어지는 공격에 장천은 급히 땅을 박차고 십여 장 이상 몸을 날리며 그것을 피할 수 있었다.

도저히 진척이 없는 싸움에 장천은 답답할 수밖에 없었다. 하나 한편으로는 구궁에게 감탄했는데, 그와의 싸움이 혈비도 무량이었던 장춘일과의 싸움보다 더 힘들게 여겨졌기 때문이다. 마치 난공불락의 성을 상대로 단신으로 덤벼드는 것과 같은 기분이 들었다.

하지만 이곳에서 구궁을 쓰러뜨린다면 모든 것이 순조롭게 될 것임을 아는 장천은 이란격석(以卵擊石)이라 할지라도 부딪칠 수밖에 없었다.

성벽 위를 허공답보로 오르는 게 어렵다는 걸 안 장천은 생각을 바꾸어 경신술로 성벽 가까이 다가가 벽호공으로 위로 올라가려 했다. 이에 화총이 또다시 그를 향해 발사되었지만, 화총으로 장천의 호신강기를 꿰뚫는 것은 어려운 일이었다.

"젠장! 뭐 하느냐, 놈을 막지 않고!"

구궁이 부하들에게 소리치자 그의 부하들이 장천을 향해 몰려갔다.

하나 다음 순간 그들은 날카로운 파공음과 함께 비명을 지르며 쓰러졌다.

이들을 쓰러뜨린 자들은 남아 있던 백귀대의 무사들이었다. 화총의 공격으로 인하여 이귀를 포함하여 세 명밖에 남아 있지 않았지만, 비도를 던지는 것은 가능했던 것이다.

백귀대의 도움으로 간신히 위기를 넘긴 장천은 그대로 성벽을 향해 천월붕쇄의 강기를 날렸다.

콰과광!

"끄악!!"

천월붕쇄의 초식에 성벽은 굉음과 함께 무너져 내렸고, 구궁의 부하들은 비명을 지르며 나가떨어질 수밖에 없었다.

쿠구궁!!

장천이 성벽 위로 올라가는 것을 보자 구궁은 화포를 겨누어 내쏘았고, 다음 순간 장천 주위는 비격진천뢰로 굉음의 폭발과 함께 무너져 내렸다.

폭발의 기운이 사라지자 구궁은 조심스럽게 무너진 성벽 쪽을 향해 활을 겨누며 다가갔다.

성벽은 아직도 작은 충격에도 무너져 내리고 있을 뿐 사람의 인기척은 전혀 느껴지지 않았기에 그는 장천이 성벽의 돌에 압사당했다고 생각하며 안도의 한숨을 내쉴 수 있었다.

"휴……."

쿵!

하지만 그의 안도는 시기상조, 다음 순간 굉음이 크게 울리는가 싶더니 부서진 성벽 사이에서 하나의 인영이 허공으로 뛰어올랐기 때문이다.

"젠장! 선풍시!!"

그 인영의 주인은 장천. 성벽을 부수며 날아오른 그를 향해 구궁은 선풍시를 날렸고, 화살은 강렬한 회전을 하며 맹렬한 기세로 뻗어 나갔다.

키기기기깅! 챙!

하나 강렬한 관통력의 선풍시는 신형에 적중하는가 싶더니 날카로운 쇳소리와 함께 그대로 위로 튕겨졌는데, 이미 구궁의 화살 공격을 예상했던 장천이 화룡신도와 냉혈검으로 화살을 막을 준비를 하고 있었던 것이다.

구궁의 화살 공격을 막은 장천은 신형을 안정시키곤 성벽 위로 착지하며 날카로운 시선으로 구궁을 보며 소리쳤다.

"각오해라, 구궁!"

"괴, 괴물 같은 녀석!"

구궁으로선 도대체 인간이라고 볼 수 없는 장천에게 괴물이라고밖에는 말할 수 없었다. 머리가 찢어졌는지 시뻘건 피가 쉴 새 없이 흘러내리며 얼굴과 옷을 핏빛으로 물들이고 있는 장천은 흡사 지옥에서 튀어나온 악귀와 다를 바 없었다.

폭혈단을 복용하여 큰 눈에 시뻘건 핏줄이 서려 있는 장천이 노성을 지르며 몸을 날려오자 구궁은 급히 한 발의 화살을 내쏘았다.

"폭염시!!"

그의 손에서 벗어난 화살은 장천의 신병과 부딪치며 굉음과 함께 폭발했는데, 보통 사람이라면 그 여파에 산산조각이 나는 걸 면치 못할 위력이었다.

하나 장천은 몸이 다치는 것을 감수하면서도 전 내력을 끌어올려 엄청난 폭발의 기세를 뚫고는 구궁을 향해 몸을 날렸기에 구궁은 자신도 모르게 뒷걸음질칠 수밖에 없었다.

"죽어라!!"

구궁의 면전으로 다가든 장천은 그대로 화룡신도를 그의 정수리를 향해 내려쳤다. 그러나 구궁은 급히 손에 들고 있던 진천벽력궁으로 그의 공격을 막았다.

카강!

"끄아악!!"

엄청난 위력의 화룡신도가 그대로 진천벽력궁을 내려치자 도는 그대로 진천벽력궁을 한 치 이상 파고들어 가 멈추었다.

하지만 그 기운은 그대로 구궁에게 전해질 수밖에 없었고, 화룡신도를 막으며 생긴 엄청난 압력에 의해 구궁의 뼈가 견디어낼 재간이 없었다.

그의 두 다리는 단단한 성벽의 돌을 부수며 내리 꽂혔고 오른팔의 뼈는 살과 근육을 뚫고 밖으로 튀어나왔다.

부러진 뼈가 피륙을 뚫고 나오자 시뻘건 피가 뿜어져 나오며 고통이 밀려오는지라 구궁은 비명을 지르며 고통스러워했다. 하지만 이렇게 죽을 수는 없어 온 힘을 다해 뒤로 몸을 뒤로 날리곤 다시 한 발의 화살을 허공으로 날렸다.

삐이익!

그가 날린 화살은 근처에 있는 부하들에게 보내는 신호 화살이었고, 호적 소리가 길게 울려 퍼지자 장천은 또다시 구궁이 무슨 짓을 저지르려 하는 것임을 깨닫고는 그를 처단할 목적으로 냉혈검으로 그의 명치를 향해 내지르려 했는데, 이에 놀란 구궁이 다급한 목소리로 소리쳤다.

"나, 날 죽이면 네 처의 목숨도 온전치 못할 것이다!"

그의 말에 장천은 검을 멈출 수밖에 없었다.

"이놈!!"

하지만 그에 대한 분노는 참을 수가 없었는데, 이에 구궁은 노기 어린 표정으로 소리쳤다.

"장천! 또다시 너의 야욕으로 친인을 죽음으로 몰아갈 셈이냐!"

"뭣이!"

"숙부이자 너의 양부마저 죽이고, 네 마누라 역시 죽음으로 몰아갈 셈이냔 말이다!"

"큭!!"

그의 말에 장천은 뒷걸음질칠 수밖에 없었다. 그가 마음속으로 가장 후회가 되는 것이 바로 장춘삼과 임아란의 죽음이었다.

물론 그를 죽인 사람은 혈비도 무랑이었던 장춘일이었지만, 그 모두가 어린 시절 자신이 세운 계획 때문이었기에, 다시 기억이 살아난 그에게는 두 사람의 죽음은 마음속의 크나큰 상처로 남아 있었던 것이다.

장천이 뒷걸음질치자 구궁은 회심의 미소를 지으며 자리에서 일어났다. 그가 자신을 해하지 못할 것임을 알기 때문이었다.

"크크크크! 인면수심이라 생각했던 너에게도 일말의 양심이라는 것이 있었나 보구나. 크크크!"

"으드득."

구궁의 이어진 말에 장천은 이를 갈 수밖에 없었으나 자신보다 아내와 아들이 평안히 살기를 바라는 그로서는 어쩔 수 없는 일이었다.

하지만 잠시 후 구궁조차 예상하지 못했던 일이 벌어지고 말았는데, 분노로 떨고 있는 장천의 모습이 이상하게 변했기 때문이다.

"끄윽!!"

갑자기 고통스러운 표정을 지으며 괴로워하는 장천이었기에 구궁은 영문을 알 수 없어 당황할 수밖에 없었다.

"무슨 일이……."

"크크크크."

다음 순간 장천은 음침한 웃음을 흘리며 그를 노려보았다. 한데 그 모습에는 방금 전까지와는 달리 오만하고 날카로운 인상이었다.

구궁을 보며 음흉한 웃음을 짓고 있던 장천은 손에 들고 있던 냉혈검에 진기를 주입하고는 차가운 목소리로 입을 열었다.

"화영! 감히 나를 협박하다니 많이 컸구나. 아니지. 화영이 아니라 과거의 별명을 그대로 불러주어야겠지? 구둔자(九鈍子). 크하하하하!!"

"큭!"

구둔자라는 말에 구궁은 노기가 치솟아올랐지만, 그와 함께 그의 내부에서는 두려움이 밀려오고 있었다.

장화영. 그것은 구궁의 원래 이름으로 장천과 함께 비도문에 살았을 때 불렸던 이름이었다.

비도문의 종손은 혹시나 있을 문주의 죽음을 대비하여 기본적으로 비도술을 익히는 것이 보통이었고, 구궁 역시 장춘일을 찾아 다시 본가로 돌아오자 비도문 장로들의 명에 의해 비도술을 익혀 나갔다.

하지만 궁술 외에 다른 무공에는 소질이 없던 구궁에게 비도술은 낯설고 힘들 수밖에 없었기에 뒤처지는 것이 당연했다.

또 그 당시 비도문에는 문파가 세워진 이래 최고의 기재라는 장천이 있었기에 그와 비교당하여 구궁의 둔함이 더욱 부각될 수밖에 없었다.

그런 이유로 구궁은 구둔자라는 별명으로 불렸는데, 비도문의 시절은 구궁에게 가장 치욕스러운 시절이었다.

비도술이 뒤떨어진 그는 원래부터 능숙히 다루던 궁술에 매진하게 되는 결과를 가져왔는데, 잊고 싶었던 과거의 별명이 장천의 입에서 나오자 구궁은 과거의 악몽이 다시 떠오르는 듯했다.

"종가에서 둔재라 불리던 네 녀석이 나를 이렇게 고생시키다니, 많이 컸구나! 하하하하!"

장천이 대소를 터뜨리자 구궁은 더 이상 참지 못하고 화살을 날리려 했다. 그 순간 무엇인가가 번쩍 하더니 그의 손에 들려 있던 진천벽력궁이 옆으로 튕겨져 나갔다.

"어리석구나! 둔한 것은 알았다만 아직 제 처지조차 알지 못하고 있는 거냐?"

"크윽!"

"크크크. 심약한 그놈에게는 협박이 통할지 모르겠지만, 나에게는 그것이 통하지 않는다."

"그놈?"

장천의 말에 구궁은 그가 말하는 자가 누구인지 알 수 없었는데, 이에 장천은 조소를 터뜨리며 살기 어린 목소리로 말했다.

"크크크. 마음 같아서는 네 녀석의 목을 베어버리고 싶다만, 그 녀석을 생각하자니 간단한 형벌로 끝내주마!"

그 말과 함께 장천의 왼손은 쾌속하게 움직였고, 다음 순간 느껴지는 엄청난 고통에 구궁은 크게 비명을 내지르고 말았다.

"끄악!!"

장천의 냉혈검이 그의 왼팔을 잘라 버린 것이다.

그나마 다행이라면 냉혈검의 냉기가 잘려진 팔을 급속하게 얼린 덕에 잘렸던 팔에서 흐르던 피는 멈추어졌다는 것이지만, 이제 팔을 치료해도 외팔이를 면치 못하게 된 구궁은 고통과 함께 분노가 터져 나오고 있었다.

"장천! 이 죽일 놈!!"

"크크크크!"

구궁의 팔을 잘라 버린 장천은 자신을 향해 노성을 터뜨리는 그에게 다가가서는 발을 들어 안면을 후려 찼고, 이에 구궁은 강렬한 타격에 삼 장 이상 뒤로 튕겨져 나갔다.

쿠궁!

"끄으윽!"

시뻘건 피가 입과 코에서 쉼없이 흘러내리고 있었는데, 장천은 그것을 보며 차가운 목소리로 말했다.

"네 녀석에 대한 형벌은 이것으로 끝내주지. 가라! 가서 능예인가 뭔가 하는 계집을 네 마누라로 삼든지, 아니면 노리개로 쓰든지 마음대로 하거라! 크하하하하!"

땅에 널브러져 있는 구궁을 보며 대소를 터뜨리며 즐거워하는 장천은 가볍게 몸을 날려 성을 빠져나갔고, 남아 있는 세 명의 백귀대가 힘겨운 모습으로 그 뒤를 따랐다.

성벽 위에 홀로 남아 있던 구궁은 고통스러운 듯 몸을 일으키며 이를 갈고 있었으니 그의 눈은 시뻘겋게 변한 채 강한 살기마저 흐르고 있었다.

"장천! 장천! 장천!!"

도저히 참을 수 없는 치욕에 울부짖듯 소리치던 구궁은 주먹을 쥔 손에서 피가 흘러내릴 정도였다.

장천이 사라진 얼마 후 달려온 부하들은 구궁의 모습을 확인하고는 크게 놀라 부축했다.

"문주!"

"으드득… 요연!"

"예, 문주!"

"그년을… 그년을 당장 데려와라! 장천 그놈의 면전에서 목을 베어 버리고 말겠다!"

"예!"

장천의 행동에 이미 구궁은 분노로 이지를 완전히 상실한 상태였고, 이제 그의 목적은 강호의 재패나 비도문의 멸문 같은 것이 아닌 장천에 대한 복수로 바뀌어 있었다.

하나 이것은 바로 장천이 원하던 일이기도 했다. 과거의 잔인했던 때의 그로 돌아가 버린 장천은 오히려 사랑했던 여인을 자신의 야욕을 위한 희생양으로 사용하려 하는 것이었다.

제62장
비정한 부정

장원의 외부에 있던 진세를 벗어나 객잔으로 돌아온 장천의 입가에는 다시금 자신 앞에 나타날 구궁을 생각하며 조소가 흘러나오고 있었다.

"크크크. 구궁, 네 녀석이 아무리 날뛰어봤자 본좌의 손바닥에서 놀아날 뿐이다. 크하하하!"

구궁을 이용하여 자신이 생각하던 것을 이루려는 생각에 웃음을 참을 수 없는 그였는데, 그 순간 강한 통증이 심장에서 느껴지며 그의 온몸을 휘어 감기 시작했다.

"크윽!"

갑자기 고통이 밀려오자 장천은 심장을 움켜쥐며 몸을 숙였는데, 날카로운 칼로 찌르는 듯한 통증에 그는 입술을 깨물며 노한 목소리로 소리쳤다.

"다, 당장 멈추지 못하겠느냐!"

아무도 없는 객잔의 방에서 그는 누구를 향해 소리를 치는 것인가? 그러나 그 이유는 잠시 후 그의 입에서 흘러나오고 있었다.

"네 녀석 마음대로 하지는 못할 것이다!"

"크윽… 빌어먹을 녀석!"

놀랍게도 그의 입에서는 두 개의 다른 음성이 흘러나오고 있었는데, 그것은 바로 쌍도문에서의 장천, 바로 그의 인격이었다.

대법의 완성으로 기억의 혼란이 일어났던 장천은 민예의 정성 어린 보살핌으로 어느 정도 정상의 상태로 돌아오긴 했으나, 그것은 또 다른 비극의 시작이었다.

과거의 장천과 대법 후의 장천이 인성이 충돌하며 두 가지 인격을 만들어냈는데, 어이없게도 그에게는 마음을 두 가지로 나눌 수 있는 무공 바로 무당의 양의심공을 익히고 있었기 때문이다.

이렇게 해서 장천은 한 몸에 두 개의 인격을 가지고 있는 처지가 된 것이다.

평상시에는 쌍도문 시절의 장천이 잔인했던 과거의 장천을 누르고 있었으나 구궁이 장춘삼 부부와 능예로 협박을 하자 마음이 약해졌고, 그로 인하여 과거의 인격이 힘을 얻어 그의 몸을 지배한 것이다.

방에서 운기조식을 하고 있을 때 한 사람의 인기척이 느껴져 가볍게 조식을 마친 장천은 고개를 돌려보자 친숙한 얼굴인지라 차가운 미소를 지으며 말했다.

"어서 오시오, 하노."

"문주님, 몸은 어떻습니까?"

그는 바로 비도문의 실질적인 책임자라고 할 수 있는 하노였다. 그는 이귀의 보고로 장천이 내상을 입었다는 말을 듣고 급히 이곳으로 오게 된 것이다.

"구명천심환은 가져오셨소?"

"예, 여기 있습니다."

품에서 기름종이에 싸인 것을 풀어 공손히 내미는 하노의 손 위에는 세 알의 구명천심환이 놓여 있었다.

빠른 시간 안에 내상을 치료하기 위해서는 구명천심환 같은 명약의 도움이 반드시 필요하다는 것을 알고 있는 장천은 이귀를 보내 요청했던 것이다.

하노에게서 환단을 받아 든 그는 그중 한 알을 복용하고는 다시 운기조식에 들어갔다.

장천이 운기조식을 취하는 모습을 보며 방을 나온 하노가 짚고 있던 지팡이로 바닥을 치자 잠시 후 유령 같은 인영 셋이 그 앞에 모습을 드러냈다. 그들은 장천을 보호하는 아홉 명의 백귀대 중 살아남은 이귀, 육귀, 칠귀였다.

"상처는 모두 치료하였느냐?"

"예, 태상장로님."

이들 역시 부상을 입고 있는 상태였지만, 장천에 비해서는 그저 외상이 심한 편이기에 일주일 정도의 시간이 흐르자 거의 상태가 회복되었던 것이다.

이들의 대답을 들은 하노는 고개를 끄덕이고는 칠귀를 향해 말했다.

"칠귀는 구궁의 뒤를 쫓도록 하거라. 이미 그자의 뒤를 따르는 자가 표식을 남겨놓고 있을 테니 그리 어렵지는 않을 것이다."

"예."

지시를 받은 칠귀가 공손히 대답하고는 사라지자 하노는 다시 이귀와 육귀를 보며 말했다.

"너희들은 계속 문주님을 보필하되 이번과 같은 실수가 있어서는 안 될 것이다."

그가 말하고 있는 것은 바로 장천이 폭혈단을 복용한 일을 말하는 것이었고, 이귀와 육귀 역시 그 점을 죄송스럽게 생각하는지라 아무 말 없이 고개를 숙일 뿐이었다.

세 사람에게 지시를 내린 하노는 객잔의 아래층으로 내려가 의자에 앉아서는 길게 한숨을 쉬었다.

'주군의 상태가 더욱 심화된 것 같으니, 어찌해야 될지 모르겠구나.'

하노 역시 장천의 정신이 두 개로 분리됨은 예전부터 알고 있었지만, 지금까지 이렇게 확연하게 두 개의 정신으로 갈린 적은 없었던지라 걱정이 되는 것은 당연했다.

한 사람은 정이 많으나 그에 따라 우유부단할 수밖에 없는 주군이며, 한 명은 냉혹하면서 결단력이 있는 주군이었다.

솔직히 하노로서는 우유부단하지만 그래도 정이 많은 주군이 마음에 들지만, 비도문을 위해서는 후자의 쪽을 선택하는 것이 옳은 일이라는 것은 알고 있었다.

'일단은 견즉사의 호청명을 찾아야 할 것 같구나.'

다른 이라면 모를까 견즉사의 호청명은 비도문이 낳은 최고의 명의인만큼 분열된 장천의 정신을 돌아오게 하는 방법을 알고 있으리란 생각이 들었다.

하나 문주의 병을 고치는 것과 함께 중요한 일은 바로 구궁을 비롯하여 강북 명문 무문들과의 일전이었다.

이 싸움은 이제 전 중원의 패권을 거는 싸움이라 할 수 있으니, 이 싸움에서 패한다면 비도문은 멸문을 면치 못할 것임을 잘 알고 있었다.

현재의 세력을 견주어본다면 겉으로 드러난 힘은 아직 비도문이 약간 위에 있다고 할 수 있었다. 거기에다 폭혈단과 같은 환단이 있으면 적은 수로도 큰 적과 싸워도 충분히 승산은 있다고 할 수 있었다. 그러나 구궁을 비롯한 명문의 무문들이 현재 세력의 비를 모를 리는 없었기에 정면 대결로 싸울 가능성은 전무하다 할 수 있었다.

분명 지금과 같은 방법으로 비도문의 기둥이라 할 수 있는 장천을 노리거나 본문을 와해시켜 자신들의 세력을 약화시키는 방법 등을 선택할 가능성이 컸다.

그렇다면 비도문 본문의 경비를 튼튼하게 하는 것과 동시에 문주의 보필에도 신경을 써야 하는데, 그렇게 한다면 적들과의 세력 비에서 떨어지게 됨은 어쩔 수 없는 일이었다.

'그렇다고 한다면 방가의 아이들에게 본문을 맡기는 것이 좋을 듯한데… 마음이 놓이지 않는군.'

방가의 아이라 함은 과거 장천과 함께 지낸 적이 있었던 문규들로 멸천십군의 직에 있었던 이들이지만, 이들은 아직까지 하노에게 그리 믿음을 주지 못하고 있었다.

단순히 무공만을 본다면 비도문 문주의 후계자 수업을 어느 정도 쌓고 있어 백귀대와 비교하여 한 수 위의 실력을 갖추고 있다 할 수 있었다.

하지만 이들이 하노에게 믿음을 주지 못한 것은 바로 이들이 삼대방가의 실력자들로 너무 자신감에 넘치고 오만하다는 것 때문이었다. 자신들의 문파가 천하제일임을 의심하지 않는 그들은 구파일방이라는 존재까지 무시하고 있었다.

물론 실질적인 이들의 우두머리라 할 수 있는 문규나 그의 동생인 문강은 그런대로 다른 이들에 비해 괜찮았지만, 다른 아이들은 상대를 얕보는 경향이 많았다. 문규와 문강이 방가에서도 조금 피의 색이 옅은 이인지라 쉽게 삼대방가의 아이들을 다스리기는 어려울 것이 분명했다.

'일단은 서신을 보내 문규와 아이들에게 그곳을 지키라 명을 내려야겠구나. 하지만 문규는 모르지만 다른 아이들이 그 명령을 복종할지 걱정이 앞서니, 이거 참.'

그가 우려했던 대로 비도문의 상태는 그리 좋지 않았다. 하노를 비롯하여 문의 실질적인 지도자라 할 수 있는 장로들이 대부분 강북과의 싸움에 대비하여 문을 비우고 있는 시점이고, 그의 생각대로 현재 문파 내에서 가장 높은 사람은 바로 문규였다.

하지만 그는 생각지도 않은 일로 골치를 썩고 있었으니, 하노의 생각대로 문파의 젊은 혈족들의 혈기를 감당하기가 어려웠기 때문이다.

"문 형님! 뭐 하고 계시는 겁니까! 문파의 무사들이 모두 강북의 악적 놈들과 일전을 벌이러 갔는데, 문의 중심이라 할 수 있는 우리 삼대방가의 후지기수들이 이렇게 문파 내에서 빈둥거리는 것이 말이나 되는 일입니까!"

상좌에 앉아 있는 문규를 향해 시뻘건 얼굴로 소리치고 있는 자는 성질이 급하기로 이름난 청안비도(靑眼飛刀) 하능이라는 자로 강호에서는 청안백조(靑眼百爪) 능수이라는 이름으로 알려진 사람이었다.

일단은 대전을 앞두고 소집령을 받아 문파로 돌아오기는 했지만, 워낙 밖으로만 돌아다니던 자인지라 오랜 시간 문파 내에서 죽치고 앉아 있는 것에 불만을 가지고 있었다.

문규 역시 그의 성격을 알고 있는지라 마음 같아서는 녀석 혼자라도 밖으로 내보내고 싶은 심정이 굴뚝같았지만, 명령이 없는 한 함부로 문밖으로 보낼 수는 없는 일이었다.

"문주님이나 태상장로께선 우리들의 거취에 대해서 어떠한 언급도 없었다. 문 외의 일도 중요하지만 문 내의 일은 그것에 비교할 수 없는 것이니 하능은 지닌 바 혈기를 잠시 누르도록 하라."

"하지만 형님!"

"또한 듣자 하니 네 녀석은 본 문의 비도술보다는 조법에 더 관심이 많다더구나. 진법을 이루기 위해서는 비도술을 익히는 것도 중요하니 앞으로는 본 문의 비도술을 익히는 데 주력하도록 하여라."

"큭!"

문규의 말에 하능은 입을 다물고 말았는데, 그의 말대로 외부로 돌아다니는 것에만 열중해서 문파의 무공에 소홀히 했기 때문이다.

하지만 하능이 입을 다문다고 해서 다른 이들의 원성마저 가라앉힐 수는 없었기에, 문파의 회의실에 모여 있던 이십여 명의 젊은 무인은 당장이라도 나가고 싶은 마음을 여실히 드러내고 있었다.

그중 가장 골치 아픈 사람이 있다면 바로 그의 옆 자리에 앉아 있는 장민이었는데, 혈족의 피로 본다면 자신보다 훨씬 계승권에 가까운지라 그녀를 대하기 어려울 수밖에 없었다.

표독스러운 눈빛으로 자신을 보고 있는 장민을 보며 문규는 그저 한숨밖에 나오지 않았다.

"오빠!"

"그래, 말하거라."

"이렇게 하염없이 기다리고만 있다 문주님이나 태상문주님께 일이라도 생기면 어찌할 생각이에요? 언제 올지 모르는 명령만을 기다리다 자칫 일을 그르칠 수도 있는 것 아닌가요?"

"너의 말이 틀린 것은 아니지만 그것은……."

하지만 제대로 말을 하기도 전에 그녀는 문규의 말을 끊고는 큰 소리로 말했다.

"제 말을 틀리지 않다면 왜 밖으로 나가지 않는 거죠! 오빠가 계속 이렇게 있겠다면 저라도 밖으로 나가겠어요!"

"민아!"

"오빠의 말은 더 이상 듣고 싶지 않아요!"

장민이 자리를 박차고 밖으로 나가 버리자 그녀와 같은 생각을 하고 있던 젊은 혈족들이 그녀의 뒤를 따랐다.

장민의 무공은 문규와 그의 동생 문강과 비교해서 그리 떨어지지 않는 실력이기에 미모와 함께 무공에 반해 그녀를 따르는 혈족들이 꽤 많았다.

그녀와 일당들이 모두 나가 버리자 회의실에는 문규를 비롯하여 다섯 명 정도만이 남아 있을 뿐이었다. 문규는 그들을 둘러보며 한숨을 쉬었다.

"도저히 마음대로 되지를 않는구나."

"휴… 민이가 화영 형님의 일 이후로 더 제멋대로 되는 것 같습니다."

화영은 바로 구궁을 말하는 것인지라 그 역시 고개를 끄덕였다.

구궁은 과거 쌍도문에 있을 때도 본문인 비도문에 많이 드나들었다. 그런 관계로 문 내의 젊은 후기지수들 중 그와 친분이 있는 사람들이 꽤 많았다.

문 내의 배분으로 본다면 구궁은 이들에게 숙부뻘이 되기는 하지만, 문파에 드나들면서 그는 이들에게 최대한 많은 신경 쓰며 돌보아주었기에 문규를 비롯하여 문강이나 장민 역시 그를 오빠라 부르며 따랐던 것이다.

자신의 대에서는 장천의 탓으로 그리 환영받지 못했던 존재였다면 장천이 대계를 위하여 쌍도문으로 들어간 이후에는 후기지수들에게 상당한 관심을 받는 존재였던 것이다.

사실 장천이라는 기재가 가까이 있지 않았다면 그 역시 그리 둔하게 보일 인물이 아니었다. 궁술만큼은 누구보다 뛰어났고, 사람들을 따르게 하는 지도자로서의 매력도 있는 사람이었다.

그러한 화영이 장천으로 인하여 멀어지게 되고 지금에 와서는 쌍도문의 적이 되자, 장민을 비롯하여 많은 후기지수들이 실망한 것은 당연한 일이었고, 장민의 경우에는 문파를 배신한 화영에게 배신감과 함께 분노마저 느끼고 있었다.

그렇기 때문에 문규의 만류에도 불구하고 그를 죽이기 위해 밖으로 나가려 하는 것이고, 문규로선 그런 장민의 의지를 꺾을 방법이 없었다.

"휴……."

"이렇게 된다면 일단 그들을 보내는 것이 어떻습니까?"

"그들을 보내자고?"

"예. 그들을 보내도 이곳에 남아 있는 우리들과 무인들이라면 문을 지키는 정도는 충분하리라 생각합니다. 또 비도문의 위치를 알고 있는 자는 본 문의 인물들 외에는 없지 않습니까?"

"그것은 그렇지만……."

"물론 화영 형님께서 이곳의 위치를 알고 있다고는 하지만, 문주가 없는 지금 그분이 설마 본 문을 멸하려 하겠습니까? 누가 뭐래도 그분 역시 비도문의 문도가 아니었습니까?"

문강의 말도 틀리지 않았고 그 역시 화영에게는 아직 약간의 믿음이 남아 있었던지라 그의 생각을 따르자 생각했다.

또 어설프게 장민을 내보냈다가 그 아이가 다치기라도 한다면 자신 역시 마음이 편하지 않을 것이라는 생각에 일단은 문강과 몇몇 문도를 보내 그녀를 호위케 하기로 했다.

"알았다. 넌 지금 가서 열 명 정도의 무사와 함께 민아에게 가도록 하거라. 장돌뱅이 같은 능이 녀석보다는 네 녀석이 그 아이를 보필하는 것이 더 좋겠구나."

"알겠습니다."

"그리고 능을 비롯하여 경과 령은 문파에 남아 있으라 말거라. 아직 본 문의 무공에 능숙하지 않은 그 아이들이 나갔다가는 오히려 해가 될 수 있으니 말이다."

"알겠습니다."

그녀와 문강 등 일단의 일족들이 밖으로 나간 후 문규는 아직 어린 사촌 동생들의 무공 수련을 도우며 문을 지키고 있을 도리밖에 없었다.

하지만 그렇게 평온한 시간은 오래가지 않았다. 장민들이 떠난 지 이 주일 정도 후 서서히 그의 곁으로 어둠의 그림자가 찾아왔기 때문이다.

그날 역시 문규는 어린아이들의 무공 수련을 도와주며 시간을 보내고 있었는데, 수련장으로 한 명의 문도가 황급히 뛰어오는 것을 볼 수 있었다.

"무슨 일이냐?"

"헉헉… 크, 큰일났습니다!"

"큰일?"

"일단의 무리들이 본 문을 둘러싸고 있습니다!"

"본 문을?"

"예. 족히 수백은 되는 듯합니다!"

"이런!"

그의 말에 문규는 급히 수련장을 빠져나와 문파의 정문으로 향하니 그의 말대로 수백의 무사가 비도문을 둘러싸고 있는 모습이 보이는지라 미간을 찌푸릴 수밖에 없었다.

"어떻게 본 문으로 적도들이……!"

문규와 같이 온 하능 역시 비도문의 사람들 외에는 어느 누구도 알리 없는 이곳으로 적도들이 찾아온 것을 보며 경악을 금치 못했다.

"능아, 저자들 중 네가 아는 자들이 있느냐?"

문규의 말에 하능은 적도들의 살피던 중 강호행에서 얼굴을 본 사람들이 있는지라 크게 놀란 표정을 지으며 말했다.

"아무래도 적의를 입고 있는 자 중 긴 수염을 기르고 있는 도사는 화산파의 장로 중 한 사람인 적성 도인인 듯합니다. 무공으로 본다면 저와 비슷한 정도라고 할 수 있습니다. 또 그의 옆에 있는 청색 장삼을 걸치고 있는 자는 쌍도문 개천당의 당주인 공호라는 자인데, 한 자루의 판관필을 잘 쓰는 자로 저보다 한 수 위의 무공을 지닌 자입니다. 아무래도 저기 공호라는 자가 적도들의 우두머리인 듯합니다."

"음, 공호라……."

하지만 문규는 공호라는 자가 적도의 우두머리라고 생각하지 않았다. 이곳으로 적도들이 몰려왔다는 것은 비도문의 적이라고 할 수 있는 자 중 유일하게 문파의 일족인 한 사람이 말해 주지 않으면 불가능하기 때문이다.

"적도들의 숫자는 대략 삼백 명 정도. 이 정도의 숫자로 본 문을 친다는 것은 무리일 수밖에 없고, 적들 역시 그것을 모르지는 않을 것이다. 다른 무리들이 있을 수 있으니, 넌 오십 명의 본 문 무사와 함께 서쪽 절벽을 살펴보도록 하거라."

"하지만 그곳은?"

서쪽 계곡은 족히 오십 장이 넘는 낭떠러지인지라 설마 그곳으로 사람이 올까 하여 말한 것이나 문규는 고개를 저으며 말했다.

"무림인들에게 오십 장이라는 것은 힘들기는 하지만 못 오를 정도는 아니다. 만약 그곳을 통해 본 문을 기습하려는 자가 있다면 그들의 실력은 본 문을 둘러싸고 있는 저 무리들보다 못하지 않을 것이다."

"음… 알겠습니다."

문규의 말에 하능은 고개를 끄덕이고는 문 내의 무사들과 오십과 함께 서쪽 계곡으로 경신술을 펼치며 달려갔다.

하능이 서쪽 계곡으로 향하나 문규는 뒤에 있던 다섯 명의 친척 중 가장 어린 장경과 문령을 보며 말했다.

"너희 두 사람은 지금 급히 죽림으로 향하도록 하여라."

"예? 죽림이오?"

"죽림으로 들어가면 오두막이 있을 텐데, 그곳으로 가 거기 계신 분을 보호하도록 하거라."

"그분이 누구신데……?"

"가보면 알게 될 것이다."

"예."

비도문의 후기지수 중 죽림에 전대 문주였던 장춘일이 거처하고 있다는 것을 알고 있는 사람은 이곳에선 문규 외에 아무도 없었기에 장경과 문령은 이유는 알 수 없지만, 문규가 따로 지시하는 것을 보면 상당히 중요한 인물이라 생각했기에 그의 명에 따라 죽림으로 향했다.

"문진, 문도, 하명은 각각 백 명의 무사를 이끌고 본 문을 위협하는 적도들을 막아라!"

"예!"

문주의 계승권에서는 멀어져 있지만, 후기지수 중 가장 뛰어나다 알려져 있는 그였기에 하나하나의 지시에는 한 치의 소홀함도 없었다.

그의 명령에 따라 세 청년이 각각 백 명씩의 무사를 이끌고 비도문을 나서자, 비도문의 앞에서 도사리던 적도들은 뒤로 물러서기 시작했다.

상대가 전혀 싸울 생각이 없는 듯한 움직임을 보이자 문규는 이상하다는 생각이 들어 일단은 저들의 속셈을 알아볼 목적으로 하명에게 신호를 보내 백 명의 무사와 함께 적도들을 공격하게 했다.

"공격!"

하명은 백 명의 무사와 함께 적진을 향해 공격해 들어갔다. 비도문으로 몰려든 자들은 쌍도문과 화산파의 무사들로 강북에서는 정예에 속한 자들이기는 하지만 비도문의 무사들은 하나하나가 이들과 비교해서 뛰어난 재간을 지닌 자들이었기에 세 배가 넘는 적을 상대함에도 전혀 밀리지 않고 있었다.

"이상하군……. 이상해."

비도문의 중추 세력들이 외부로 빠져나가기는 했지만 저 정도의 무리들로 무너질 정도는 아니었다.

장화영 역시 그것을 잘 알고 있을 것임을 아는 문규였기에 불안감은 쉽게 가시지 않았다.

그리고 그의 불안한 예감은 여지없이 적중하고 말았으니, 정문 쪽의 싸움을 지켜보고 있던 그에게 한 명의 문도가 황급하게 뛰어오며 소리쳤다.

"큰일났습니다!!"

"무슨 일이냐?"

"서, 서쪽 절벽에서 수백의 무리가 기습을……!"

"뭐야? 능이는?"

"하 공자님께서 그곳에 도착했을 때는 이미 대부분의 적도들이 절벽을 오른 후였습니다. 결사적으로 막았지만, 역부족이었습니다."

"이런!"

서쪽 절벽으로 적도들이 밀려왔다면 그것이 주력일 것은 분명한 일이었다. 성동격서의 수법에 기만당했다는 생각에 문규는 일단 자신이 직접 나서는 것이 좋을 것이란 생각에 진에게 전음을 날렸다.

[진아!]

[예, 형님!]

[서쪽 절벽으로 적이 침입했다. 난 그쪽으로 갈 것이니, 넌 이곳을 책임지도록 해라!]

[예, 형님!]

문진에게 지시를 내린 후 문규는 급히 서쪽 절벽으로 부하들과 함께 향했다.

한편 죽림의 오두막에 도착한 장경과 문령은 오두막 앞에서 꼬마 아이를 만날 수 있었다.

"어머? 소민 아니니?"

"아! 령이 누나, 여기는 무슨 일이에요?"

경과 함께 오두막에 도착한 문령은 죽림 앞에 있는 사내아이가 친분이 있는 소민인 것을 알고는 조금 놀랄 수밖에 없었다.

"나야 규오빠가 이곳으로 가보라고 해서 온 거지만 넌 왜 이곳에 있는 거니?"

"태상장로님의 명을 받고 전대 문주님 시중을 들고 있어요."

"전대 문주님? 설마?"

"소민, 설마 이곳에 계신 분이 전대 문주님이시란 말이냐?"

"예. 몰랐어요?"

"그런……."

장경은 그제야 문규가 자신들을 이곳으로 보낸 이유를 알 수 있었다.

"일단 안으로 들어가자."

"그런데 무슨 일이죠? 형님과 누님들이 이곳으로 다 오시고 말이에요."

"그것은 어르신을 뵙고 말할 테니, 일단 안으로 들어가자."

"예."

무슨 일인지는 모르지만 장경과 문령의 표정으로 보아 심상치 않은 일이 벌어지고 있다는 것을 눈치 챈 소민은 그들을 안으로 안내하려 했다. 그때 날카로운 파공음과 함께 수십 개의 물체가 그들을 향해 날아왔다.

슈슈슉!

"까악!"

갑작스럽게 날아온 물체에 문령이 어깨에 상처를 입고 땅으로 나뒹그러지고 말았다. 그녀에게 날아온 것이 암기라는 것을 안 장경은 쓰러진 그녀와 소민을 안고 오두막으로 몸을 날렸다.

슈슈슉!

또다시 암기가 그들을 향해 날아왔지만, 다행히 세 사람은 오두막 안으로 몸을 피한 후였다.

"형님, 대체 무슨 일이죠?"

"젠장. 벌써 본 문으로 적도들이 들어왔단 말인가?"

장경이 밖을 살피며 적도들의 위치를 찾는자 소민의 물음에 답할 정신조차 없었고, 이에 소민은 더욱 궁금할 수밖에 없었지만 뭔가 좋지 않은 일이 있어 정신이 없는 것 같은지라 입을 다물고 말았다.

"령아, 상처는 어떠니?"

"응, 다행히 암기에 독은 없는 것 같아."

문령이 어깨에 박힌 표창을 뽑으며 대답하자 장경은 안도의 한숨을 쉴 수 있었다.

하지만 사태는 그리 간단한 것은 아니었고, 적도의 숫자를 알 수 없는 지금 일단 어르신을 피신시키는 것이 급선무라 생각한 그는 문령과 소민을 보며 말했다.

"일단 너희 두 사람은 어르신께 가보도록 해라."

"응, 오빠."

두 사람이 장춘일이 있는 곳으로 향하자 장경은 문밖을 내다보며 계속 적의 동태를 살폈는데, 잠시 후 십여 개의 인영이 죽림을 헤치며 움직이는 것을 볼 수 있었다.

"하찮은 삼류무사들 주제에 감히 령이에게 상처를 입혀? 살려두지 않겠다."

장경은 평소 친누이처럼 여기던 문령이 부상당하자 노기에 가득한 상태였기에 그들의 위치를 파악한 이상 숨어 있을 필요가 없다 생각하고는 문을 박차고 나가 적을 향해 몸을 날렸다.

"비도탈명(飛刀奪命)!"

그리고 품에서 여섯 자루의 비도를 꺼내어서는 오두막으로 접근하는 자들을 향해 비도팔선공(飛刀八仙功)의 비도탈명 초식으로 던졌다.

비도팔선공은 종가와 삼대방가의 일족들이 익히고 있는 무공으로 문주가 되기 위해 익히는 기본공 중 하나였다.

물론 기본공이라 해도 강호의 어떠한 상승무공과 비교해도 뒤지지 않을 정도였기에 그의 손에서 벗어난 여섯 자루의 비도는 여지없이 적도들의 목줄기에 박혔다.

"흥! 가소로운 녀석들!"

자신의 비도에 비명조차 지르지 못하고 적도들이 쓰러지자 장경은 콧방귀를 뀌며 나머지 무리들을 없애기 위해 몸을 날렸다. 그때 한 발의 화살이 빠른 속도로 그를 향해 날아왔다.

"헉!"

크게 놀란 장경은 급히 몸을 뒤로 눕혀 간신히 화살을 피할 수 있었으나, 화살은 대여섯 개의 대죽을 관통한 후에도 그 기세가 줄지 않고 날아갔고, 그 방향을 확인한 장경은 크게 놀랄 수밖에 없었다.

"설마!"

화살은 애초부터 장경을 노린 것이 아니었던 것이다. 잠시 후 큰 굉음과 함께 문령과 소민이 들어갔던 오두막에서 큰 폭발이 일어났다.

콰과광!

"헉!"

오두막이 폭발하자 장경으로선 크게 놀라 어찌할 바를 몰랐는데, 그때 하나의 웃음소리가 죽림을 크게 진동시켰다.

웃음소리가 들린 방향에서 네 명의 거한이 가마를 메고 달려오는 모습을 볼 수 있었고, 외팔이남자가 거대한 철궁이 고정되어 있는 가마를 타고 있었다.

"네 이놈!!"

장경은 그자가 오두막을 향해 화살을 날린 자라는 것을 알고는 노성을 터뜨리며 몸을 날리고는 다섯 자루의 비도를 내던졌다.

그의 손에서 벗어난 비도는 날카로운 파공음을 내며 외팔이남자에게 날아갔다.

"흥!"

비도가 날아오자 외팔이남자는 그저 콧방귀만을 뀔 뿐이었는데, 가마의 옆에서 따라오던 일단의 무사들이 그의 앞으로 튀어나와 거대한 강철 방패로 장경이 날린 비도를 막았다.

서억!

장경이 날린 비도는 외팔이남자에게 적중하지 못하고 강철 방패에 막혔지만, 내력이 서린 비도는 강철 방패에 깊숙이 박혀 들어갔으니, 어린아이라 할지라도 삼대방가의 혈족인지라 그 내력이 결코 가벼운 것이 아니었다.

"쳐라!"

비도가 막히자 외팔이남자는 옆에 있던 다른 무사들에게 말했고, 여섯 명의 검사가 장경을 향해 빠른 속도로 몸을 날렸다.

"육망검진(六芒劍陣)!"

이들 여섯 검사는 순식간에 장경을 둘러싸는가 싶더니 이내 검진을 이루며 장경을 공격해 가니, 그 초식의 흐름이 괴이한지라 그는 정신이 없을 지경이었다.

십여 차례의 공격은 간신히 피할 수 있었지만 계속되는 공격에 장경은 이내 허벅지에 상처를 입고 말았고, 비도를 던져 상황을 타개하려 하였지만 그의 무공은 이들 육망검수들에게는 전혀 통하지 않았다.

필사의 힘으로 여섯 개의 비도를 육망검수에게 날렸지만, 이내 그들의 검에 비도는 튕겨져 나온 것은 물론 상대의 검은 어느새 그의 목에 겨누어져 있었다.

"큭!"

이들 육망검진이 철저하게 비도문을 무공을 상대하기 위하여 짜여진 듯했기에 장경은 어이없이 패하고 만 것이다.

"오랜만이구나, 경."

"헉! 서, 설마 화영 형님?!"

육망검수에 의해 위기에 몰린 장경은 자신의 앞으로 다가온 외팔이남자의 목소리에 얼굴을 자세히 보자 적이 되어버린 장화영인지라 배신감에 노기가 치솟아올랐다.

"화영 형님이 어떻게……!!"

화영이 아무리 적으로 돌아섰다 할지라도 설마 자신의 근원이라 할

수 있는 비도문의 본문으로 부하들을 이끌고 습격해 올 것이라곤 생각
도 못한 장경이었다.

"크크크크, 일이 아주 재밌게 됐구나."

"화영 형님!"

"걱정 말거라. 너를 죽일 생각은 처음부터 없었으니 말이다. 하하하
하!"

장경을 보며 웃음을 흘리던 그는 부하들에게 장경의 혈을 짚으라 명
한 후 천천히 부서진 오두막으로 향했다.

자신이 쏜 폭열시로 인하여 오두막은 심하게 파손되어 있었으나 구
궁의 지시로 십여 명의 무사가 움직이자 잠시 후 내부의 모습이 확연
히 드러났고, 그곳에서 세 명의 남녀가 쓰러져 있는 것을 볼 수 있었다.

침상 앞에 쓰러져 있는 두 사람은 아직 나이가 어린 소녀와 소년이
었다.

"이런, 령이와 민이었군."

무너진 오두막에 의해 상처 입고 쓰러진 두 사람이 문령과 소민이라
는 것을 안 구궁은 무사들에게 이들을 치료하게 한 후 침상에 누워 있
는 남자를 향해 천천히 걸음을 옮겼다.

장천과의 싸움으로 큰 부상을 입었음에도 비도문을 향해 움직인 덕
에 내상이 더욱 심해진 상태였다.

그 때문에 한 발자국 움직일 때마다 상당한 통증이 밀려오고 있었지
만, 그를 만나야 했기에 부상은 문제되지 않았다.

천천히 침상 쪽으로 시선을 돌리자 백발이 성성한 노년의 남자가 눈
을 뜨고 있는 것을 볼 수 있었고, 그의 모습에 그는 미소를 지으며 말
했다.

"오랜만입니다, 아버지."

"…그래, 오랜만이구나."

침상에 누워 있는 장춘일은 이미 그가 왔을 때부터 눈을 뜬 상태였고, 힘을 다해 몸을 일으킨 그는 구궁을 보며 낮은 목소리로 말했다.

"그래, 무슨 일로 나를 찾아왔느냐?"

"물건을 받으러 왔을 뿐입니다."

"물건?"

"아버지가 익힌 무공을 저에게 주십시오."

그의 말에 장춘일은 잠시 침묵에 잠길 수밖에 없었다. 어쩌면 이것은 예정된 일일 수도 있었다.

장천이라는 거대한 존재를 상대로 싸우고 있는 아들은 단순히 궁술 외에는 알고 있는 무공이 없다는 것은 큰 약점이 될 수밖에 없었기 때문이다.

현재 무림에 존재하는 무공 중 구궁이 구할 수 없는 것은 전무하다 할 수 있었지만, 그중 어떠한 것도 그에게 장천과 비등하게 겨룰 수 있는 힘을 줄 수 있는 것은 없었다.

하지만 무림에 단 한 명의 존재, 혈비도 무랑 장춘일만은 장천과 겨루어도 뒤지지 않을 무공을 전해줄 수 있었다.

계승권을 가지고 있음에도 그 자질이 떨어져 스스로 물어나야 했던 장춘일. 하지만 동생 장춘이의 죽음으로 다시 비도문으로 돌아왔고, 단시일 내에 천하제일을 다툴 수 있는 무공을 가질 수 있었던 그였다.

그러나 장춘일은 아무리 못난 자식이라 할지라도 구궁에게 자신이 익힌 무공을 전해줄 수 없었다.

"내가 지닌 무공을 익힌다면 너의 나이와 자질로 보아 오 년을 넘기지 못하고 나와 같은 꼴이 될 것이다. 그래도 좋으냐?"

장춘일의 말대로 그는 단시일 내에 구궁을 장천과 겨룰 수 있게 할 순 있었지만, 그것에는 그만큼의 대가를 필요로 했다.

지금의 상태에서 만약 구궁이 자신이 알고 있는 무공을 익힌다면 그가 앞으로 살 수 있는 시간은 오 년을 넘지 못함은 분명하다 생각한 장춘일이었다.

하지만 그 말에도 구궁은 전혀 두려움을 보이지 않았다. 아니, 오히려 그의 눈에는 무엇인가를 갈구하는 강한 열망이 서려 있었다.

"오 년… 충분합니다."

"그것을 익힌다 하더라도 장천을 넘어서지 못함을 알면서도?"

"강호란 이제 일신상의 무공만으로 좌우지되는 곳이 아닙니다. 적당한 힘이 있다면 능히 사람의 눈을 어둡게 할 수 있습니다."

그의 말에 장춘일은 어찌해야 될지 고민할 수밖에 없었다. 아들의 의지는 굳건했으나 만약 자신이 무공을 전수하게 된다면 앞으로 어떤 일이 벌어질지 알 수 있었기 때문이다. 또 자식에게 오 년 안에 죽을 수밖에 없는 무공을 가르친다는 것은 아버지인 그로서는 할 수 없는 일이었다.

하나 다음에 이어지는 구궁의 말에 장춘일의 갈등은 사라질 수밖에 없었다.

"또다시 저를 버릴 생각이십니까."

"……."

그의 말에 장춘일은 눈을 감으며 과거의 일을 생각했다. 만약 자신이 아버지와 동생을 위해 아내와 자식을 버리지 않았다면 이런 일을 존재하지 않았을 것은 사실이었기 때문이다.

지금에 와서 자식이 문파의 적이 되었다고는 하지만, 그것이 자신에게 씌어진 업이고 아들의 운명이라면 지금에 와서 아들의 청을 거부한다는 것은 스스로 자신의 모든 것을 부정한다는 생각이 들었다.

"…지필묵을 가져오너라."

"예, 아버지."

마음을 결정한 장춘일의 말에 구궁은 회심의 미소를 지으며 부하에게 지필묵을 가져오라 지시했다.

'흐흐흐… 장천, 이제 너의 명도 얼마 안 있으면 끝날 것이다. 흐흐흐.'

이제 그에게는 천하제일이라는 명예도, 중원통일의 야욕도 존재하지 않았다. 오직 자신을 외팔이로 만들고 자신의 생에 방해만 되는 존재인 장천을 죽여야 한다는 생각만이 그를 지배하고 있을 뿐이었다.

한편 서쪽 절벽을 통해 들어온 적도들을 막기 위하여 달려간 문규는 위기에 처했던 하능을 구하고 간신히 적도들이 본 문의 내부로 진입하는 것을 막을 수 있었지만, 계속되는 싸움에 심신은 지칠 수밖에 없었다.

"차압!"

"끄윽!"

족히 수십의 적도를 베었음에도 이들의 숫자는 줄어든 것 같지 않았고, 절벽 쪽으로는 계속 적도들이 올라오고 있기에 암담할 수밖에 없었다.

그의 옆에는 피투성이가 된 몸으로 큰 숨을 헐떡이며 부러진 검을 들고 싸우는 하능 외에 비도문 문도는 삼십이 넘지 않는 듯했다.

비도문 개파 이래 단 한 번도 적도들의 침입이 없었던 것이 오히려 문파의 방비를 허술하게 만든 게 되어버렸으니, 문규로선 자신이 쓰러지면 문파 내부로 적도들이 침범할 수 있다는 생각에 다시 힘을 내며 적들을 베어 나갔다.

하지만 아무리 의지가 군건하다 해도 몸은 더 이상 버티지 못했기에 자신도 모르게 무릎이 꺾여지는 문규였다.

'이제 틀린 것인가…….'

이제 한 식경도 버티기 힘들단 것을 예감한 문규는 좌절의 기운이 몸을 압박하고 있는 것을 느꼈다. 그때 이들의 머리 위로 한 발의 불화살이 허공을 가르더니 잠시 후, 적도들이 긴 휘파람을 불기 시작했다.

갑작스러운 상황에 문규와 하능들은 영문을 알 수 없었다. 한참을 그렇게 휘파람을 불며 싸우던 그들의 숫자는 점점 줄어드는가 싶더니, 잠시 후 퇴각을 하는지라 무슨 일이 일어났는지조차 알 수 없는 상황이 되고 말았다.

"형님, 적도들이……."

"도대체……."

분명 싸움의 승기는 그들에게 있었고, 반 시진, 아니, 더 짧은 시간으로도 충분히 자신들과 비도문의 무사들을 없애고 내부로 들어갈 수 있었기 때문이다.

이들이 사라진 방향을 보며 한참을 멍하니 있던 문규는 문득 한 사람의 존재가 생각나 혹시나 하는 생각이 들었다.

"넌 남아 이곳의 일을 마무리하도록 하여라."

"알겠습니다."

하능에게 뒷일을 맡긴 문규는 급히 몸을 날렸는데, 그가 향하는 곳은 바로 장춘일이 거처하는 죽림이었다.

만약 그곳에 분란이 있다면 분명 장화영이 그곳에 있을 것이라 생각했다. 비도문을 점령할 생각이 없다면 장춘일이 그 목적일 것이란 분명하기 때문이다.

비도문에서는 왜 장춘일을 문파 내의 사람도 출입하지 않은 죽림으로 보낸 것일까? 그가 그곳에 거처하고 있다는 것을 안 문규는 한때 그것에 대해 생각해 본 적이 있었다.

멸천십군이라는 이름으로 장춘일의 휘하에서 움직인 적이 있는 그는 문파의 큰 기둥이었던 그가 제대로 된 존장의 대우를 받지도 못하고 연금되어 있는 것처럼 살고 있는 것이 불만일 수밖에 없었다.

하지만 그는 얼마 지나지 않아 하나의 결론을 내릴 수 있었는데, 그 연금의 그 이유가 혹시 장춘일이 익히고 있는 무공 때문이 아닐까 하는 생각이었다.

비도문의 종가에 속한 자들은 하늘이 내린 무골이라는 천무성골을 타고났지만, 장춘일만은 천무성골을 가지지 못했다.

하지만 장춘일은 그럼에도 불구하고 천하제일이라 할 수 있는 비도문 장문의 독문무공을 얻었고, 그것을 사용했으니 놀라운 일이 아닐 수 없었다.

물론 팔연환비도술을 비롯하여 섬광비도술 등은 애초에 천무성골이 아니라면 극성에 이르는 것이 불가능한 무공이었다.

그 때문에 문규는 어떻게 보통의 무골을 지닌 그가 문주의 독문무공을 익혔으며 천하제일의 좌에 오를 수 있었는지 궁금할 수밖에 없었고, 그러한 생각은 아마도 다른 삼대방가의 인물들 역시 다르지 않을 것이라 생각했다.

천무성골을 타고나지 않았음에도 문주의 무공을 익힐 수 있으며 천하제일의 좌에 오를 수 있는 방법이 있다면 그것은 비도문의 계승에 상당한 악재로 작용할 수 있다.

현재 종가가 종가일 수 있는 이유는 피로 전승되는 천무성골 때문이지만, 천무성골이 아니더라도 문주의 독문무공을 익힐 수 있다면 비도문의 질서는 무너질 것이 자명한 일이었다.

비도문의 삼대방가가 종가에 충성을 다하고 있다고 해도, 그중 천하를 오시할 수 있는 힘을 지닌 비도문을 자신의 것으로 하고 싶은 사람이 없을 리 없기 때문이다.

그런 자에게 장춘일의 무공은 상당한 매력을 느끼게 하는 것이 분명하기에 태상장로인 하노는 그런 불상사를 원천봉쇄하기 위하여 장춘일을 죽림에 은거하게 하며 자신의 허락이 없는 한 어떠한 이도 출입하지 못하게 한 것이다.

이러한 사실을 만약 장화영이 알았다면 분명 부친의 무공을 얻기 위하여 죽림을 향할 것은 분명할 터. 두 곳에서의 싸움은 그가 죽림에 잠입하기 위한 미끼일 확률이 높았다.

아나나 다를까, 죽림의 오두막에 도착했을 때 그곳은 이미 치열한 싸움의 흔적이 엿보였고, 오두막은 부서져 있는지라 문규는 자신이 한발 늦었음을 알 수 있었다.

급히 몸을 날려 오두막 안으로 들어서자 그곳에는 세 사람이 혼혈을 짚여 누워 있는 것을 볼 수 있었고, 그들이 장경과 문령, 그리고 장춘일을 모시던 소민이라는 것을 알고 급히 그들의 맥을 풀어주었다.

"끄응……."

혈을 풀어주어 장경이 정신을 차리자 문규는 그의 어깨를 잡고 다급한 목소리로 물어보았다.

"경아! 어르신은 어찌 되셨느냐?"

"예?"

"전대 문주 어르신 말이다!"

그 말에 장경이 급히 고개를 돌려 침상 쪽을 보았으나 그곳에 누워 있어야 할 전대 문주 장춘일이 보이지 않는지라 당황한 목소리로 말했다.

"아무래도 화영 형님께서……."

"젠장!"

역시나 화영은 비도문을 노린 것이 아닌 태상문주의 무공을 노린 것인 듯해 문규는 미간을 찌푸리고 말았다.

이제 장화영, 아니, 구궁이 태상문주 장춘일의 무공을 익힌다면 비도문은 지금까지와는 상대도 되지 않을 위기에 처해질 것이 분명했기 때문이다.

비도문이 현재 강남에서 많은 세력을 끌어 모으고 있다고는 하지만, 그것은 비도문 자체의 강한 힘도 있었지만 가장 중요한 것은 천하제일 고수가 속해 있는 문파라는 이유에서였다.

천하제일의 문파와 고수. 얼핏 생각해 보면 천하제일의 문파에 천하제일고수가 나올 것 같지만 강호상에 그러한 두 개의 존재가 같이 있었던 일은 극히 드문 일이었다.

비도문은 이 두 존재가 같이 공존함으로써 강남 일대의 많은 무문들에게 지지를 받을 수 있으나, 구궁이 그와 견줄 수 있는 무공을 가지게 되어 이제 강북의 태두에도 비등한 고수가 생긴다면 명분상 정당함을 갖추었다 할 수 있는 강북의 세력들에게 사람들이 지지를 보낸 것임을 분명한 일이었다.

하지만 그것은 구궁이 장춘일의 무공을 모두 익혔을 때야 가능한 일이므로 문규는 문파의 일을 서둘러야 한다고 생각했다.

'두 사람의 대결의 승자가 중원의 주인이 될 것이다!'

섬서성 화산 구파일방 중 가장 화려한 검술을 쓰는 것으로 화산파에는 오늘 수백에 가까운 무리가 모여 있었는데, 그들 중 어느 하나 하수인 자가 없었다.

하지만 이들 중 가장 뛰어난 자들은 화산파의 매화전에 모여 있었는데, 이들은 강북의 무리들 중 한 지역의 패자이거나 이름만 들어도 알 수 있는 문파의 수장들이었다.

"무엇이라 했소이까?"

"하나의 몸에 두 개의 머리가 있을 수는 없는 일이지 않습니까?"

정파의 기둥이라 할 수 있는 구파일방 중 화산파의 문주 악인명은 붉은 머리의 청년을 보며 큰 목소리로 소리치고 있었지만, 상대인 청년은 전혀 두려워하는 기색을 보이지 않고 있었다.

화산제일고수를 상대로도 당당함을 잃지 않은 그를 보며 성질 급하기로 소문난 악인명은 당장이라도 검을 뽑아 들고 싶었지만, 상대는 자신의 성질로 다룰 수 있는 인물이 아니었다.

그의 앞에 있는 붉은 머리의 청년은 과거 강호가 삼 분되었을 때 하나의 축을 차지했던 홍련교의 교주였으니 바로 장천의 의제인 문성이었다.

이제 어린 시절의 치기는 사라지고 약관의 청년이 되어 있는 그의 몸에서는 화산의 문주라 할지라도 범접치 못할 기도가 흐르고 있었다.

교주가 된 이후 그는 문성의 강북 명문 문파들이 봉문을 하는 동안 무공에 온 힘을 기울여 현재는 만근퇴 우경보다 한 수 위의 무공을 지닌 고수로 성장해 있었다.

홍련교에서는 그의 의제이자 부교주인 마운성과 함께 그를 화룡쌍제(火龍雙帝)라는 명호로 부르고 있었다.

이 두 사람은 마교에서도 상당한 명성을 지니고 있었는데, 암영자들이 겉으로 모습을 드러냄으로써 구파일방에서도 함부로 할 수 없는 고수들이 산재해 있는 홍련교에서 이들 두 사람과 대적할 수 있는 자는 암영자의 우두머리인 귀대인 율명과 혈교의 교주인 혈마를 포함하여 다섯 손가락을 넘지 않았다.

정파의 뭇 고수들은 이들 두 사람이 약관 정도의 나이인 것을 더욱 두렵게 생각했다.

"본좌의 나이가 어리다고는 하나, 무림의 순리는 알고 있소이다. 강북의 무문들이 봉문을 푼 지금, 이제 정사마의 모든 무문들이 힘을 합쳐 강호를 어지럽히는 악의 축인 비도문을 멸문시켜야 함은 당연한 일입니다. 하나 싸워야 할 상대는 하나인데 머리가 너무 많으니 자칫 그것으로 인하여 분란이 일까 두렵습니다. 그런 이유로 본좌는 무림대회를 통해 강북무림을 이끌 머리를 정할 것을 제안하는 것입니다."

구파일방의 존장들과 사파의 거두들을 상대로 약관 나이의 어린 청년이 본좌라 칭한다는 것은 광오하다 할 수 있는 말이었기에 많은 이들의 미간이 찌푸려졌다. 하나 솔직히 그가 하는 말은 틀린 것은 아니었다.

그러나 현 상태는 그리 좋지 않았는데, 이번 모임을 주최한 악인명은 연륜과 무공이 뛰어난 소림의 방장을 천거하려 했으나 홍련교의 교주인 문성이 무공 실력으로 맹주를 정할 것을 제안했기 때문이다.

악인명으로선 마교에 무공의 정도를 알 수 없는 고수가 산재해 있는 만큼 신검진인이나 천무성자와 같은 당대의 내로라하는 고수가 없는 현재로선 자칫하면 마교에게 강북무림의 주도권을 빼앗길 우려가 있다 생각하고 있었다.

하지만 정파 인사들의 이러한 우려와는 달리 사파의 경우에는 마교의 뜻을 찬성하고 있었다. 솔직히 자신들 속에서 강북의 우두머리가 될 사람이 없는 지금 정파보다는 마교의 인사가 주도권을 잡는 것이 자신들의 처지에 유리할 것이란 생각이 들었기 때문이다.

정통적으로도 마교는 사파와는 그리 큰 알력이 없었지만, 정파와는 크게 사이가 좋지 않았던 만큼 정파보다 사파 쪽으로 기울어지는 것은 당연한 일이었다.

강북의 사파 문파 중 가장 크다 할 수 있는 청룡방의 방주 요수는 악인명이 뭐라 반박하기 전에 앞으로 나서서는 포권하며 말했다.

"본인 역시 마교 교주의 의견에 찬성하는 바입니다."

"요 방주!"

그가 나서자 악인명은 미간을 찌푸리며 소리쳤지만, 요수는 그에 아랑곳하지 않고 계속 자신의 의견을 말했다.

"물론 연륜이나 여러 가지 면에서는 소림 방장께서 강북 연합의 우두머리를 맡는 것이 당연한 일이나, 상대는 비도문입니다. 그곳에는 현재 천하제일고수라 할 수 있는 장천이란 마두가 자리 잡고 있는 상황이니 저희 역시 그와 대적할 수 있는 고수를 우두머리로 삼아야 함은 강북무림인들의 사기에도 큰 도움이 되리라 생각합니다."

청룡방 방주의 말에 많은 이들이 고개를 끄덕였는데, 악인명은 이미 마교의 애송이 쪽으로 사람들의 의견이 기울었다는 것을 알았지만 이대로 끝낼 수는 없는지라 다급한 목소리로 말했다.

"하지만 무림대회를 열어 모든 고수들이 한곳으로 모였을 때 비도문이 그때를 놓치지 않고 마수를 드러낼 수도 있는 일이 아니겠소이까."

악인명의 말처럼 무림대회, 그것도 강북을 이끌어갈 우두머리를 뽑는 대회라면 내로라하는 각파의 고수들은 대부분 참가할 것이 분명한 일이나, 현재 강북은 강남의 비도문과 대치하고 있는 상황이었기에 일이 쉽지는 않을 것이 분명했다.

덜컹!

하나 그때 매화전의 문이 열리며 각대문파의 수장들이 회의하고 있는 곳으로 누군가가 그 모습을 드러내었으니, 그를 확인한 사람들은 조금 놀란 표정을 지으며 말했다.

"구 문주!"

매화전에 모습을 드러낸 이는 다름 아닌 쌍도문의 문주인 구궁이었고, 사람들은 그가 안으로 들어오자 놀란 표정을 감추지 못했다.

"오랜만입니다. 하나 이런 모임에 저를 불러주시지 않다니 섭섭하군요."

구궁은 차가운 미소를 지으며 말했고, 이에 화산파 문주 악인명이 그를 달래려는 듯 변명을 했다.

"들리는 소문에 구 문주께서 악적 장가와의 대결에서 큰 부상을 입으셨다 들어서 걱정이 되어 그런 것이니 너무 서운하다 생각하지 마십시오."

"크크크."

구궁은 차가운 웃음을 흘리고는 잠시간 매화전에 모여 있는 강북의 각대문파의 수장들을 훑어보고는 마교의 교주인 문성을 확인하곤 말했다.

"몇 년 전만 해도 서로 못 잡아먹어서 아등바등거리던 마교의 교주는 부를 수 있어도 이 못난 병신은 부를 필요가 없었던 모양입니다?"

"구 문주, 말이 지나치오!"

구궁의 능글거리는 말에 청룡방의 방주 요수가 노기를 드러내며 소리치자, 잠시간 요수를 쳐다보던 구궁은 콧방귀를 뀌며 말했다.

"난세가 되니 쥐새끼 같은 놈들이 주제를 모르고 설치는군."

"뭣이!"

구궁의 말에 요수는 참지 못하고 허리에 차고 있던 도를 뽑아서는 그를 향해 달려들었다.

당금의 사파의 성세가 크게 줄었다고는 해도 사파 최고의 무문인 청룡방의 무공은 결코 만만한 것이 아닌지라 그의 신형은 순식간에 구궁의 앞까지 쇄도해 들어갔다.

하나 다음 순간 좌중에 있던 자들은 크게 경악할 수밖에 없었는데, 구궁을 향해 병기를 들어 쇄도해 들어가던 요수가 어느 사이엔가 구궁의 오른손에 얼굴을 잡혀 있었기 때문이다.

"끄으윽!"

빠각!

"헉!"

구궁이 요수를 향해 한 번 차가운 미소를 짓고는 그대로 오른손에 내력을 집중하자, 다음 순간 그의 얼굴은 구궁의 손에 의해 바스러져 버렸다.

"무슨 짓이오!"

요수가 구궁의 손에 죽임을 당하자 각대문파의 문주들은 크게 놀라 자리에서 일어나 소리쳤지만, 구궁은 아무것도 아니라는 듯이 피로 물든 있는 손을 옷에 닦으며 말했다.

"악적 장천을 상대하는 데 이따위 쥐새끼 같은 자는 방해가 될 뿐입니다."

"그런!!"

그 말에 각대문파의 수장들은 위기감을 느끼고는 구궁을 처리하려 했는데, 그가 손을 들어 올리자 매화전으로 일단의 무리가 돌입해 들어왔다.

"헉!"

그리고 그자들은 순식간에 구궁을 치려 하던 각대문파 수장들의 목에 병기를 가져다 댔는데, 놀랍게도 그들은 이들 각대문파 소속의 장로들과 수제자들이었고, 마교의 교주인 문성과 부교주인 마운성의 뒤에는 전대 교주였던 유문영과 장로급 고수 한 사람이 검을 들어 그들을 위협하고 있었다.

"너, 너희들… 지금 무슨 짓을 하는 것이냐?!"

"후후후. 오 년간 제가 아무것도 하지 않고 있을 것이라 생각하셨습니까? 이미 그대들의 소속된 문파는 정의련이 장악하고 있답니다. 설마 제가 토사구팽이나 당할 위인으로 보였습니까?"

"그런……!"

각대문파의 수장들이 구궁을 부르지 않은 것은 오 년간의 봉문으로 인하여 강호에 그들 문파의 영향력이 크게 감소했기 때문이다. 그에 반해 잠시간 비도문을 상대하게 했던 정의련의 힘은 오 년간 상당히 커져 지금에 와서는 거의 강북의 패자와 같은 모습을 띠고 있었다.

그런 때문에 위기를 느낀 각대문파의 수장들은 정의련의 련주라 할
수 있는 구궁을 제외하고 자신들끼리 모여 강북의 주도권을 다시 자신
들 손안에 넣으려 했고, 은밀히 홍련교의 교주에게 지원을 부탁한 것이
다.

한데 이미 구궁은 그런 것까지 예상을 하고 각대문파에 자신의 세작
을 숨겨두고 있다가 오늘 이런 일을 벌인 것이다.

"눈앞에 적을 두고도 기득권 싸움에 열을 올리고 있는 여러분들께
한말씀 올리지요."

차갑게 말한 구궁은 자신의 손에 목숨을 잃은 청룡방의 방주 요수의
자리로 걸어가 앉았다. 하지만 자신들의 수제자와 문파의 장로급 인물
들에게 위협당하는 각대문파의 문주들은 어느 누구도 그를 막을 수 없
었다. 구궁을 향해 가장 먼저 입을 연 이는 문성이었다.

"이거, 상당히 어처구니없이 당한 것 같군요. 그래도 조심한다고 했
는데, 설마 전대 교주 어르신이 배신자일 줄은 몰랐습니다."

"문 교주, 솔직히 마교는 저에게도 부담이 되더이다. 명분만 앞세우
는 정파와는 달리 마교는 동조자를 만드는 것이 거의 불가능했으니 말
입니다."

"음… 그렇다면……."

"다행히도 그대 뒤에서 목을 노리고 있는 자는 그대가 마교를 장악
하기 전부터 존재하고 있었던 사람인지라 본좌로선 마교를 장악하는
것이 어려워 문 교주와 마 부교주를 볼모로 잠시간 마교를 잡아놓는
것으로 그쳐야 했소."

그 말을 끝으로 구궁이 가볍게 손가락을 튕겨 소리를 내자 전대 교
주인 유문영은 얼굴에 쓰고 있던 가면을 벗었는데, 놀랍게도 그는 유문

영의 아들이자 소교주였던 유소양이었다.

"당신은……."

"소개하겠소. 그는 그대가 알고 있었던 전대 교주 유문영의 아들 유소양이라 하오."

"음……."

그의 말에 문성은 그제야 일의 연유를 알 수 있었다. 확실히 유문영 같은 인물이 정파의 인물인 구궁과 손을 잡을 리는 없는 일이었으나 천마의 획책으로 홍련교에서 도망치듯 사라졌던 유소양이라면 충분히 가능한 일이었다.

문성이 알고 있기에도 그는 유문영이 교주로 있던 시절부터 교를 장악하기 위해 암계를 꾸미던 인물이니 교를 장악하기 위해 구궁의 밑으로 들어가는 것을 망설이지는 않았을 것이다.

"이거 호부에 견자가 있으리라곤 생각지도 못했군. 부친은 교를 지키기 위해 목숨을 다했거늘, 그 아들이란 자는 정파에 교를 팔아넘기려 하니 말이오."

"뭣이!!"

문성의 말에 노기가 치솟은 유소양은 들고 있던 검에 힘을 가했고, 그 탓에 문성의 목에선 피가 흘러내렸다.

하나 문성은 이미 홍련교를 장악하고 있는 상황. 유소양이 교를 장악하기 위해선 함부로 그를 죽일 수 없는 일이었다.

부친이었던 유문영이야 무공의 연원이 같아 상관없었지만, 문성은 화의 무공을 익히고 있는지라 변장을 한다 할지라도 들키는 것은 시간 문제였기에 시간을 두고 계획을 짜야 했기 때문이다.

"그대가 속내를 드러낸 것을 보니 비도문을 상대할 방책이라도 있나 보구려."

"후후후후. 운이 좋게도 아주 좋은 물건을 확보해 놓고 있답니다."

문성의 말에 구궁은 기다렸다는 듯이 답하고는 손뼉을 쳤고, 잠시후 매화전으로 두 명의 무사가 한 여인을 데리고 들어왔다.

여인의 모습을 본 문성은 크게 놀랄 수밖에 없었는데, 그 여인은 바로 전전대 교주인 유문영의 손녀이자 자신의 의형이기도 한 장천의 처인 유능예였기 때문이다.

"저, 저 여인은……."

"역시 문 교주께선 알고 계시는가 봅니다. 맞습니다. 악적 장천의 처이고 그대의 목에 검을 겨누고 있는 유 대협의 딸인 유능예라는 계집입니다."

그 말에 좌중의 각대문파의 문주들은 크게 놀랄 수밖에 없었다. 설마 구궁이 장천의 아내를 인질로 잡고 있을 것이라고는 생각지도 못했던 것이다.

"하하하하! 이런, 한 방 먹었습니다. 유 부인을 그대가 데리고 있었다니 말입니다."

"다행히도 거기 계시는 유 대협께서 힘을 써주신 덕에 어렵지 않게 손에 넣을 수 있었습니다."

"딸을 팔아먹고 권력을 손에 넣으려 하는 자가 대협인가? 우습군."

과거 장천의 의모였던 임아란과의 항주행에서 유능예가 보였던 행동, 그것은 모두 그녀의 부친이었던 유소양이 구궁의 명을 받아 꾸민 일이었던 것이다.

권력에 눈이 어두워 딸을 구궁에게 팔아먹은 유소양의 비정한 부정에 문성은 뭐라 말할 수 없는 분노를 느끼고 있었지만 현재에 그가 할 수 있는 일은 아무것도 없었다.

낙천산장에서의 혈투로 내상을 입은 장천은 간신히 하노의 도움으로 상태를 회복할 수 있었다. 하지만 그의 상태는 온전하다고 볼 수 없었는데, 바로 양의심공에 의해 나누어진 두 개의 인격 중 과거 장천의 인격이 아직 그 몸을 지배하고 있었기 때문이다.

지극히 오만하고 잔인한 성격의 소유자였던 과거의 장천에게 현재의 상황은 그리 만족할 만한 것이 아니었다.

무려 오 년이란 시간을 허비했고, 그 탓에 비도문의 천하쟁패는 그 시기를 놓치고 말았기 때문이다.

"마음에 안 들어. 우유부단한 것은 알았으나 이 정도일 줄이야……."

자신과 다른 인격의 소유자가 가지고 있던 기억을 모두 소유하고 있는 장천으로선 그의 성격이 마음에 들 리 없었다.

"문주께서 명을 내리신다면 열 개 조로 나누어진 음귀단이 강북의 주요 문파들을 접수할 것입니다."

옆에서 그를 보필하고 있던 하노의 말에 장천은 고개를 끄덕이다가 무슨 생각이 들었는지 그를 보며 물었다.

"아! 그 아이에 대해서 다시 조사해 보았는가?"

"예. 아무래도 문주께서 무공을 가르치는 화명은 소주일 확률이 높습니다."

"호오… 그래?"

다른 인격이 행여 구궁의 암계가 아닐까 하는 생각에 주저하고 있던 것을 알고 있는 장천은 혹시나 하는 생각에 다시 한 번 조사하게 했고, 이번에는 하노가 직접 조사함으로써 그것을 확연히 한 것이다.

하나 현재 인격의 장천에게 소천이란 존재는 그렇게 달갑지 않았다. 후계자라 함은 반드시 필요한 것은 사실이지만, 현재와 같이 자신의 입지가 확실하지 않은 시점에서 후계자란 오히려 방해가 될 수 있기 때문이다.

그도 그럴 것이 자신이 대법으로 기억을 잃고 쌍도문의 소문주로 있던 시점에 장춘일은 비도문을 완전히 장악했고, 지금도 그 자신보다는 전대 문주인 장춘일의 영향력이 훨씬 큰 것이 사실이었다.

이런 상황에서 그가 조금이라도 독선적인 모습을 보인다면 삼대방가의 가주들은 자신이 아닌 후계자에게 관심을 돌릴 것이 분명한 일이었다.

"그 아이가 익히고 있는 것이 흡성대법이란 말이지."

그런 생각에 소천을 어떻게 처리해야 할까 생각하던 장천은 이내 그 아이가 흡성대법을 익히고 있었음을 생각하고는 차가운 미소를 지었다.

"하 장로, 그 아이에게 내가 부친이라는 것을 밝히지는 않았겠지?"

"예, 문주."

"알겠네. 그 아이를 데려오게."

"예."

하노는 그의 표정에 일말의 불안감을 느꼈지만, 문주의 명을 거부할 수 없는지라 잠시 후 소천을 데려왔다.

소천은 장천의 인격이 바뀌어진 것을 알지 못하고 있는지라 그저 자신에게 무공을 전수해 주고 있는 은인이 부른 것이라 생각했지만, 이상하게도 그에게 전과는 다른 위화감이 생기는지라 이상하다는 생각이 들었다.

"하 장로는 잠시 물러가 있게. 이 아이와 단둘이 이야기할 것이 있으니 말이야."

"알겠습니다."

그 말에 하 장로는 할 수 없이 방을 나갈 수밖에 없었고, 그가 나가기를 기다렸던 장천은 미소를 지으며 아이를 보며 말했다.

"화명아."

"예, 어르신."

"솔직히 말하마. 난 네가 전에 홍련교 교도라고 했던 것이 조금 의심스러워 너에 대해 조사해 보았다."

그 말에 소천은 놀란 표정을 감출 수 없었으나 잠시간 생각해 보고는 침착한 목소리로 말했다.

"예, 어르신께서 조사하신 대로 전 홍련교의 교도는 아닙니다."

"음… 그럼 다시 묻겠다. 쌍도문의 소문주였던 장천이 너의 부친이더냐?"

"…그렇습니다."

소천의 말에 장천의 미소를 지을 수 있었다. 하노가 말한 대로 그 아이가 자신의 아들이었기 때문이다.

"하하하하!!"

그런 생각에 장천은 웃음을 감출 수가 없었고, 그런 그의 모습을 보며 소천은 불안감이 들 수밖에 없었는데, 그런 소천의 마음을 아는지 장천은 일순간 웃음을 멈추고는 아이에게 자상한 미소를 지으며 말했다.

"네가 진정 장 대협의 아이라니 이 숙부는 기쁘기 그지없구나."

"예? 수, 숙부라시면……."

"내 강호행을 하며 우연히 쌍도문의 소문주였던 장 대협을 만난 적이 있었고, 우리들은 서로 친분을 가지며 의형제가 되었다."

소천에게 그 아비와 어떻게 만났으며 어떻게 친분을 맺게 되었는지를 말해 주었으나 그것은 모두 거짓일 수밖에 없었다.

하나 소천에겐 장천의 거짓말을 분별할 능력이 없었고, 이전까지 그가 자신에게 친절히 무공을 전수해 주었기 때문에 일말의 의심도 가지지 못했다.

"그런… 조카가 의숙부님께 다시 인사를 올리겠습니다."

무공을 가르쳐 준 어르신이 자신의 의부숙임을 안 소천은 자리에서 일어나 다시 한 번 공손히 인사를 올렸고, 이에 장천은 그의 인사를 받으며 말했다.

"다행이구나. 내 너와 유 부인이 구궁의 암수로 어디론가 끌려갔다 들어 안타까워하고 있었는데, 이렇게 너를 만나게 되니 말이다."

"저… 아버지께선……."

"너의 아비는 지금 비도문의 구궁과 싸우기 위해 호남 장사에 머물고 계신다."

"아!"

그 말에 소천은 드디어 아버지를 만날 수 있을 것이란 생각에 기쁜 표정을 지었다. 하나 그것은 장천의 거짓말이었으니 그런 소천을 보며 장천은 미소를 지으며 말했다.

"그런데 넌 어찌해서 이곳까지 오게 되었느냐?"

소천은 구궁에게 잡혀 있었던 일부터 시작하여 어떻게 그곳을 나왔으며 이곳까지 오게 되었는지를 자세히 말해 주었고, 이에 장천은 고개를 끄덕이며 말했다.

"고생했구나."

"아닙니다. 지금 그자의 손에 고통을 겪으실 어머님을 생각한다면……."

"그렇겠지. 그래, 넌 이제부터 어찌할 생각이냐? 네 부친을 찾아 장사로 갈 생각이더냐?"

"…저로선 힘이 부족합니다."

소천의 말에 장천은 이해할 수 있다는 듯 고개를 끄덕이고는 아이를 보며 말했다.

"하나 네 부친의 상황으론 네 어미를 구하는 것은 어려울 것이다. 현재 강북은 구궁의 손아귀에 들어갔으니 말이다."

"그런……."

"하나 네가 마음만 먹는다면 방법이 없는 것은 아니다."

"예?"

"이 숙부의 말을 한번 들어보겠느냐?"

"어머니를 구할 수 있다면 지옥불에 뛰어든다 한들 마다하지 않을 것입니다!"

"그렇지. 후후후후."

아이의 단호한 대답에 장천은 차가운 미소를 짓고는 그에게 조용히 자신이 생각하는 바를 일러주었다.

구궁이 강북의 각대문파를 장악하고 이들을 정의련에 복속시키자 강북무림은 이전까지와는 다르게 움직이고 있었다.

지금까지 각대문파의 봉문으로 인하여 크게 열세를 보였던 강북무림이 정의련에 제자들을 합류시킴으로써 강남의 비도문 세력에 버금갈 정도로 커졌기 때문이다.

구궁은 강북무림에 포고문을 내려 비도문이 지금까지 행했던 멸천대계와 그를 통하여 강북을 일통하려 했던 야심을 모두 밝히며 그들을 쳐야 하는 명분을 얻어냈다. 이로 인하여 시간이 지나면서 정의련으로 강호의 정의를 세우기 위해 많은 무사들이 합류하기 시작했다.

그리고 구궁은 정의련에 대문파를 복속시킨 지 석 달 후, 정식으로 포고문을 낸 후 강남무림을 장악하고 있는 비도문을 상대로 본격적인 전투에 들어갔다.

처음 시작은 비도문의 우세였다. 비도문의 정예인 음귀단을 열 개 조로 나누어져 강북의 중요 문파를 일시에 점거하고 그것을 바탕으로 조금씩 강북무림을 잠식해 나갔다.

하나 시간이 지나면서 안정을 찾아간 강북무림은 각대문파를 중심으로 나누어져 음귀단에 대항했고, 수적으로 크게 앞서고 있던 정의련은 시간이 지나 청년 고수들이 점점 싸움에 익숙해짐으로써 그들을 압박하기 시작했다.

이들 정의련 중 가장 큰 활약을 보이는 이들은 소림제일고수 무상대사를 중심으로 하는 스물일곱 명의 청년 고수들로, 그들 모두가 강기를 시전할 수 있는 고수였기에 음귀단의 일 개 조는 결코 그들의 상대가 될 수 없었다.

척살단이란 이름으로 정의련이 밀리고 있는 곳에 집중적으로 투입되는 이들을 상대로 비도문은 삼대방가의 고수들로 하여금 이들을 상대하게 하였지만, 치고 빠지는 전술을 사용하여 비도문의 공세를 방해하는 그들을 상대하는 것은 어려운 일이 아닐 수 없었다.

또 척살단의 단주인 소림제일고수 무상 대사는 삼대방가의 고수들로서도 쉽게 감당할 수 없는 자였기에 몇 번의 싸움에서 삼대방가의 고수들까지 그의 손에 목숨을 잃었다.

이로써 척살단의 단주 무상 대사와 청년 고수들은 강북무림의 영웅으로 떠올랐고, 그들을 중심으로 정의련은 싸움이 시작된 지 일 년 만에 비도문의 세력을 모두 강남으로 밀어낼 수 있었다.

하나 천하쟁패를 건 이 두 세력의 싸움에서 이상하리만큼 조용한 모습을 보이고 있는 세력이 있었으니 바로 홍련교였다.

홍련교는 멸천문과의 싸움을 끝으로 그 성세를 점차 회복하여 지금에 와서는 단일 세력으로는 비도문에 이어 가장 강한 힘을 가지고 있었지만, 교의 중심이라 할 수 있는 화룡쌍제가 실종됨에 따라 움직임이 자연 위축될 수밖에 없었다.

"그것이 사실인가?"

"예, 신군. 구파일방을 비롯한 당시 화산의 모임에 참여했던 문주급 인물들은 이상하리만큼 일시에 문주 직을 내놓고 은거해 버린 것을 생각하면 틀림없을 것이라 생각됩니다."

"크윽… 구궁, 이놈이 감히!!"

장천의 뒤를 이어 암영신군의 자리에 앉은 귀대인 율명은 노기를 참지 못하고 온몸을 떨고 있었다.

"역시 제 우려가 틀리지 않았군요."

그런 율명의 옆에선 한 남자가 안타깝다는 표정으로 말하고 있었는데, 율명은 그의 말에 고개를 돌려서는 정중히 예를 표하며 말했다.

"비도문의 문주께서 직접 소식을 알려주시니 본 교를 대표하여 감사드리는 바입니다."

"별말씀을 다 하십니다. 문 교주는 개인적으로 저의 의제이기도 하니 당연한 일이 아니겠습니까."

율명의 옆에 앉아 있는 이, 그는 놀랍게도 표면적으로는 마교와 적대 관계에 있는 비도문의 문주인 장천이었다.

"이렇게 해서 본 교는 어쩔 수 없이 정의련과 적대 관계에 놓이게 되었군요. 십대신병까지 내어주며 어렵게 그들 편에 합류할 수 있었는데, 아쉽게 되었습니다."

"어쩌면 구궁은 처음부터 의제를 믿고 있지 않았을지도 모르겠습니다."

문성과 장천, 이 두 사람은 처음부터 적이 될 수 없는 관계였다. 하지만 무림의 판도는 서로 피를 보지 않으면 안 되는 상황. 두 사람 모두 강호에 더 이상의 피를 흘리는 것을 바라지 않고 있었다.

그런 때문에 문성은 하나의 계획을 세웠는데, 바로 홍련교가 이들 강북의 무림과 손을 잡는 것이었다.

당시 장천은 두 인격으로 인하여 정신이 온전치 않을 시기였던지라 의견을 조율하는 것은 어려웠지만, 표면상으로 홍련교가 강북무림과 합류하여 때가 되면 나타날 장천과 뜻을 같이한다면 충분히 이 상황을 타파할 수 있으리라 생각했다.

그리고 그것은 정확하게 들어맞아 정신을 차린 장천은 문성에게 연락하여 그의 도움을 얻었고, 그에 따라 세운 계획이 바로 봉문을 푼 강북의 각대문파들이 세가 커진 구궁을 견제하는 움직임을 보일 것이니 그것을 통해 무림대회를 열어 진정한 강북무림의 태두를 정하는 것이었다.

이를 위하여 문성은 비교적 소외되어 있던 대사련의 대문파에게 도움을 얻어 자신들과 연수하게 한 후 무림대회를 통해 문성 자신이 강북무림을 이끄는 수장이 되어 협약을 통해 이 난국을 타파하고자 했다.

하지만 그 계획은 구궁에 의해 꺾인 것은 물론 교주와 부교주 두 사람 모두 구궁의 인질이 되고 말았다.

물론 현재의 장천에겐 오히려 반기고 싶은 일이었다. 다른 인격의 장천이 피를 흘리지 않고 조용히 지금의 상황을 타파하고자 하였다면 지금의 그는 철저하게 피를 통하여 적을 쓰러뜨릴 생각으로 가득 찬 사람이었기 때문이다.

"이젠 어찌하면 좋겠습니까?"

교주와 부교주가 인질이 되어 있는 상황에서 현재 교내에서 가장 높은 자리에 있다 할 수 있는 율명은 넌지시 그에게 방법을 물어보았다.

"글쎄요. 일단 정의련을 흔들 필요가 있을 테니 교의 사자를 보내어 두 사람이 실종되었음을 전하는 것이 좋을 것 같습니다."

"하나 그렇게 되면 본 교의 상황이……."

"어차피 구궁이 알고 있는 일이니 다른 자들이 알아도 해가 될 것은 없습니다. 오히려 그것을 통해 그들 수뇌부를 흔들 수 있는 명분도 생기고 말입니다."

"음……."

"두 사람을 찾는다는 핑계로 교의 무단 중 상당수를 외부에 드러내십시오. 그렇게 되면 구궁 자신이 표면으로 나설 수밖에 없으니까요."

현재 정의련에서 구궁의 위치는 같은 정의련 내에서도 비밀로 되어 있었기에 장천이나 율명 모두 그의 위치를 알 수 없었다.

하지만 마교의 무단들이 두 사람을 찾는다는 명분으로 강호를 휘젓고 다닌다면 정의련 련주의 입장에서 그것을 막기 위해 나오지 않을 수 없을 것이다.

비도문과 치열한 전투를 행하고 있는 시점에서 단일 세력으로 비도문에 이어 두 번째로 거대한 마교가 후방을 휘젓고 다닌다면 정파가 핵심을 이루고 있는 정의련이 큰 불안감을 느낄 것이 분명하기 때문이다.

'놈이 강북무림을 장악해 준 덕에 일이 생각보다 쉽게 이루어지는군. 고개를 드러내라, 화영. 그날이 바로 너의 제삿날이 될 것이다. 크크크크.'

장천의 계획대로 홍련교는 정의련에 교주와 부교주의 실종을 알렸고, 그와 동시에 두 사람을 찾는다는 목적으로 강북에 교도들을 풀기 시작했다.

이 때문에 비도문의 세력을 강남으로 밀어내고 사기가 올라 있던 정의련은 후방에서 마교의 교도들이 휘젓고 다니자 불안감을 느낄 수밖에 없었다.

명분상 수색이 목적이라고는 해도 과거의 그들을 생각하면 가만히 두고 보기에는 무리가 있었고, 비도문을 상대로 싸우고 있는 정의련의 무사들 사이에선 마교가 어부지리를 노리고 있다는 소문까지 퍼지며 사태는 더욱 심각하게 흘러가고 있었다.

이에 정의련에선 마교에 사신을 보내어 그들에게 자중을 요청했지만, 귀대인 율명이 정의련의 요청을 일축함으로써 정의련은 자칫 성가신 적을 만들 처지까지 몰리고 말았다.

"이것이 말이나 되는 것입니까! 당장 사람을 보내어 정의련을 지원하는 것도 봐줄까 말까 한데, 도리어 적에게 득이 되는 쪽으로 움직이니 말입니다!"

마교의 움직임에 불안감을 느낀 정의련의 간부들은 그 때문에 회의에 들어갈 수밖에 없었다.

정의련 산서지단을 맡고 있는 비연검객 사도천이 격앙된 목소리로 소리치자 다른 이들 역시 그와 마찬가지의 반응을 보이고 있었다.

척살단의 분투로 간신히 비도문의 세력을 강북에서 몰아내었던 그들로서는 당연한 일이었다.

"하나 그들을 적대하는 것은 현재의 상황에선 어려운 일입니다. 비도문과의 전황이 본 련에 유리하게 진행되고 있다 하지만, 그렇다고 마교까지 적으로 만드는 것은 어려운 일이니 말입니다."

얼마 전 구궁의 도움으로 무상 대사를 밀어내고 소림 방장에 오른 데다 정의련의 부련주 직까지 맡은 무경 대사의 말에 분기를 드러내던 이들 역시 그 의견에 동감을 표시했다.

그들의 행태가 어찌 되었든 지금 그들을 적으로 돌린다는 것은 자칫 승기를 잡은 싸움이 패착으로 갈 우려가 있었기 때문이다.

"그렇다고 마교의 교주를 놓아줄 수는 없는 일 아닙니까."

이곳에 모인 각대문파 소속의 무사들은 모두 화산의 회합에서 자신들의 사형제나 스승을 몰아내고 자리를 차지한 사람이거나 구궁의 부하로 변장을 통해 자리에 앉은 사람이었기에 마교의 교주와 부교주가 구궁의 손에 인질로 잡혀 있음을 잘 알고 있었다.

인질로 했던 만큼 놓아주게 되면 적이 될 것이 분명한 일인지라 회의장은 암울한 분위기만 흐를 뿐이었다.

"우리들로선 어찌할 방도가 없습니다. 아무래도 련주께 말씀드려 해결 방법을 모색하는 것이 좋을 듯합니다."

마교를 어찌할 방법이 없는 이들로서는 어쩔 수 없이 련주인 구궁에게 이 일을 넘길 수밖에 없었고, 부련주 무경 대사는 사람을 보내어 은밀한 곳에 거처를 두고 있는 구궁에게 마교의 일을 알릴 수밖에 없었다.

정의련에서 마교의 일을 맡기자 구궁은 심산유곡에서 무공을 수련하던 것을 멈추고 어쩔 수 없이 밖으로 나올 수밖에 없었다.

그 역시 지금 마교가 나서게 되면 어떤 일이 벌어질지 잘 알고 있었기 때문이다.

그렇기 때문에 구궁은 정의련의 이름으로 마교와 만나는 것을 약조했고, 그 장소는 감숙성의 난주로 정했다.

이번 마교와 정의련의 회합을 맡게 된 인물은 난주의 거상으로 정의련에 물자를 지원하고 있는 천금원(千金園) 육근혁(陸根奕)의 장원으로 정해졌다.

천금을 소유하고 있는 육근혁은 정의련의 비호를 받고 감숙과 섬서 일대에서 성세를 누리고 있는 거상으로 이번 마교와 정의련의 회합을 맡게 되어 누구보다 열성적으로 움직이고 있었다.

그도 그럴 것이 이번 회합을 성공리에 마치게 되면 정의련에선 그에게 사천에서의 사업권을 주기로 약조하였기 때문이다.

그런 때문에 육근혁은 회합을 위해 각지에서 요리사는 물론 시중들 어린 소년 소녀들을 모으기 시작했다.

육근혁의 장원 천금장에선 집사 이정(李正)이 오십여 명의 동남동녀를 세워놓곤 일장 연설을 하고 있었다.

이번 회합에 앞서 시중을 들기 위해 모인 이들을 철저히 교육시켜야 했기 때문이다.

"휴우… 저 할아버지 언제 끝낸대?"

"벌써 반 시진 가까이 떠드는데 지치지도 않나?"

이정의 계속되는 연설에 아이들은 하나둘씩 지쳐 갈 수밖에 없었고, 여기저기 소란스러워지기 시작했다.

섬서 천양현에서 온 소균은 천금장에서 시중들 아이들을 모은다는 말을 듣고 그 아비가 직접 천금장까지 데려와 간신히 이번 일을 하게 되었다.

오 일 정도를 일하면 은자 다섯 냥을 준다고 약속하고 있었기에 각지에서 아이들이 몰려왔지만, 동네에서도 잘생겼다 말을 듣던 소균이었기에 들어오는 것은 그리 어렵지 않았다.

하나 막상 안으로 들어와 보니 각지에서 온 소년과 소녀들은 하나같이 옥면, 옥수였고 그중 그의 옆에 서 있는 무표정한 아이는 마치 천상에서 내려온 선동과도 같은지라 소균은 그와 친해지고 싶은 생각에 아이를 보며 조용히 말했다.

"야, 난 천양에서 왔는데 넌 어디서 왔어?"

아이는 소균의 물음에 잠시 고개를 돌려 바라보고는 무표정한 모습으로 말했다.

"백은."

"백은? 음… 아! 백은이면 난주 위에 있는 현 아니야? 야, 부럽다. 난 천양에서 여기까지 오느라 죽는 줄 알았다니까."

소균이 친근하게 자신에게 말을 걸자 무표정한 아이 역시 그리 싫지 않은지 입가에 미소를 지어 보였다.

그런 아이의 표정은 마치 섭혼공과도 같은 매력을 지니고 있었기에 소균은 더욱 그 아이와 친하게 지내고 싶다는 생각을 버릴 수 없게 되었다.

"난 소균이라고 해. 만나서 반갑다."

"화명이야."

화명. 놀랍게도 소균의 옆에 있는 아이는 바로 장천의 아들인 소천이었던 것이다. 분명 장천에게 무공을 수련받고 있어야 할 소천이 왜 이곳으로 오게 된 것일까?

집사의 일장 연설이 끝나자 아이들은 천금장에서 정해놓은 숙소로 들어갔고, 소균과 소천 역시 십여 명의 아이와 함께 숙소에 들어갈 수 있었다.

숙소로 들어가기 전 집사는 아이들에게 깨끗한 옷과 가죽신을 지급했는데, 대부분이 그리 부유하지 못한 집에서 자라온 아이들이었기에 옷을 보며 즐거워했다.

이들에게 새 옷이라는 것은 명절에나 입을까 말까 할 정도인지라 당연한 일이라 할 수 있었다.

"와! 가죽신이야, 가죽신! 나 가죽신 처음 본다."

소균 역시 다른 아이들과 다르지 않아 새 옷과 가죽신을 들고는 입을 다물지 못하고 있었는데, 구궁에게 모친과 함께 볼모로 잡혀 있었다고는 하지만 입는 것과 먹는 것이 부족한 적이 없었던 소천으로선 오히려 천금장에서 지급한 옷이 허름하게 보일 뿐이었다.

그렇기에 소균이 새 옷과 가죽신을 보며 기뻐하고 있는 것을 이해할 수가 없었다.

"가죽신… 처음 신어봐?"

"당연하지! 장터에서 이 정도의 가죽신을 사려면 족히 두세 냥은 줘야 하는데 어떻게 신겠냐? 맨날 입에 풀칠하기도 어렵다고 잔소리해 대는 엄마가 잘도 이런 걸 사주겠다."

소균의 투덜거리는 말에 소천은 그런가 하는 표정을 지으며 자신이 받은 옷과 가죽신을 구석에 밀어 넣고는 자리에 누웠다.

그가 이곳에 온 것은 자신의 숙부이고 무공을 가르쳐 주는 어르신의 명에 따른 것이었다. 마교와 정의련의 회합에서 원수이기도 한 구궁이 이곳에 온다는 말을 들은 소천은 구궁을 죽이기 위해 이곳에 오게 된 것이다.

소천은 구궁만 죽인다면 어머니 역시 무사히 빠져나올 수 있다는 숙부의 말에 굳게 마음을 먹고 이 일을 하게 된 것이지만, 마음은 그리 편하지 않았다.

이곳에 오면서 화란을 속이고 왔기 때문인데, 아무리 모진 꼴을 당했다 하더라도 구궁은 화란의 부친이었기에 그를 죽이려 한다는 말을 꺼낼 수가 없었던 것이다.

"휴우……."

그런 탓에 자리에 누워 있으면서도 소천은 한숨이 절로 나올 수밖에 없었는데, 그런 소천을 보며 소균은 발을 들어 아이의 허벅지를 툭 건드리고는 미소를 지으며 말했다.

"엄마 생각이라도 하나 보지?"

"아니, 누나 생각."

소천의 말에 소균은 그러려니 하고 생각했다. 사실 그 역시 멀리 집을 떠나온 처지라 엄마 생각에 눈물이 나려고 했기 때문이다.

다음날부터 천금장에 모인 아이들은 시중들기 위한 교육을 집사를 통해 받기 시작했다. 소균과 소천은 각지에서 모인 아이들 중에서도 잘생긴 편에 속하고 있었기에 이번 회합에서 마교와 정의련의 간부급이 회의를 갖게 될 천금장 백련전에서 음식과 차를 나르는 일을 맡게 되었다.

물론 이면에는 장천의 지시를 받고 이곳 천금장에 잠입해 들어온 부하들에 의해 임의적으로 맡겨진 자리이기는 했지만, 그러한 지시가 없었다 하더라도 소천이 이곳에서 일을 하는 것은 그리 어렵지 않았을 것이다.

그 때문에 소균과 소천은 열세 명의 다른 아이와 함께 백련전에서 따로 교육을 받았다.

"오! 접시를 드는 폼이 안정되었구나. 객잔에서 일이라도 한 적이 있느냐?"

"아닙니다."

"음… 그래?"

백련전의 교육을 담당하고 있는 전주 마진우는 한 아이를 주목하고 있었다. 쌀이 올려져 있는 조금 무게가 되는 접시를 운반하는데, 다른 아이들은 간혹 쌀을 흘리고 조금 불안한 모습을 보이는 반면 한 아이만은 두 개의 큰 접시를 들고 움직임에도 걸음걸이가 안정되어 있었기 때문이다.

그렇기에 아이가 객잔에서 일을 한 적이 있는 게 아닐까 하며 물었던 것인데, 아이가 고개를 흔들자 잠시간 아이를 보며 생각에 잠겼다.

걸음걸이가 안정되고 근골 역시 뛰어나게 보이는지라 이 일이 끝난 후에도 계속 아이를 천금장에서 일하게 하는 것이 나쁘지 않다 생각했다.

전주인 마진우가 상가에 몸을 담고 있다고 하지만 그 역시 상당한 실력을 지닌 무인이었던 만큼 아이의 자질이 범상치 않아 무공을 익히게 하면 크게 쓸 수 있으리라 생각했기 때문이다.

"화명이라고 했지?"

"예."

"이 일이 끝난 후에도 천금장에서 계속 일을 하는 것이 어떠냐? 지금 받는 보수의 두세 배는 약속할 수 있는데 말이다."

"저를 예쁘게 봐주시니 감사합니다만, 집에 병든 어머니가 계신지라……."

"음… 그럼 내 너의 어머니를 이곳에 모셔오마. 그래도 천금장에는 뛰어난 의원이 있으니 너의 어머니의 병도 능히 치료할 수 있을 것이다."

"…그렇게만 해주신다면 평생 은혜를 잊지 않을 것입니다."

마진우의 말에 더 이상 물러설 수 없었던 소천은 고개를 끄덕일 수밖에 없었다.

"잘 생각했다. 네가 천금장에서 일하면 내 무공도 가르쳐 줄 것이니 기대해도 좋을 것이다."

소천의 승낙에 마진우는 흡족한 표정을 지으며 아이의 머리를 쓰다듬어 주었다. 하지만 그런 그를 보며 소천은 조금 미안한 생각이 들었다.

그가 자신을 받아주고 자상하게 대해주었지만, 어쩔 수 없이 그를 배신해야 하기 때문이다. 일이 성사되면 마진우가 자칫 구궁의 부하들에게 죽임을 당할 수도 있는지라 아직 어린 나이의 소천이 갈등을 겪는 것은 당연한 일이었다.

"와아아! 축하해, 화명. 천금장에서 일하게 되다니!"

"부럽다."

그런 소천의 생각을 모르는 주변의 아이들은 소천이 마진우의 눈에 띄어 천금장에서 일하게 되자 부러워하며 축하해 주었다.

아이들의 대부분이 가난한 집안 출신이었기 때문에 천금장에서 일한다는 것은 그야말로 앞날이 훤히 밝혀지는 것과 마찬가지였기 때문이다.

그런 아이들을 보며 마진우는 미소를 지었다.

"너희들도 이번 일을 열심히 한다면 몇 명은 천금장에서 받아줄 것이다. 그러니 이번 회합에 한 치의 실수도 없어야 할 것이다."

"예!"

자신들도 이곳에서 일할 수 있다는 말에 아이들의 표정이 금세 밝아졌고 교육도 열심히 받기 시작했다.

'미안해……'

하지만 소천의 표정은 더욱 침울해질 수밖에 없었다. 잠깐의 시간이라고는 하지만 친하게 지낸 아이들과 사람들을 배신한다는 것에 마음이 답답할 수밖에 없었다.

그렇게 일주일의 시간이 지나자, 드디어 천금장으로 마교와 정의련의 사람들이 도착하기 시작했다.

이번 회합에 마교는 암영신군 율명을 포함하여 장로급 고수 다섯 명이, 정의련에서는 련주 구궁과 함께 단주 일곱 명이 참석하는지라 이들을 보필하는 수행원들의 수만 해도 오백을 넘어서고 있었다.

처음 도착한 이들은 이들 두 세력의 선발대로 만약의 경우를 생각하여 주변 감시를 철저히 하고 위험 요소를 제거하기 위해 파견된 이들이었기에 소천과 소균 모두 다시 한 번 이들에 의해 신분 조사를 받아야 했다.

하나 장천이 이러한 일을 대비하고 있었기에 아무런 문제 없이 소천은 넘어갈 수 있었다.

선발대의 조사가 끝난 지 삼 일 후, 드디어 천금장에는 정의련과 마교의 사람들이 도착하기 시작했고, 오후 무렵이 되어선 마교의 암영신군과 장로급 인물들이 도착했다.

마교 암영신군의 시중을 들게 된 소천은 전주 마진우의 명에 따라 용정차를 들고 그가 머물고 있는 방으로 들어갔다.

"차를 가져왔습니다."

암영신군이 머물고 있는 방에는 그의 호위 무사 네 명이 앞을 지켜 서고 있었다. 소천이 차를 가져왔다는 말에 무사 중 한 사람이 품에서 은침을 꺼내어 잠시간 차에 담가 독이 있는지 알아보았고, 독이 없자 고개를 끄덕이고는 소천을 안으로 들여보냈다.

방 안에는 유난히 긴 팔에 얼굴에는 흉터가 가득한 노인이 서류를 살펴보고 있었는데, 그의 인상이 흉악한지라 어린 소천은 조금 흠칫한 모습을 보일 수밖에 없었다.

율명은 안으로 들어온 아이가 자신의 모습을 보고 조금 놀란 듯하자 미소를 지으며 말했다.

"차를 가져왔느냐?"

"아… 예."

"이리 가져오너라."

율명의 말에 소천은 용정차를 그가 앉아 있는 탁자 위에 올려놓았다. 아이를 잠깐 바라보던 그는 아이가 낯설지 않다는 느낌이 들었다.

그런 탓에 잠시간 생각에 잠겨 있던 율명은 퍼뜩 그 아이가 장천을 닮았음을 생각했고, 혹시나 하는 생각에 아이를 보며 물었다.

"아이야, 너의 이름이 무엇이냐?"

"화, 화명이라 합니다, 어르신."

"음……."

하지만 아이의 입에서 나온 이름이 자신의 생각과 다른지라 율명은 고개를 끄덕이고는 찻잔을 들어 입으로 가져갔고, 이에 소천은 떨리는 가슴을 진정시키곤 조용히 방을 나서려 했는데, 그런 소천을 율명이 다시 불렀다.

"잠시만 내 쪽으로 와보거라."

"예?"

"이 노부는 얼굴이 조금 험할 뿐이니 무서워할 것 없다. 그저 네 몸을 조금 살펴볼 생각이란다."

율명은 아이의 근골이 범상치 않다는 생각에 아이를 불러 근골을 살펴볼 생각을 한 것이다.

그 탓에 소천은 조금 떨리는 모습으로 다가갔는데, 다가온 아이의 몸을 잠시 살펴보던 율명은 충격을 감출 수가 없었다.

그저 장천과 닮은 얼굴이라 생각했고 겉으로 보이는 근골이 뛰어나 보여 잠시간 살펴보았던 것뿐인데, 그 근골이 장천과 진배없었기 때문이다.

"아이야, 네 이름이 진짜 화명이더냐?"

"예? 예… 어머니께서 직접 지어주셨습니다."

"음……."

혹시나 구궁에게 잡혔다고 알려져 있던 소천이 아닐까 하는 생각에 율명은 다시 한 번 물어보았지만, 아이가 부정을 하는지라 자신이 짐작에 틀렸다 생각했다.

뭐, 다시 생각해도 구궁에게 잡혀 있어야 할 아이가 이곳에 있을 턱이 없었기 때문이다. 하지만 아이가 상당한 무골인지라 율명은 이대로 놓칠 수 없다는 생각에 말했다.

"너의 근골이 상당히 뛰어나구나. 화명이라 했지?"

"예, 어르신."

"본 교에 너를 데리고 가고 싶은데, 어찌하겠느냐?"

"아!"

마진우에 이어 율명까지 자신을 데려가고 싶다는 말을 하자 소천은 조금 당황한 모습을 보일 수밖에 없었다.

사실 지금 소천은 자신이 장천의 아들임을 밝혀도 문제될 것은 없었다. 아니, 그의 모친이 홍련교 전대 교주의 손녀임을 아는 소천은 한 번도 견식이 없었던 비도문보다는 홍련교에 대한 이야기를 더 많이 들었다.

그런 탓에 소천은 그를 따라 홍련교로 가고 싶은 마음이 적지 않았다. 하지만 그에게 이번 일을 하게 해준 숙부는 어머니를 구하기 위해선 반드시 계획에 따라야 했고, 그것을 누구에게도 밝혀서는 안 된다고 말했었다.

그 때문에 소천은 율명의 말을 거부할 수밖에 없었고, 어쩔 수 없이 고개를 저으며 말했다.

"저, 전 천금장에서 일을 하기로 했기 때문에……."

"천금장 따위가 어찌 본 교와 비교가 될 수 있느냐? 네가 이곳에 머무른다면 평생 일류를 넘지 못할 것이나 본 교로 온다면 내 천하제일은 아니라 할지라도 일인지하 만인지상의 자리는 약속할 수 있다."

아이의 근골이 과거 제일기재라 생각했던 장천과 비교해도 뒤지지 않음을 안 율명은 아이를 놓치고 싶지 않았다.

하나 소천의 입장에선 그를 따라갈 수 없었기에 고개를 저으며 단호히 말했다.

"어머께서는 사내는 한 입으로 두말을 해서는 안 된다 하셨습니다. 제가 만약 어르신의 말씀을 따른다면 그것은 천금장과의 약속을 어기게 되는 것이니 어찌 승낙할 수 있겠습니까?"

아이의 똑 부러진 말에 율명은 안타까운 생각이 들었다. 이렇게 뛰어난 아이가 정의련에서도 그저 돈줄로 치부되는 천금장에 있어야 하니 어찌 안타깝지 않을 수 있겠는가.

'천금장은 분에 넘치는 인재를 손에 넣었구나. 하나 천금장의 힘으로 아이의 재능을 살려줄 수 없으니 시기가 되면 이 아이를 본 교로 끌어들여야겠구나.'

홍련교의 힘이라면 천금장의 아이 하나 정도 끌어들이는 것은 어렵지 않은 일이었기에 율명은 지금은 아이를 놓아주는 것이 낫다 생각하고는 말했다.

"너의 말대로 사내는 일구이언을 해서는 아니 되지. 하나 나중에 천금장에서 나오게 되면 본 교의 지부 아무 곳이나 가서 이것을 보여주거라. 그럼 그들이 널 나에게 데려다 줄 것이다."

그 말과 함께 율명은 아이에게 하나의 패를 주었는데, 그것은 암영패로 홍련교에서도 오직 암영자만이 가지고 있는 패였다.

소천으로선 그것마저 거절하고 싶었지만, 그리되면 자칫 천금장에 누를 끼치고 이번 일이 틀어질 수도 있다 생각해 할 수 없이 그것을 받아들 수밖에 없었다.

낭중지추(囊中之錐)라 했던가. 아무리 소천이 신분을 감추고 천금장에 들어갔어도 그 본면목은 쉬이 감추어지지 않는 듯했다.

다음날 정의련 사람들도 천금장에 도착했다. 소천은 정의련 사람들이 도착하자 그들을 보고자 천금장의 정문으로 향했는데, 무사들의 호위를 받으며 네 거한이 들고 있는 가마를 타고 안으로 들어오는 이를 보며 주먹을 쥐었다.

외팔이로 전과 비교하면 많이 수척해진 모습이었지만, 소천은 그가 자신의 어머니를 강제로 데려간 백부 구궁임을 단번에 알아보았기 때문이다.

"백부… 으드득……."

소천은 이를 갈며 반드시 그를 처치해 어머니를 자유롭게 해야 한다는 굳은 결심을 다시 한 번 다짐할 수 있었다.

다음날부터 마교와 정의련의 회합이 시작되었고, 백련전은 용담호혈이라고 할까? 수백의 무사가 철통같은 경계를 하고 있었다.

이들 대부분이 일류고수급임을 감안한다면 아무리 비도문이라 할지라도 이곳에 들어오는 것은 결코 쉬운 일이 아니었다.

백련전의 회합장에서는 긴 탁자를 가운데 두고 정의련의 사람들과 마교의 사람들이 서로 경계를 하고 있었다.

두 세력 모두 겉으로 동맹을 표시하고 있었지만, 속을 들여다보면 전혀 그렇지 않았기에 회합장은 침묵만이 흐르고 있었다. 하지만 언제까지 그리고 있을 수만은 없는 일. 가장 먼저 입을 연 이는 정의련의 련주 구궁이었다.

"홍련교의 암영신군이신 율명 대협을 다시 뵙게 되니 영광입니다."

"저 역시 강북을 손에 넣고 계시는 정의련의 련주를 뵈니 영광입니다."

서로 딱딱한 어조로 인사를 나눈 두 사람이었으니 잠시간 서로를 바라보며 살펴보았는데, 구궁을 보던 율명은 조금 놀랄 수밖에 없었다.

과거와는 달리 기도가 범상치 않았기 때문이다. 자신을 바라보고 있는 구궁에게선 절대고수의 기도가 흐르고 있었기 때문이다.

구궁의 기도는 율명 자신이 모시고 있는 화룡쌍제에게서도 느끼지 못한 것으로 과거에 자신이 모셨던 전대 암영신군이나 혈비도 무랑, 지금은 비도문의 문주가 되어 강남을 장악하고 있는 장천에게서나 느껴졌던 기운이었다.

그런 탓에 그의 등줄기에선 절로 식은땀이 흘러내리고 있었는데, 그런 것을 아는지 구궁은 입가에 차가운 미소를 짓고는 기도를 갈무리했고, 율명은 그제야 속으로 안도의 한숨을 쉴 수 있었다.

"련주의 기도가 예전 같지 않으십니다."

"그렇습니까? 근래에 무공을 소홀히 하였더니 그런 것 같습니다."

자신의 말에 구궁은 오히려 무공을 소홀히 하여 무공이 떨어졌다는 투로 이야기했지만, 구태여 그것이 아니라 말하고 싶은 마음은 없었기에 율명은 더 이상 그것에 대한 이야기를 꺼내지 않았다.

"으흠… 이렇게 저희 천금장을 찾아주셔서 감사드립니다. 제가 여러분들을 위해 다소 미흡하지만 음식을 몇 가지 준비하였사오니, 들면서 이야기를 나누십시오."

서로의 경계가 쉽게 허물어지지 않자 이번 회합을 맡은 육근혁은 조금 분위기를 바꿀까 하는 생각으로 말한 후 손뼉을 쳤다. 잠시 후 회합장 안으론 그가 준비한 음식들이 하나둘씩 들어오기 시작했다.

과연 감숙과 섬서의 상권을 손에 쥐고 있는 육근혁이라 할까? 그가 준비한 음식은 하나같이 뛰어난 숙수의 손으로 만들어진 보기 드문 요리였다.

하나 그 음식이 신선의 음식이라 할지라도 서로를 보며 대치하고 있는 두 세력에게는 어떠한 감흥도 주지 못했다.

음식을 회합장에 내려놓는 사람들은 육근혁이 각지에서 불러들인 나이 어린 미동과 미소녀들이었는데, 소천 역시 이들과 함께 음식을 나르고 있었다.

소천은 머리를 내려 얼굴을 가리고 있었는데, 행여나 구궁이 자신의 얼굴을 알아보지 않을까 하는 생각에서였다.

음식을 나르고 있던 소천은 살짝 구궁의 모습을 살펴보았는데, 그는 암영신군인 율명을 보며 눈을 돌리고 있지 않은 터라 드디어 때가 되었음을 알 수 있었다.

소천은 쟁반을 들고는 천천히 구궁의 옆으로 다가갔는데, 음식을 나르는 아이들이 많은지라 구궁은 소천이 다가오는 것을 알지 못하고 있는 듯했다.

'기회다!'

잠시 후 구궁과 삼 보 정도의 거리까지 다가가자 소천은 어금니 안쪽에 준비해 놓은 작은 주머니를 강한 힘을 주어 터뜨렸다.

그러자 쓴 기운이 금세 소천의 입을 가득 메웠는데, 어렵사리 그것을 삼키자 잠시 후 단전 주위에서 뜨거운 기운이 솟구쳐 오르기 시작했다.

"응?"

한편 구궁은 회합이 시작되기 전 암영신군의 기세를 죽이기 위해 눈싸움을 하고 있었는데, 문득 옆에서 이상한 기운이 느껴졌다.

"죽어라, 구궁!"

"헉!"

고개를 돌리는 순간, 한 아이가 시뻘건 눈을 하고는 소리치며 자신을 향해 일수를 뻗어 오른손을 잡아채자 구궁은 크게 놀라서는 급히 아이를 견타를 사용하여 몸을 움직이며 가슴을 가격했다.

퍽!

"껵!!"

구궁의 견타를 받은 아이는 숨넘어가는 비명을 질렀으나 오른손을 잡고 있는 손을 놓치지 않고 있었는데, 다음 순간 구궁의 내력이 아이에게 급속히 빨려 들어가기 시작했다.

"크윽!! 흡성대공!!"

자신의 내력이 빨려 들어가자 놀란 구궁은 급히 아이의 손을 떼어내려 했는데 그 순간 아이는 그의 얼굴을 향해 침을 뱉었다.

"퉤!"

아이가 날린 침은 그의 얼굴을 향해 날아왔으나 급히 금나수로 아이의 오른손을 꺾는 것과 동시에 침을 막은 후 다시 몸을 움직여 아이의 복부에 일격을 날렸다.

퍽!

"끄악!!"

그러자 아이는 더 이상 버티지 못하고 손을 놓치고 뒤로 팅겨져 날아갈 수밖에 없었다.

아이의 갑작스러운 암습으로 인하여 회합장은 순식간에 아수라장이 될 수밖에 없었고, 정의련과 마교의 무사들은 크게 놀라 병장기를 빼어 들어서는 대치하기 시작했다.

"큭!"

구궁으로선 아이의 흡성대법으로 자신의 내력이 모두 빨려 나가는 것을 막기는 했지만 문제는 다른 곳에 있었다.

아이가 자신에게 날린 침을 오른손으로 막았는데, 그것에 극독이 묻어 있었기 때문이다.

"빌어먹을!!"

무슨 독인지 알 수 없었으나 침에 맞은 부분이 시꺼멓게 변색되고 있어 구궁은 크게 놀라 내력을 돋워 독을 밀어내기 시작했다.

하지만 그 독은 상당히 극악했는지 쉽게 몰아낼 수 없었기에 급히 옆에 있던 단주에게 소리쳤다.

"명 단주! 아무래도 독에 중독된 듯하네. 해독약을!"

"아, 예!"

구궁의 말에 단주는 급히 품에서 해독약을 꺼내어서는 그에게 건네주었고, 구궁은 그것을 입에 넣고는 다시 내력을 돋워 해독약의 기운을 퍼뜨리기 시작했다.

명 단주라 불리는 자는 구궁이 독문에서 데려온 자였기에 그가 건네준 해독약은 무리없이 그의 몸을 해독하기 시작했다.

"마교의 개새끼들! 감히 더러운 수작을!!"

"뭣이!! 어디에서 얼토당토않은 수작으로 우릴 모함하느냐!"

구궁이 몸을 추스르는 동안 정의련과 마교는 갑작스럽게 벌어진 일로 인하여 서로 살기를 드러내며 욕을 퍼부었는데, 그때 구궁을 암살하려던 아이의 몸에서 무엇인가를 찾아낸 정의련의 무사가 그것을 들고는 소리쳤다.

"마교의 암영패다! 이것을 보고도 부인할 테냐!"

"헉!"

무사가 찾아낸 것은 율명이 소천에게 주었던 암영패였다. 그것을 확인한 율명은 자신도 모르게 헛바람 소리를 내고 말았다. 구궁을 암습한 아이가 자신이 마교로 데려가려 했던 화명이란 아이였기 때문이다.

율명은 낭패감을 지울 수 없었는데, 일이 이렇게 되고 보니 구궁을 암습하려던 무리가 홍련교임을 부인할 수도 없게 돼버렸기 때문이다.

"더러운 정파 놈들! 어디서 암영패를 구해서 이 짓을 우리에게 뒤집어씌우려 하느냐! 역시 뒷구멍에서 썩은 내가 펄펄 나는 정파 놈들이니 부끄러운 줄도 모르는구나!"

하나 소천에게 암영패를 준 것은 율명 외에는 모르는 일. 그런 때문에 다른 마교의 장로들은 오히려 그것마저 함정이라며 소리치고 있었다.

당장이라도 칼부림이 날 것 같은 분위기였으나 다행히 구궁은 독을 해독하느라 정신이 없었고, 율명은 소천의 일로 당황하고 있는지라 서로 대치할 뿐 싸움은 벌어지지 않고 있었다.

"멈추어라!"

그때 해독을 끝마친 구궁이 소리치자 사람들은 싸우던 것을 멈추었다.

회합장이 조용해진 가운데 구궁은 천천히 자신을 습격한 아이를 쳐다보았는데, 아이는 입에서 시뻘건 피를 쉴없이 토해내며 혼절해 있었다.

한데 구궁은 그 아이의 모습을 확인하곤 놀랄 수밖에 없었고, 다음 순간 절로 웃음이 터져 나오고 말았다.

"하하하하하!"

암습을 당했음에도 웃음을 터뜨리고 있는 그를 보며 사람들은 영문을 알 수 없었는데, 잠시 후 대소를 멈춘 그는 옆에 있던 단주를 보며 말했다.

"명 단주, 당장 저 아이의 독을 해독하고 치유해 주도록 하게. 입으로 독을 머금었던 탓에 중독이 가볍지 않으나 어떤 방법을 써서라도 반드시 목숨을 살려야 할 것이네!"

"예!"

구궁의 말에 그는 급히 아이에게 해독제를 먹이고는 그 아이를 데리고 밖으로 나갔고, 그의 모습을 지켜보던 구궁은 율명을 향해 고개를 돌리고는 천천히 입을 열었다.

"아무래도 이번 회합은 여기에서 끝을 내야 할 것 같습니다."

"……."

"걱정 마십시오. 이번 일이 귀 교에서 행했다는 명백한 증거가 나왔다 할지라도 전 귀 교가 이런 짓을 했다고는 생각하지 않으니 말입니다."

"…그리 생각해 주니 고맙소."

"하나 그리 쉽지는 않을 것입니다. 어찌 됐든 많은 사람들이 알게 된 일이니 말입니다."

"큭."

그 말에 율명은 침음성을 흘릴 수밖에 없었다. 그저 쓸 만한 기재를 발견하여 행한 일이 이상하게 꼬여 버렸기 때문이다.

그런 율명을 뒤로하고 구궁은 밖으로 나왔는데, 순간 목구멍에서 뜨거운 기운이 솟구쳐 오르기 시작했다.

무슨 독인지 알 수 없었지만, 독문의 해독약을 먹고도 그 독기를 완전히 해소하지 못했던 것이다.

'크크크… 장천… 네놈이 자식까지 버릴 줄은 생각지도 못했다. 어디 두고 보자!'

구궁은 자신을 습격한 아이가 바로 소천임을 알 수 있었고, 그것이 결코 마교에 의해 저질러지지 않았음을 간파하고 있었다.

적어도 교주와 부교주가 자신에게 잡혀 있는 이상 마교가 이런 섣부른 암살 같은 것은 행하지 않을 것임을 알고 있었기 때문이다.

그런 때문에 구궁은 이 암습을 장천이 지시했음을 알 수 있었는데, 과거의 장천이라면 이런 행동은 거리낌없이 행할 성격의 소유자였기 때문이다.

하나 이상한 것이 있다면 그의 몸에서 발견된 암영패였다. 마교의 암영패는 쉽게 위조할 수 있는 것도 아니거니와 자신 역시 구하지 못하는 신패다.

그런 때문에 장천이 무슨 생각으로 이런 짓을 행했는지 알 수 없었다.

'도대체 무슨 생각인가.'

제63장
장천의 굴복

천금장의 회합장에서 벌어진 암살 미수 사건은 순식간에 강호에 퍼져 나갔다. 그 때문에 강호는 크게 술렁거릴 수밖에 없었고, 정의련의 정파무사들은 마교의 비열한 행동을 욕하며 그들을 비난했다.

당사자인 마교는 억울하기 그지없었으나 암영패라는 증거가 나온 이상 빼도 박도 못하는 상태였다.

"예? 암영패라 하셨습니까?"

율명이 교로 돌아오자 장천은 제일 먼저 그와 만났는데, 그의 입에서 사건의 전말을 듣고는 낭패감을 감출 수가 없었다.

"그것이 말이네… 사실……."

암영패라는 말에 놀란 장천을 보며 율명은 자신이 아이와 만난 후 암영패를 건네준 일을 모두 이야기했고, 그 말을 들은 장천은 미간을 찌푸릴 수밖에 없었다.

'빌어먹을 늙은이! 애써 해놓은 일을 망쳐 놓는군.'

소천이 구궁을 암살하려던 일, 그것은 모두 장천이 꾸민 일이었다. 어차피 소천의 힘으로 구궁을 죽이는 것은 애당초 불가능한 일이었다.

그런 때문에 장천은 아이에게 선천진기를 일순간 폭발시켜 내력을 증강시키는 폭혈단과 함께 비도문에서 소장해 놓았던 해독 불능의 극독을 주어 그것으로 하여금 구궁을 암습케 한 것이다.

물론 그 정도로는 구궁을 처리하지 못할 것은 알고 있었으나 그가 노린 것은 바로 마교와 정의련의 싸움이었다.

암습은 실패할 것이 분명했고, 구궁이 독을 해독하기 위해선 적어도 한 달 이상 몸을 요양하지 않으면 안 되었다.

이에 장천은 율명에게 구궁이 현재의 상황을 타파하고자 자신이 스스로 암살을 꾸미며 그것을 마교에게 뒤집어씌운 것이라 말하고 율명으로 하여금 마교도를 이끌고 그들을 치게 하려 했다.

어차피 암살자는 있으나 마교에서 행했다는 증거를 찾을 수 없다면 그것을 행하지 않은 마교에서는 자신의 말을 듣고 구궁을 적대할 것이 분명했기 때문이다.

하나 율명이 소천을 마교에 데려오기 위해 암영패를 줌으로써 장천의 이런 계획은 물거품이 될 수밖에 없었다.

증거가 없다면 모를까 암영패라는 명백한 증거가 있는 상황이니 정당함을 표방하는 마교라 할지라도 이번 일은 쉽게 움직일 수 없는 것이다.

'휴… 멍청한 늙은이 때문에 애써 만든 계획이 물거품이 되어버렸군. 뭐, 그 아이를 처리한 것에 만족해야 하나.'

일은 이미 벌어진 이후이니 장천은 입맛을 다시며 소천을 처리한 것으로 만족할 수밖에 없었는데, 그때 가슴에서 엄청난 통증이 밀려왔다.

"큭… 이런 빌어먹을!!"

"장 문주!"

"갑자기 가슴이……."

갑자기 장천이 고통스러워하며 가슴을 움켜쥐자 율명은 놀랄 수밖에 없었는데, 이에 아무것도 아니라는 듯이 손을 내저은 장천은 급히 밖으로 나왔다.

"끄아악! 이 빌어먹을 자식이… 잠자코 처박혀 있어! 크으윽……."

장천의 가슴의 통증, 그것은 바로 다른 인격의 장천 바로 그의 짓이었다.

[네, 네놈을 용서하지 않을 것이다!]

"이 빌어먹을 놈! 네 녀석이 우유부단하게 행동한 것이 제 자식을 죽인 것임을 모르겠느냐!"

[죽여 버리겠다! 너의 죽음이 곧 나의 죽음이라 할지라도 널 용서하지 않을 것이다!]

"크윽… 끄아아악!!"

다른 인격의 장천은 자신의 아들이 더러운 암수에 희생된 것에 분노하고 있었으니, 고통스러움에 크게 괴로워하며 소리치던 장천은 더 이상 참지 못하고 그대로 혼절하고 말았다.

다음날 장천이 눈을 떴을 때는 어딘지 모르는 침상이었고, 주위를 보니 율명이 걱정스러운 눈빛으로 자신을 보고 있음을 확인할 수 있었다.

"자네 괜찮은가?"

"유, 율명 어르신……."

장천은 천천히 몸을 일으켰고, 그에 율명은 크게 안도의 한숨을 쉬고는 말했다.

"휴… 다행이네. 자네가 내 방에서 나간 지 얼마 안 되어 혼절하자 큰 병이라도 생긴 줄 알고 깜짝 놀랐다네."

"…크… 크흐흐흑……."

장천이 얼굴을 숙이고는 눈물을 흘리며 흐느끼기 시작하자 율명은 영문을 알 수 없었다.

갑자기 혼절했던 사람이 일어나서는 흐느끼니 어찌 그 이유를 알 수 있겠는가?

하지만 현재의 장천은 도저히 눈물을 감출 수가 없었다.

지금의 그는 이전까지 인격을 장악했던 비도문의 장천이 아니라 과거 쌍도문 시절의 여린 심성을 가지고 있던 장천이었기 때문이다.

아들이 자신의 다른 인격에 의해 죽임을 당했다는 것을 안 장천은 노기를 느끼며 악한 인격의 장천을 증오하며 그와 함께 죽으려 했다.

그리고 그러한 시도로 인하여 장천의 인격이 악한 인격을 눌러 버렸고.

혼절한 후 깨어난 장천은 자신의 손으로 소천을 죽였다는 생각에 슬픔을 감출 수가 없었기에 울음을 터뜨리고 만 것이다.

"이보게. 무슨 일인지 모르지만 마음을 진정시키게. 이러다가 또 탈이라도 나면 어찌하겠는가?"

"크흐흐흑… 죄송합니다… 죄송합니다……."

"이 사람, 무엇이 그리 죄송하다는 말인가."

"죄송합니다… 어르신……. 크흐흑……."

장천은 율명에게 죄송하다는 말밖에 어떠한 말도 할 수가 없었다.

암습 사건 이후 교주를 찾는다는 명목으로 강북을 헤집고 다니던 마교의 교도들이 사라짐에 따라 정의련의 움직임은 더욱 활발해졌다.

골치를 썩이던 이들이 사라진 만큼 정의련의 전 세력을 강남에 집중할 수 있었기 때문이다. 하지만 이상하게도 강남을 장악하고 있던 비도문은 지금까지와는 달리 전 세력을 물리기 시작했다.

그 때문에 정의련 내부에선 비도문이 또다시 무슨 암계를 꾸미고 있다 생각하여 강남으로의 진격을 멈출 수밖에 없었다.

낙양은 현재 강북무림을 장악하고 있는 정의련의 본거지라 할 수 있는 곳으로 이곳엔 정의련의 본단이 세워져 있었다.

날마다 수백 수천의 강호 인물들이 오가고 있는 본단인만큼 이곳은 용담호혈이라 해도 과언이 아니었는데, 정의련 본단의 정문으로 한 남자가 힘없는 걸음으로 다가오고 있었다.

"멈추어라!"

정체를 알 수 없는 자가 정문으로 다가들자 경비를 서고 있던 무사들은 그의 앞을 가로막았다. 경비들이 자신의 앞을 막아서자 사나이는 천천히 고개를 들어 올렸다.

"음……."

그의 얼굴을 본 사람들은 조금 놀랄 수밖에 없었는데, 초라한 그의 행색과는 달리 잘생긴 미남이었기 때문이다.

"무슨 일로 이곳을 찾아온 것이오."

"련주를 만나고자 하오."

"련주! 이런 미친놈을 봤나! 감히 그분이 누구라고! 헉!"

경비 무사가 욕을 하며 놈을 쫓아내려 하자, 그 순간 섬광이 번쩍이는가 싶더니 그의 옆 벽에 무엇인가가 날카로운 소리를 내며 박혀 들어갔다.

그 때문에 경비 무사 중 한 사람은 고개를 돌려 그것을 살펴보았는데, 그가 던진 것은 놀랍게도 한 자루의 비도였다.

그것은 정의련의 벽면에 박혀 있었으니, 그의 비도술에 경비 무사들은 입을 다물지 못했다.

"본인은 비도문의 문주 장천이라 하오."

"헉!"

"그 비도는 비도문의 문주만이 가질 수 있는 탈혼섬광구비도 중 하나이니 그대들은 그것을 가져가 련주에게 내가 왔음을 알리시오."

그 말에 경비 무사는 자신도 모르게 자리에 풀썩 주저앉고 말았다. 초라한 행색의 무인이 강호에 악명이 자자하고 명실 공히 혈비도 무랑의 죽음 이후 천하제일고수라 알려져 있는 장천이니 어찌 놀라지 않겠는가?

그런 때문에 경비 무사 중 한 명은 급히 벽에 박힌 비도를 빼 들고는 안으로 황급히 뛰어갔고, 잠시 후 비도가 그가 말했던 대로 탈혼섬광구비도임이 밝혀지자 정의련의 본단에는 큰 소동이 일어났다.

강북무림의 대표라 할 수 있는 정의련의 본단에 적의 수장이 찾아왔으니 순식간에 본단 수백의 무사가 병장기를 들고는 밖으로 뛰어나오기 시작했다.

"장천! 네 녀석이 무슨 일로 정의련을 찾아왔느냐!"

정의련 본단에 있던 단주 석관명은 검을 들고는 수백의 무사와 함께 그를 둘러싼 후 소리쳤는데, 이에 고개를 숙이고 서 있던 장천이 고개를 들어서는 그를 보며 조용히 말했다.

"련주를 만나고 싶소."

"흥! 대정의련의 련주님을 아무나 만날 수 있다 생각하느냐! 애들아, 쳐라!!"

련주를 만나고 싶다는 말에 석관명은 코웃음을 치고는 사람들에게 소리쳤고, 이에 수백의 무사가 일시에 그를 향해 달려들기 시작했다.

하나 상대는 천하제일고수. 본단이라 할지라도 그를 상대할 수 있는 자는 거의 전무하다고 해도 과언이 아니었으니 장천은 그들이 달려오는 것을 보며 내력을 돋워 소리쳤다.

"갈!"

"끄악!"

장천을 향해 공격해 들어가던 정의련의 무사들은 그의 목소리에 큰 고통을 느끼며 일순간 비명을 지르며 뒤로 물러났고, 이에 석관명은 충격을 감출 수가 없었다.

사실 그는 상대가 비도문의 문주라고는 생각지 않았다. 혹시나 비도문 소속의 자객이 암수를 써 련주를 해하려는 것이 아닐까 하는 생각을 했을 뿐이었다.

그는 진짜 비도문의 문주가 정의련의 본단까지 찾아오리라곤 생각하지 생각하지 않았기 때문이다.

한데 막상 직접 대하고 단 한 번의 고함에 이미 전의를 상실하고 말았으니 그가 비도문의 문주임을 부정할 수 없었다.

세상에 어느 누가 정의련 단주 중 한 명인 자신을 고함 소리 하나로 제압할 수 있겠는가? 그런 때문에 그는 덜덜 떨리는 목소리로 장천을 보며 물었다.

"지, 진짜 비도… 비도문의 문주이십니까?"

"련주를 만나고 싶네."

하지만 자신의 떨리는 물음에도 장천은 오직 련주를 만나고 싶다는 말만 하고 있었으니 이에 석관명은 간신히 정신을 차리고는 급히 본단 내부로 달려갔다.

"뭣이?! 비도문의 문주가 본단을 찾아와 나를 만나고자 한다고?"

"예, 그렇습니다."

"말도 안 되는 소리!"

"하나 본단을 지키고 있던 석 단주가 직접 확인했다고 합니다. 분명 비도문의 문주라 합니다."

심처에서 독을 해독하고 있던 구궁은 부하의 말을 도저히 믿을 수가 없었다.

장천이 직접 본단을 찾아와 자신을 만나고자 한다니, 그것이 말이나 되는가? 무슨 암계가 있을 것이라 생각하며 긴장을 감출 수가 없었는데, 부하는 그에게 무엇인가를 바치며 말했다.

"이것이 그자가 경비 무사에게 던진 탈혼섬광구비도입니다."

"음……."

그 말에 구궁은 그가 건네준 비도를 들어 살펴보았는데, 그 역시 천공석에 대해서 잘 알고 있는지라 자신이 들고 있는 비도가 탈혼섬광구비도임을 알 수 있었다.

"……."

이전까지만 해도 아들을 시켜 자신을 암살하려 했던 장천이 무슨 일로 자신을 직접 찾아온 것일까 하는 생각에 그는 정신을 차릴 수가 없었다.

하지만 이대로 물러설 수 없는 일. 위험한 일이라 할지라도 그가 직접 찾아온 이상 자존심 때문에라도 그를 만나야 했다.

"알겠다. 내가 직접 그를 만나러 가겠다."

물론 구궁이 아무런 대비 없이 그를 만나는 것은 아니었다. 상대는 천하제일고수라 알려져 있는 자이니 당연한 일이다.

하지만 어떠한 방비를 해도 구궁은 그가 마음먹는다면 자신이 죽음을 피할 수 없음을 알고 있었다. 그 역시 비도문의 사람이었던 만큼 문주만이 익히는 비도술의 위력은 누구보다 잘 알고 있었기 때문이다.

그런 때문에 그가 장천을 만난다는 것은 말 그대로 목을 내놓는 것이라 해도 과언이 아니었다. 그러나 자신의 팔을 자르고도 살려둔 데다 소천에게까지 암살을 지시해 놓고는 이렇게 직접 정의련으로 찾아와 자신을 처리하려 하지는 않을 것이라 생각했다.

적어도 그가 아는 장천이라면 직접 자신을 죽이는 것보다 모든 것을 파괴하고 절망에 빠지게 한 후 마지막에 철저히 괴롭히며 죽일 것이 분명했다.

그런 생각을 하며 구궁은 장천이 있다는 정의련의 본단으로 향했다.

구궁이 머물고 있는 곳은 정의련과 거리가 떨어진 곳이었기에 정의련에 도착한 것은 장천이 본단에 도착한 지 일주일이 지난 시간이었다. 한데, 그곳에서 그는 또다시 말도 안 되는 소리를 들었다.

장천이 이곳에 온 지 일주일이 지났음에도 불구하고 본단의 마당에 자리하고 가부좌를 한 채 물 한 모금도 입에 대지 않고 자신을 기다렸다는 말을 들었기 때문이다.

아무리 무공의 고수라 할지라도 일주일이나 물 한 모금 입에 대지 않는다는 것은 죽지는 않을지언정 엄청난 고통이 따르는 것이었다. 음식이야 어떻게 버틴다고 해도 물을 마시지 않고 사람이 산다는 것은 불가능하기 때문이다.

그런 때문에 구궁은 장천의 행동이 괴이하다 생각할 수밖에 없었다. 아니, 다르게 생각해 보면 장천이 만나주지 않을 자신을 겨냥하고 일부러 그러한 행동을 감행했을지도 모른다는 생각이 들었다.

"도대체 무슨 생각을 하고 왔는지 알 수가 없군."

구궁은 급히 걸음을 옮겨 그가 있다는 본단의 마당으로 향했다.

도착한 본단의 마당 한가운데에는 익숙한 남자가 눈을 감은 채 가부좌를 틀고 있는 것을 볼 수 있었기에 구궁은 그의 앞으로 걸음을 옮겼다.

구궁이 가까이 다가오자 장천은 천천히 눈을 떴다. 이미 자연도를 극성으로 익히고 있는 그에게 눈을 감는다고 해도 눈을 뜨고 보는 것과 다를 바 없었다.

"무슨 생각으로 이곳까지 오셨소."

구궁은 그런 장천을 보며 차가운 목소리로 물었다. 과거의 장천이라면 평어를 사용했을지 모르나 지금의 장천에겐 함부로 말을 놓을 수가 없었다.

아니, 말을 놓고 싶어도 구궁의 뇌리에 박혀 있는 장천에 대한 두려움은 쉽게 그를 대하지 못하게 만들었다.

이곳으로 온 이유를 묻는 구궁을 보며 장천은 마른 입술을 열고는 말했다.

"구 사형께 부탁이 있어 찾아왔습니다."

"구 사형?"

그 말에 구궁은 미간을 찌푸리고 말았다. 장천은 지금 자신에게 쌍도문에 있었던 시절에 불렀던 호칭으로 부르고 있었기 때문이다.

구궁의 생애에 유일하게 장천에게 존대를 받았던 시절은 오직 기억을 봉인하고 장천이 쌍도문에 왔던 그 시절뿐인지라 그로선 묘한 감정이 생길 수밖에 없었다.

그런 생각에 자세히 그의 얼굴을 보니 전에 자신의 팔을 잘랐을 때의 오만한 표정이 아닌 과거의 장천을 생각나게 하는 그런 기운이 느껴지는지라 구궁은 갈피를 잡을 수가 없었다.

"본인으로선 장 문주가 무슨 말을 하고 있는지 알 수가 없소. 저 같은 놈에게 장 문주께서 무슨 부탁을 하신다는 것입니까?"

도무지 믿을 수 없다는 듯이 말하던 구궁은 잠시 후 경악할 수밖에 없었다.

자신을 짐승보다 못하다고 생각하던 장천이 갑자기 자신 앞에 무릎을 꿇고 땅에 얼굴을 조아리고 있었기 때문이다.

"사형, 제발 저의 부탁을 들어주십시오."

"……."

이는 절대로 오만한 장천이 할 만한 행동이 아님을 잘 아는 구궁은 이 상황을 도저히 믿을 수가 없었다.

고개를 돌려보니 수하들이나 정의련의 무사들 모두 비도문의 문주인 장천이 련주 앞에 땅에 머리를 박고 무엇인가를 바라는 것을 보며 멍한 표정이 되어 있었다.

"음……."

그런 때문에 구궁은 그를 잠시간 바라보고는 차가운 목소리로 말했다.

"이럴 게 아니라 조용한 곳에서 이야기하도록 합시다."

그 말에 장천은 무릎 꿇고 있던 자리에서 일어나 고개를 끄덕였고, 구궁은 그를 정의련의 련주관으로 데려갔다.

그리고 자신의 방에서 그와 독대했는데, 방에 들어온 장천은 다시 한 번 그에게 무릎을 꿇고는 머리를 땅에 박으며 말했다.

"구 사형, 부탁드립니다."

"도대체 나에게 무엇을 부탁한단 말이오?"

"제 목숨을 드릴 터이니 제발 아내와 자식을 풀어주십시오."

"……!!"

그 말에 구궁은 충격을 감출 수가 없었다. 이전만 해도 아내와 자식을 버리다시피 한 그가 지금에 와서는 두 사람을 위해 자신의 목숨을 내놓는다니 어찌 믿을 수 있겠는가?

"홍! 본인이 그것을 믿으리라 생각하오?"

"원하신다면 구 사형이 보는 앞에서 증명할 수 있습니다."

"어디 증명해 보시오!"

그런 장천의 말에 구궁은 차가운 목소리로 소리쳤고, 그에 장천은 굳은 결심을 하고는 말했다.

"제 아들에게 데려다 주십시오. 그 아이가 살아 있다면 아이 앞에서 증명해 보이겠습니다."

"……."

그의 말에 구궁은 생각에 잠길 수밖에 없었다. 왜 장천은 자식 앞에서 그것을 증명하겠다는 말을 한 것일까 하는 생각 때문이었다.

하지만 아들을 이용해 자신을 위해하려던 그였고, 더욱이 독으로 인하여 그 아들은 생사를 다투고 있는지라 직접 만나게 해도 크게 문제 될 것은 없다 생각했다.

"알겠네."

마음을 결정한 구궁은 그를 소천이 머물고 있는 방으로 데리고 갔다.

소천은 천금장에서 구궁의 암살에 실패한 후 정의련에서 치료를 받고 있었다. 물론 련주를 암살하려 한 죄를 생각한다면 죽여도 이상할 것이 없었지만, 구궁은 제 아비의 계획으로 죽음의 위기에 몰린 소천을 죽이고 싶은 생각이 없었다.

아니, 그를 원상태로 만듦으로써 장천의 계획을 망가뜨리고 싶었다. 그 때문에 정의련의 은밀한 곳에서 독문 고수의 도움으로 아이의 독을 해독하고 있었다. 그러나 그 독이 상당히 지독하여 아이는 점점 죽어 가고 있을 뿐이었다.

소천이 치료를 받고 있는 곳에 도착한 두 사람이 방 안으로 들어가자 역한 약 향이 밀려왔다.

워낙 독한 독이다 보니 독문에서는 별의별 약초와 독을 다 사용했기에 지독한 냄새가 방을 가득 메우고 있었던 것이다.

"소, 소천……."

방으로 들어서던 장천은 아이의 모습에 말할 수 없이 고통스러웠다. 타인도 아닌 자신이 아들을 그렇게 만들었으니 어찌 마음이 온전하겠는가.

장천은 천천히 침상으로 가 사경을 헤매고 있는 아이를 살펴보았다.

"헉… 헉……."

가쁜 숨을 몰아쉬고 있는 소천은 독으로 인하여 얼굴이 시꺼멓게 변하여 언제 죽을지 모르는 상황이었고 몸에선 열기로 인하여 땀이 쉴 새 없이 흐르고 있었다.

아들을 바라보던 장천은 천천히 고개를 돌려 구궁을 보고는 말했다.

"이제 어찌하면 되겠습니까?"

"어찌하면? 흥! 비도문을 영원히 봉문하고 스스로의 단전을 파괴하게. 그렇다면 자네가 원하는 대로 해주지!"

장천의 말에 구궁은 차가운 목소리로 말했지만 그것을 장천이 들으리라고는 생각지 않았다.

아니, 이 상황 자체가 혹시나 장천이 자신을 놀리는 것이 아닐까 하는 생각마저 들었다. 강남을 장악하고 있는 비도문을 영원히 봉문하고 스스로 단전을 파괴하라는 말이 어찌 가당키나 하겠는가? 구궁이 생각해도 절대 들어줄 리 없는 그런 조건이었다.

하지만 그 말에 장천은 잠시간 생각에 잠기는가 싶더니 잠시 후 천천히 입을 열었다.

"영원한 봉문은 저의 힘으로도 불가능합니다. 하지만 구 사형 살아생전엔, 아니, 구 사형의 다음 대까지라면 봉문을 약조하겠습니다. 그리고 단전을 파괴하는 것은 지금 이 자리에서 행하도록 하겠습니다. 그런 조건으론 안 되겠습니까?"

"응? 아, 아니… 가, 가능하네."

말도 안 되는 조건에 장천이 승낙하자 구궁은 황당한 생각에 자신도 모르게 대답을 하고 말았다.

"구 사형께서 승낙해 주시니 감사드립니다."

그 말과 함께 장천이 우수를 들어서는 그대로 자신의 단전에 쑤셔

박았고, 다음 순간 붉은 피가 사방으로 튀겨 나갔다.

"헉!"

설마 장천이 진짜 자신의 단전을 파괴하리라고는 생각지도 못한 구궁으로선 경악할 수밖에 없었는데, 다음 순간 장천은 단전에서 손을 움직여 무엇인가를 꺼내기 시작했다.

"끄으윽… 쿨록……."

스스로 파괴한 단전을 손으로 헤집는다는 것은 엄청난 고통을 감수해야 하는지라 이것을 보고 있던 구궁은 얼굴이 시퍼렇게 변할 수밖에 없었는데, 잠시 후 장천이 단전에서 손을 꺼내자 그의 손에 호두알만한 구슬이 들려 있는 것을 볼 수 있었다.

"서, 설마 원정내단……?!"

구궁 역시 장천이 내단을 이루고 있음을 알고 있었다. 현재 장천의 경지는 생전에 인간이 가질 수 없는 이상의 내공을 지니고 있는 데다 대법의 완성으로 인하여 내공만이라면 거의 반선의 경지에 들어섰다 해도 이상할 것이 없었다.

도가에서 무선의 경지에 이르려면 그 이전에 반드시 필요한 것이 원정내단의 형성이었으니, 현재 장천의 경지는 그런 기초를 이루었다고 할 수 있는데, 그러한 원정내단을 손으로 끄집어내니 구궁이 입을 다물지 못하는 것은 당연한 일이었다.

자신의 손으로 단전을 부수고 원정내단까지 꺼내 든 장천은 서 있을 힘조차 없었다. 아니, 사실 그 정도의 힘도 없어야 하는 것이 당연한 일이다.

무인이 자신의 근원인 단전을 부순다고 하는 것은 그야말로 보통 사람보다 못한 처지가 된다고 해도 과언이 아니기 때문이다.

보통 사람에게도 단전이 있고 그것이 힘의 바탕이기 때문이다.

하나 그럼에도 불구하고 장천은 힘겹지만 자리에 서서는 누워 있는 소천에게 향하고 있었으니 침상에 쓰러지듯 다가간 그는 자신의 단전에서 꺼내 든 원정내단을 힘겹게 숨을 쉬고 있는 소천의 입에 넣었다.

"설마!"

구궁은 그제야 장천이 무슨 짓을 행하고 있는지 알 수 있었다. 원정내단을 형성한 장천은 만독불침이라 해도 과언이 아니었다.

모든 나쁜 기운을 원정내단이 깨끗한 기운으로 바꾸기 때문에 소천이 극독으로 인하여 생사를 헤매고 있다 할지라도 그 원정내단을 복용하게 되면 만독을 능히 해독할 수 있었다.

그런 그의 생각이 틀리지 않는지 방금 전까지도 고통스러운 숨을 내뱉고 있던 소천이 원정내단을 복용하자마자 점차 숨이 안정되어 가며 검게 변하던 피부 색이 다시 새하얗게 돌아오고 있었다.

장천은 소천의 몸이 원상태로 돌아오는 것을 보며 안도의 미소를 지었다. 그리고 이어 붉은 피를 쉼없이 쏟아냄에도 그는 다시 구궁을 향해 걸음을 옮겨서는 무릎을 꿇으며 말했다.

"이미… 하, 하 장로님께도… 저의 결심을 밝혔습… 니다… 구, 구… 사형……."

장천은 그 말을 끝으로 그대로 쓰러져서는 혼절하고 말았고, 이에 구궁은 자신도 모르게 뒷걸음질치고는 그대로 쓰러지듯 주저앉았다.

"허허허……."

그리고 자신도 모르게 헛웃음을 흘리고 말았다.

비도문의 문주 장천이 정의련 련주 앞에 무릎을 꿇고 머리를 조아렸다는 소문은 순식간에 강호로 퍼져 나갔다.

도저히 있을 수 없는 일에 사람들은 반신반의할 수밖에 없었는데, 강북이 비도문의 무리를 몰아내었다고 해도 강남은 이미 수년간 그들이 장악하고 있었기에 다음에 이어질 싸움은 결코 만만치 않을 것을 알고 있었기 때문이다.

하지만 그런 말을 증명이라도 하는 듯 놀랍게도 강남을 장악하고 있던 비도문의 무사들은 거짓말같이 어디론가 사라졌고, 강남은 그들을 따르던 문파들만이 남았다.

지금까지 비도문을 따르고 있던 수많은 방파들은 도저히 이 상황을 믿을 수 없었다. 그와 동시에 강북의 정의련은 일제히 강남으로 쳐들어가 그들을 일제히 소탕하기 시작했다.

비도문을 따르던 문파들은 그들에 대항하여 필사적으로 싸웠지만, 처음부터 비도문의 힘이 반 이상이었던 강남무림은 정의련의 상대가 되지 못했고, 강북무림인들이 공격한 지 두 달 만에 강남은 완전히 정의련 손에 들어갔다.

이로써 오랜 시간 강북과 강남을 나누었던 두 세력의 싸움은 정의련의 승리로 막을 내렸다.

하지만 사람들은 승리를 기뻐하면서도 마음속 한구석의 의구심을 떨칠 수가 없었는데, 그것은 바로 비도문 때문이었다.

도대체 왜 비도문 문주는 정의련 련주 앞에 머리를 조아렸으며, 비도문은 충분히 힘을 가지고 있음에도 왜 강남에서 물러났을까 하는 의문 때문이었다.

그 때문에 강호에선 수많은 소문들이 떠돌고 있었고, 그중에는 정의련 련주와 비도문 문주가 비밀리에 대결을 가져 그 싸움에서 정의련 련주가 이겼다는 것도 있었다.

아니, 정의련은 다른 소문은 모두 일축하고 이 소문만을 크게 부각시켜 강호에 퍼뜨렸다. 지금이야 소문이 무성하다고 할지라도 계속 이 소문을 부각하면 시간이 지나 사람들은 그것을 믿게 되기 때문이었다.

하지만 이 소문을 절대로 믿지 않는 무리도 있었는데, 그것은 비도문이 잠적한 후 단일 세력으로는 무림 최강이라 할 수 있는 마교였다.

정의련이 천하를 일통한 후 구궁은 마교의 교주인 문성과 부교주인 마운성을 마교로 돌려보냈다.

이제 천하를 일통한 이상 마교의 힘으론 결코 정의련에 대항할 수 없었고, 그들에게 인질로 잡고 있던 교주와 부교주를 돌려보내어 자신의 배포가 적지 않음을 드러내기 위함이었다.

무사히 교로 돌아왔다고는 하지만, 교의 힘이 아닌 적의 아량으로 교주와 부교주가 풀려났다고 하는 것은 큰 치욕이라고밖에 말할 수 없었다.

쿵!

홍련교의 본전에선 교주인 문성이 분통함을 참지 못하고 탁자를 일장에 부수어 버리며 노기를 드러내고 있었다.

아무리 자신이 어리다고 할지라도 교의 대표자였는데, 구궁의 아량으로 다시 교로 돌아왔으니 그로선 도저히 참을 수 없는 치욕이었기 때문이었다.

"형님, 진정하십시오."

"지금 진정하게 생겼나! 구궁 그런 자에게 내가… 크윽……."

그의 옆에 있던 부교주 마운성은 분을 참지 못하고 기물을 부수고 있는 문성을 진정시키려 했지만 더할 수 없는 치욕을 받은 문성을 진정시키는 것은 그리 쉬운 일이 아니었다.

그런 때문에 잠시간 생각에 잠겼던 마운성은 무엇인가를 생각하고는 그를 보며 말했다.

"형님, 솔직히 저는 저희가 받은 치욕보다는 장 형님이 더욱 걱정입니다."

"……."

그 말에 문성은 마운성을 돌아보았다. 그 역시 강호의 소문을 들어 알고 있었기에 장천이 구궁 앞에 머리를 조아렸다는 것을 알고 있었다.

"하나……."

"사실입니다. 구궁과의 대결에서 패했다는 말은 구궁이 강호의 소문을 잠재우기 위해 꾸며낸 거짓 소문임이 확실하지만, 장 형님께서 그의 앞에 머리를 조아린 것은 정의련 무사뿐 아니라 당시 그곳에 있었던 본 교의 사람들까지 본 사실입니다."

마운성의 말에 문성은 미간을 찌푸릴 수밖에 없었다. 그것이 사실이라면 지금 자신이 당한 수치는 장천이 당한 수치와 비교도 할 수 없는 일이기 때문이었다.

"도대체 무슨 이유인지 모르겠군. 왜 형님이……."

"저 역시 마찬가지입니다. 또 비도문이 사라진 이유도 이해할 수 없습니다. 그들의 힘이라면 강북 진출이 실패했다 할지라도 강남은 능히 지켜낼 수 있었는데, 그것을 포기하고 사라지다니 말입니다."

두 사람, 아니, 강호 전체가 생각해도 이해할 수 없는 대사건인지라 두 사람은 그에 대한 어떠한 추측도 할 수 없었다.

"혹시나 형수님이나 조카 때문이 아닐까?"

"물론 그러한 가능성도 없는 것은 아니지만, 형수님과 조카가 구궁의 손에 볼모로 잡혔던 것이 하루 이틀이었습니까? 그것 때문이라면 이전에도 기회가 많이 있지 않았습니까?"

"그렇지. 음……."

문성이 화를 죽이고 그 일에 대하여 곰곰이 생각하자 마운성은 이제야 기회가 왔다 생각하며 그에게 서한을 하나 건넸다.

"응? 이것은 무엇인가?"

"사천당가에 있는 당세문 소저가 보낸 서한입니다."

"당세문 소저가?"

"예. 한번 읽어보십시오."

문성은 서한에 적혀 있는 내용을 보고는 마운성을 향해 말했다.

"당가에 이 사람이 도착해 있다 하니 그에게 약간의 단서를 얻어낼 수 있겠군."

"예, 제 생각도 그러합니다."

"알겠네. 당장 당가로 갈 채비를 갖추도록 하게."

"예, 형님."

문성과 마운성이 사천당가에 도착한 것은 서신을 읽은 지 열흘째 되는 날이었다. 교를 떠나면서 이번 행로를 비밀로 하고 있었기에 그들은 혈마와 수행원 네 사람을 대동했을 뿐이었다.

혈마 역시 장천의 일을 궁금하게 생각하고 있었던 차에 문성에게서 사천당가에서 온 서신을 받아 읽고는 두 사람을 따라가기로 한 것이다.

사천당가는 비도문의 세력을 몰아내고 정의련이 중원 각지에서 활발하게 활동하고 있는 것에 반해 지극히 조용한 모습을 보이고 있었다.

처음부터 정의련에 일반 무사들 외에는 장로급 고수들이 단 한 명도 참여하지 않았다는 것이 이유일 수도 있었지만, 쌍도문이 구궁에 손에 들어간 이후부터 강호의 활동을 자제하고 있었기에 정의련 역시 그러려니 하고 생각하고 있는 것이 사천당가였다.

문성은 서신에 적혀 있는 대로 당가타의 남씨 철물점이란 곳을 찾아갔다. 다른 곳과는 달리 남씨 철물점은 당가타의 구석진 곳에 위치해 있어 사람의 발길이 뜸한 곳이었다.

문성들이 안으로 들어가자 철물점 안에는 망치로 철을 두드리고 있는 사십 대 정도의 장년인만이 있었는데, 사람들이 안으로 들어오자 그는 쳐다보지도 않고 퉁명스러운 목소리로 물었다.

"물건 값은 닷 문이니 알아서 고르시오."

퉁명스러운 그의 말에 문성은 잠시 그가 만든 물건을 살펴보는가 싶더니 이내 그를 보며 물었다.

"팔촌대침을 사고 싶은데 그것을 주시오."

"……!"

문성의 말에 철을 두드리던 사내의 눈빛은 크게 달라졌고, 잠시 후 다시 원상태로 복귀하는가 싶더니 두드리던 철을 놓고는 무뚝뚝한 목소리로 말했다.

"나를 따라오시오."

사내의 말에 문성들은 그를 따라 걸음을 옮겼다. 그는 문성들을 이끌고 한적한 숲으로 향했다.

일각 정도 그를 따라가자 잠시 후 바위 동굴이 드러났는데, 사내는 그곳의 앞에서 휘파람을 불었다.

삐익!

그러자 잠시 후 한 명의 남자가 동굴 속에서 나왔고, 그의 모습을 보고는 고개를 끄덕이고는 문성들을 보며 말했다.

"저를 따라오십시오."

다시 동굴에서 나온 무인을 따라 동굴로 들어간 문성들은 잠시 후 동굴 안에 형성된 커다란 공간으로 들어설 수 있었는데, 그곳에는 대여섯 명의 무인이 자리 잡고 있었다.

그리고 다른 한쪽에서 문성은 덩치가 큰 여인과 함께 중년의 남자를 볼 수 있었는데 그가 자신이 찾고 있던 사람임을 알고는 다가가 포권을 하며 말했다.

"홍문의 문성이라 합니다. 혹시 요 대협이 아니십니까?"

"어서 오십시오. 기다리고 있었습니다."

사내가 반가운 표정으로 맞았으니, 그는 바로 쌍도문의 요운이었다.

당세문들의 도움으로 요운은 간신히 구궁에게서 벗어날 수 있었으나 나중에 자신의 무공을 되찾기 위해 무미미와 함께 동굴에 머물며 무공을 찾기 위한 수련을 행했다.

다행히도 힘든 시련이었지만 요운은 무미미의 도움으로 간신히 무공을 되찾아 헤어진 소천들을 찾기 위해 움직였지만, 그들을 쉽사리 찾을 수 없었다.

그런 때문에 이들은 당세문을 만나기 위해 사천당가로 왔고, 그곳에서 당세문을 만났지만 그녀 역시 소천과 헤어진 후 찾지 못한 상태였다.

세 사람은 당금 강호의 사정을 생각하면 자신들의 힘만으로는 찾기 어려움을 깨닫고 홍련교의 교주인 문성에게 도움을 요청하기로 한 것이다.

"음… 그런 일이 있었군요."

이들 세 사람에게서 그간 있었던 일을 모두 들은 문성은 고개를 끄덕이며 말했고, 이에 요운은 자신이 궁금하게 생각하던 것을 물어보았다.

"그런데 사제가 구궁과의 싸움에서 패하고 머리를 조아렸다고 하는데, 사실입니까?"

"아! 요 대협께서는 그것이 궁금하셨나 보군요."

요운의 물음에 문성은 자신이 알고 있는 바를 그에게 모두 이야기해주었으나 그때의 상황을 들었어도 요운 역시 이해할 수 없기는 마찬가지였다.

"알 수가 없군요. 장 사제가 왜 구궁에게……."

"저 역시 그것이 궁금하여 요 대협을 만나기 위해 이곳까지 온 것입니다."

"음……."

문성의 말에 잠시간 생각에 잠겼던 요운은 그를 보며 말했다.

"문 대협의 말이 사실이라면 사제는 구궁의 손에 잡혀 있겠군요."

"예. 하나 위치를 자세히 모르는지라 구하고 싶어도 구하지 못하는 형편입니다."

문성으로선 당장이라도 장천을 구하고 싶었지만, 구궁의 행적이 은밀한지라 그의 위치조차 알지 못하고 있는 형편이었는데, 그의 말에 당세문이 말했다.

"그것이라면 조만간 정보가 들어올 것입니다."

"예? 정보라면?"

"사실 구궁의 행동을 의심했던 것은 저희들만이 아닙니다."

"그럼?"

"만박진인 오경 대협께서는 이미 예전부터 비도문과 구궁에 대해서 은밀히 조사하고 계셨습니다."

"아!"

만박진인, 아니, 강호에는 만박광인이라 알려져 있는 오경의 이름을 들은 문성은 탄성을 내질렀다. 강호에 그가 모르는 것이 없다는 말이 있을 정도로 박식할 뿐 아니라 누구도 알지 못하는 정보를 알 정도로 빠른 정보통을 가지고 있는 사람이니 그러면 능히 구궁의 행보를 알 수 있을 것이란 생각이 들었다.

"그분께서 조사하고 계시다면 구궁이 있는 곳을 찾는 것은 어렵지 않겠군요."

"예. 그분과 함께 조만간 비학선인 정우 대협과 청개 곽무성 대협께서도 오실 것이기에 저희들은 구궁의 비처에 잠입할 준비를 해두고 있었습니다."

"그렇다면 저희 역시 같이 행동하게 해주십시오. 대형을 구하는 것이라면 의제인 저희들이 빠질 수 없는 일이니까요."

"알겠습니다."

무림을 일통했다고 할 수 있는 정의련. 하지만 정의련 내부에서도 련주인 구궁이 머물고 있는 위치를 알고 있는 자는 극히 소수에 지나지 않았다.

그들이 련주인 구궁에게 연락할 수 있는 방법은 오직 전서구뿐이었다.

사천 중량산 이곳의 서쪽에는 그저 관직을 내놓고 낙향한 관리 한 사람이 근래에 장원을 짓고 살고 있다 알려진 망부산장(望婦山莊)이란 곳이 있었다.

근처의 마을 사람들에겐 그저 아내를 잃고 세상사에 흥미를 잃은 관리가 살고 있다는 소문만이 돌았기에 얼마나 금실이 좋은 부부였으면 산장의 이름까지 그렇게 지었을까 하는 말이 있는 산장이었다.

하지만 관직을 버린 관리가 살고 있는 산장이라는 말과는 달리 이곳은 그야말로 용담호혈이라고 해도 과언이 아니었는데, 겉으로는 그저 한적한 산장으로 보이지만 그 내부를 들여다보면 곳곳에 상당한 실력의 고수들이 산장을 지키고 있는 것은 물론 도처에 함정이 깔려 있어 함부로 제물을 노리고 들어온 도적들은 영문도 모르고 죽기 십상이었다.

이 산장의 후문으로는 중량산 중턱으로 이어지는 작은 산길이 하나 있었는데, 그곳을 따라 올라가면 커다란 봉분 하나가 만들어져 있었다.

그리고 그 봉분 앞에선 언제나 덩치 큰 거한이 아침저녁마다 찾아와서는 떠나간 아내를 그리워하며 앉아 있었다.

날카로운 눈매를 지닌 그는 왼쪽 팔이 없는 외팔이남자였는데, 사람들이 그의 이름을 알면 경악을 금치 못할 것이다.

그는 바로 현재 강호에서 최고의 자리에 앉았다고 알려져 있는 정의련의 련주 신궁 구궁이었기 때문이다.

그런 그가 매일 잊지 않고 찾는 봉분, 그리고 언제나 깊은 슬픔을 느끼고 있는 봉분은 바로 아내 매령의 무덤이었다.

중량산은 그가 자신의 부인이었던 매령을 처음 만났던 곳. 구궁은 그녀를 당시 이 산에 자리한 맹호채와의 싸움 때 만났다.

그래서 그녀가 죽은 후 구궁은 이곳 중량산에 장원을 지은 후 정의련에 일이 없으면 언제나 산장에 머물며 아내의 무덤을 찾았다.

자신의 야망으로 인하여 불행하게 죽은 아내의 넋을 조금이라도 달래고자 구궁은 매일 그녀의 봉분을 찾았는데, 장천이 스스로 그의 앞에서 머리를 조아리며 항복하고 단전을 부순 이후부터는 그녀에 대한 그리움이 더욱 커진 그였다.

봉분을 앞에 두고 앉아 있는 구궁의 축 늘어진 어깨는 비도문을 몰아내고 무림을 정의련의 세상으로 만든 사람의 어깨라고는 전혀 생각할 수 없는 그런 모습이었다.

"매령… 그대가 우려했던 일이 바로 이런 것이었소."

봉분을 보며 슬픈 눈빛을 하며 구궁은 그렇게 아무도 듣지 않을 말을 중얼거리고 있었다.

무엇이 그를 그렇게 허망하게 만든 것일까?

"크크크……. 장천… 놈은 나로 하여금 더욱 큰 절망에 빠뜨렸소. 그때 당신의 말을 따랐더라면… 당신의 말을 따랐더라면……."

구궁은 언제나 복수심만으로 가득했었다. 어린 시절 자신을 버린 부친에 대한 복수, 비도문에서 짐승만도 못한 취급을 받았던 것에 대한 복수……

그의 부친이 장천의 손에 생사를 알 수 없는 부상을 입었고, 또 다른 원수인 장천은 스스로 단전을 부수고 항복을 했기에 이러한 복수는 이루어졌다 할 수 있었다.

하지만 그가 바라고 있던 복수는 너무나 허망한 것이었다. 그렇게 원망했던 부친은 스스로 목숨을 끊었다고 해도 과언이 아니었고, 그런 때문에 모든 원한을 돌리고 증오하려 했던 장천은 스스로 찾아와 머리를 조아렸다.

그리고 그것을 통해 구궁 자신이 얻은 것은 복수를 했다는 기쁨보다는 그로 인하여 사랑하는 아내 매령을 잃었다는 허망함뿐이었다.

도대체 무엇 때문에 자신이 모든 것을 걸고 그 길을 걸었는지조차 알지 못하는 구궁으로선 이제 어떠한 야망도, 욕심도 없었다.

그저 떠나간 여인을 따라가고 싶은 그런 마음뿐이었다.

"매령… 내일 다시 오겠소."

그렇게 한참을 봉분 앞에 앉아 있던 구궁은 자리에서 일어나 산길을 내려갔는데, 산장이 가까워짐에 따라 그의 얼굴엔 날카로움이 살아나고 있었다.

후문에 도착하자 그를 기다리고 있었다는 듯이 무사 십여 명이 포권을 하며 인사를 올렸고, 그런 그들을 보며 구궁은 차가운 표정으로 물었다.

"놈은 어떤가?"

"아직 살아 있습니다."

그의 대답을 들은 구궁은 고개를 끄덕이고는 걸음을 옮겼고, 잠시 후 산장의 북쪽에 있는 전각에 도착할 수 있었다.

하나 산장의 다른 곳과는 달리 그가 도착한 전각은 허름하기 그지없었는데, 그가 안으로 들어가자 그곳을 지키고 있던 두 명의 무사가 포권하며 인사를 올렸다.

"지하 감옥의 문을 열어라."

구궁을 따르던 무사의 말에 그들은 급히 전각의 한쪽으로 가서는 문을 열었는데, 그곳에는 커다란 도르래가 있었다.

그리고 무사들이 도르래를 돌리기 시작하자 잠시 후 전각의 벽 한쪽이 둔탁한 소리를 내며 서서히 열리기 시작했다.

두두둑.

열려진 벽에는 지하로 내려가는 계단이 이어져 있어 구궁은 계단을 따라 아래로 내려갔다. 족히 수백 개는 되는 계단을 내려갔을까. 구궁의 앞으로 견고하게 생긴 철문이 그 모습을 드러내었다.

"련주께서 도착하셨다. 문을 열어라!"

역시 뒤에 있던 무사가 소리치자 잠시 후 철문이 열리며 무사들이 그에게 인사를 올렸고, 그는 간단히 그들의 인사를 받고는 걸음을 옮겼다.

철문 안쪽에는 감옥이 복도의 양쪽으로 만들어져 있었다. 구궁은 그 복도를 따라 안으로 들어가서는 오른쪽에 끝에 있던 감옥을 쳐다보았다.

감옥 안에는 피 얼룩으로 검게 물들여진 장삼을 입고 있는 한 남자가 침상에 힘없이 누워 있었다. 그의 손목과 발목은 근맥을 잘랐는지 끔찍한 흉터가 깊게 새겨져 있었는데, 잠시간 그의 모습을 보던 구궁은 차가운 목소리로 말했다.

"일어나라, 장천!"

지하 감옥 안에 사지근맥이 잘려진 죄수, 그는 놀랍게도 스스로 자신의 단전을 부순 장천이었던 것이다.

침상에 쓰러져 있던 장천은 꿈틀거리는가 싶더니 천천히 몸을 일으켜 구궁을 쳐다보았다.

과거 강호에서는 미동, 커서는 미남 고수로 알려졌던 장천의 얼굴은 놀랍게도 수많은 흉터로 가득했다.

검으로 수십 번을 그었을 법한 그의 흉터는 끔찍하기 그지없었는데, 자리에서 일어난 장천은 흉악해진 얼굴에 미소를 지어 보이며 입을 열었다.

"사, 사형, 오셨소."

"오늘도 소식이 들어왔다. 그것을 듣겠느냐?"

"…아… 예… 사형."

"끌어내라!"

장천의 대답에 구궁은 차갑게 말했고, 잠시 후 감옥 문이 열리며 두 명의 무사가 들어와서는 그를 양쪽으로 부축해 밖으로 끌고 나왔다.

양쪽 발목의 근맥까지 끊어져 버린 장천은 혼자서는 한 발자국도 걸을 수 없는 모습이었는데, 무사들이 사정없이 그를 끌고 가자 바닥에 끌리며 그의 발에서 피가 흘러나왔다.

감옥에서 장천을 끌어낸 두 무사는 감옥 한쪽 천장에 매달려 있는 수갑에 그의 팔을 채운 후 물러섰다. 수갑에 묶인 장천은 서 있을 힘도 없는지 고깃덩어리가 매달려 있는 것과 같은 모습으로 축 늘어졌다.

그런 그를 보며 구궁은 부하에게 눈짓을 보냈고, 잠시 후 구궁의 명을 받은 두 명의 부하가 가죽 채찍을 들고는 장천의 등 뒤로 섰다.

그리고 잠시 후 두 사람의 무사는 온 힘을 다해 그의 등을 채찍으로 후려치기 시작했다.

"차압!"

차악!

"끄윽!"

그런 두 사람의 채찍질에 장천은 입술을 깨물며 고통을 참으려 했지만, 그 고통이 결코 작지 않은지 입술에선 붉은 피가 흘러내렸고, 잠시 후 채찍에 당한 상처에서도 붉은 피가 흘러내리며 바닥을 적시기 시작했다.

그렇게 두 무사는 무려 백 번의 채찍질을 하고서야 손을 멈추었고,

그런 장천을 보며 구궁은 부하가 가져온 의자에 앉아서는 차가운 목소리로 말했다.

"네 아들에게 친구가 생긴 듯하더구나."

"소, 소천에게… 요……."

"소균이라고 하는 아이인데, 천금장에서 만났던 친구라 알고 있다. 두 아이 모두 자질이 뛰어나 전에 말했던 너의 의제인 은조상에게서 네가 그 아이를 위해 마교에 남겨두었던 무천무급을 사사받고 있다고 한다. 네 아들은 너의 피를 이어받았는지 상당히 진전이 있다 하더군."

"…느, 능예가… 좋아하겠군요……."

구궁의 말에 장천은 상처로 고통스러워하는 와중에서도 미소를 지을 수 있었다.

무천무급은 과거 홍련교 시절 장천이 아들을 위해 남겨두었던 무서였지만 능예는 그것을 발견하지 못했고, 그 무서는 은조상의 손에 들어갔었다.

은조상은 무천무급으로 상당한 무공을 익혀 자신을 배반한 장천에게 복수하려 했지만, 장천이 구궁의 손에 죽었다는 말을 들은 후 복수를 잊고 지금은 소천에게 그 무공을 전수하고 있었던 것이다.

하루하루가 고통스러운 나날 속에서 유일하게 장천이 웃을 수 있는 것은 아들 소천과 아내 능예의 소식을 들을 때뿐이었다.

물론 그 소식을 듣기 위해선 대가가 필요하다는 구궁의 말에 따라 채찍질을 당하는 고통을 겪어야 했지만, 지금의 장천에게 그것은 아무래도 좋았다.

그저 사랑하는 두 사람이 아무런 위해 없이 잘살았으면 하는 것만이 그가 바라는 모든 것이었기 때문이다.

"네 아내는 은영영이란 아이와 함께 작은 밭을 일구고 있다고 하더구나."

"영영이… 능예와 잘 지낸다니… 다행입니다."

"흥!"

또다시 미소를 짓는 그를 보며 구궁은 더 이상 참을 수 없다는 듯 콧방귀를 뀌고는 일어나 부하들에게 무엇인가를 지시하고는 지하 감옥 밖으로 나갔고, 그가 나간 것을 확인한 무사들은 길게 한숨을 쉬고는 장천을 풀어서는 다시 감옥에 집어넣었다.

다시 감옥에 갇힌 장천은 고통이 온몸을 잠식하고 있었지만 힘겨운 몸짓으로 간신히 침상 위로 올라갔다.

"끄윽……!"

하지만 움직일 때마다 고통이 밀려오는지 신음을 내지를 수밖에 없었다.

"헉헉……."

그렇게 간신히 침상에 오른 장천은 상처가 덧나며 생긴 합병증으로 생긴 오한에 몸을 떨며 검게 변색되어 버린 천을 몸에 두르곤 추위를 막으려 했는데, 그런 그에게로 누군가의 음성이 들려왔다.

[흥! 머저리 같은 놈. 구둔자 따위에게 그런 짓을 당하고도 웃음이 나오더냐?]

아무도 없는 곳에서 들리는 목소리. 하지만 장천은 그 목소리의 정체를 알고 있었기에 미소를 지으며 말했다.

"난… 그래도… 지금이 마음 편하다……."

[휴. 머저리 같은 놈! 제발 정신 좀 차려라! 넌 정말 저놈이 하는 말을 믿는 것이냐?]

"……"

[놈은 아마도 네놈의 마누라를 능욕하고 사창가에 넘기고 네 자식놈 또한 그런 꼴을 면하지 못했을 것이다.]

"그럴 리 없어. 구, 구 사형은 절대 그런 짓을 하지 않았을 것이야."

하지만 그런 말에 장천은 절대로 그런 일이 없을 것이라 말하고 있었다. 아니, 절대로 그런 일은 없을 것이라며 자신의 마음을 굳히고 있는 듯했다.

[멍청한! 휴… 제발 이 정도로 끝내고 나에게 몸을 넘겨라! 네 녀석의 태사숙조라 하던 기문숙이란 자의 무공이라면 내공이 사라졌어도 충분히 이 정도의 감옥은 빠져나갈 수 있을 것 아니냐!]

자신의 말을 듣지 않는 장천에게 다른 인격의 장천은 이곳에 갇힌 이후로 계속 그러했던 것처럼 자신에게 몸을 넘기라 독촉하고 있었다.

다른 인격의 그가 말한 대로 기문숙에게 배운 자연도를 이용한다면 감옥을 빠져나올 수 있었다.

단전이 파괴되었다 할지라도 기문숙이 가르쳐 준 자연도는 자연의 기운을 바탕으로 하는 무공이었기에 과거와 비교할 순 없어도 능히 이곳을 빠져나갈 정도의 수준까지 끌어올릴 수 있었고, 그것은 오승을 통해 증명된 일이기도 했다.

하지만 장천은 그에게 몸을 넘길 생각은 없었다.

과거의 일도 있었기에 다른 인격이 몸을 장악하게 되면 소천을 죽이려 했던 것과 같은 행동을 할 것이라 생각했기 때문이다.

그런 때문에 장천은 아내와 자식을 위해서라도 지금 자신의 모습이 가장 좋을 것이라 생각하고 있었다.

[답답한 놈! 병신 같은 놈!]

그리고 그렇게 마음을 굳히고 있는 장천을 보며 다른 인격의 그는 연신 욕을 퍼부었다. 얼굴을 난도질당하고 사지근맥을 잘린 와중에도 이런 상황을 빠져나갈 생각도 하지 않을뿐더러 자식과 아내의 소식을 조금이라도 듣기 위해 백 번의 채찍질을 마다하지 않는 장천을 다른 인격의 장천은 이해할 수 없었던 것이다.

도대체 무엇 때문에 그런 고통을 감수하며 살아야 하는지 그로선 도저히 알 수 없는 일이었다.

하나 그동안의 일로 다른 인격의 장천 역시 깨닫는 바가 없지는 않았다. 과거의 오만하고 잔인하며 자신 외에 다른 이는 전혀 인정하지 않은 것이 그였다면 지금은 다른 것을 몰라도 그의 초인적인 인내력과 가족을 생각하는 마음만큼은 인정하고 있었기 때문이다.

사실 다른 인격의 그라고 해서 처음부터 그러한 심성을 가진 것은 아니었다. 사실 부친이 살아 있던 시절만 해도 그는 누구보다 착한 아이였고 남들에 대한 배려도 적지 않았다.

하지만 부친이 양자인 형을 찾다가 강호의 무림인들에게 처참한 죽임을 당하고 그의 어머니까지 죽은 이후 그의 성격은 바뀌었다.

종가를 둘러싸고 있는 삼대방가에서는 자신을 이용하여 비도문의 권력을 쟁취하기 위해 암중으로 더러운 방법을 서슴지 않았고, 그런 그들의 횡포로 장천은 그나마 가까웠던 친인들마저 죽임을 당하게 되자 점차 차가워지게 되었다.

종가의 핏줄로 당시에 자신과 몇 살 차이가 나지 않았던 숙부 장춘삼이 있었기에 그는 언제 방가의 사람들의 손에 살해당해도 이상할 것이 없는 상황이었다.

그런 때문에 살아남기 위해선 그보다 더 뛰어나야 했고, 그런 이유로 오만하고 자기 중심적인 성격이 되어버린 것이다.

자신과 문주의 자리를 다투게 될지 모르는 삼대방가의 자식들보다 더욱 뛰어나야 했고, 장춘일이 돌아오고 그의 아들도 비도문에 들어오자 행여나 구궁이 아버지의 후광으로 자신의 자리를 차지하려 할지 모른다는 생각에 누구보다 그를 심하게 괴롭혔던 것이다.

그런 생각을 하며 잠시간 침묵하던 다른 인격의 장천은 넌지시 그에게 물었다.

[어이, 넌 친어머니의 얼굴이 생각나나?]

"친어머니?"

[그래. 숙모 말고 친어머니 말이야. 난 도저히 생각나지 않아서 혹시나 네가 기억하지 않을까 묻는 거야.]

그의 말에 장천은 곰곰이 친어머니의 얼굴을 떠올려 보았지만, 그라고 달리 생각이 나겠는가. 과거 자신의 모습이 기억에 있음에도 모친의 얼굴은 윤곽조차 잡히지 않았다.

"새, 생각이 안 나……."

[휴. 그럴 테지. 비도문에서 무공을 익히기 위해선 철저하게 정을 잊어야 했으니 말이야.]

다른 인격의 말에 장천 역시 생각에 잠겼다. 확실히 그 당시에는 정이란 것은 살아남기 위한 그에겐 방해만 될 뿐이었다.

그렇기 때문에 장천은 누구보다 먼저 어머니를 잊고 아버지를 잊으며 살아야 했다.

다른 인격과 이야기를 나누다 보니 장천은 고통을 조금 잊을 수 있었기에 그가 조금은 도움이 된다 생각하며 미소를 지을 수 있었는데, 그때 철창 밖에서 간수들의 목소리가 들려왔다.

"쯧쯧쯧. 이젠 완전히 미쳐 버렸군."

"하긴 나라도 저 꼴이 되면 미쳐 버리겠지. 저러고도 살고 있는 것을 보면 진짜 질기단 말이야. 만약 제 마누라하고 자식놈이 죽은 것을 알면 어떻게 되는지……. 쯧쯧."

그 말에 장천은 크게 놀랄 수밖에 없었다. 방금 전까지도 구궁이 그들에 대한 이야기를 해주고 사라졌는데, 죽었다는 것이 말이나 되는가!

장천은 고통을 참고 자리에서 일어나 그들을 보며 물었다.

"여, 여보시오……. 죽다니… 아내와 자식에 죽었다니… 그게 무슨 말이오?"

"이런… 들었나 보군."

장천의 물음에 두 사람은 미간을 찌푸리고는 중얼거렸고, 그중 한 남자가 불쌍하다는 표정을 지으며 말했다.

"이왕 알게 되었고, 그동안 정도 있고 해서 말해 주네만, 쌍도문에 있던 친구가 그러더구만. 련주님께서 자네를 끌어내려고 여인을 하나 잡아두고 있었다는데 자네가 잡힌 후 직접 여자를 찾아가서는 죽였다고 하네. 또 어린아이 하나도 직접 목을 베서서 쌍도문 근처 야산에 묻었다고 하는데, 그게 자네의 마누라와 자식 이야기가 아니고 무엇이겠는가?"

"아……!"

"그래도 자식과 마누라 살리자고 들어왔는데, 련주님도 너무하셨지."

두 명의 간수가 고개를 처박고 흐느끼고 있는 장천에게 혀를 차며 말했다.

"이왕 이렇게 되었으니 어쩌겠는가? 내 불쌍해서 말하네만, 혀를 깨물고 자결이라도 하게. 저승에서라도 만나고 싶으면 말이야."

그 말과 함께 간수는 자신들의 위치로 사라졌고, 장천은 두 사람이 죽었다는 말에 슬픔을 참을 수가 없었다.

[쯧쯧… 멍청한 놈. 내가 뭐라고 그랬나. 놈은 절대로 네 녀석의 마누라와 자식을 살려두지 않을 것이라 하지 않았나. 순진하게 그놈의 말을 믿고 이 고생이라니 불쌍하군, 불쌍해.]

하지만 그라고 마음이 좋은 것은 아니었다. 이전이라면 모를까 지금의 그는 장천이 두 사람을 생각하는 마음이 어떤 것인지 어느 정도 알고 있었기 때문이다.

하나 잠시 후 슬픔에 잠겨 있던 그에게서 분노가 떠오르기 시작하자 다른 인격의 장천은 크게 기뻐할 수 있었다.

지금까지는 두 사람을 위해서 모든 고통을 참아내며 살고 있었지만 그들이 죽고 복수를 생각한다면 그는 자연도를 연성할 것이 분명하기 때문이다.

[북수해야 하네! 복수! 약속을 어기고 자네의 부인과 자식을 죽인 놈에게 복수를 해야 하네!]

그런 때문에 지금까지와는 달리 그에게 복수를 종용하기 시작했고, 다른 인격의 장천 말에 그 역시 조금씩 따르기 시작했다.

운명이 불러온 싸움

제64장

칠흑같이 어두운 시월의 밤, 검은 하늘로 둥근 달만이 유일한 빛이
되어 세상을 비추고 있는 시간에 일단의 무리들이 은밀히 움직이고 있
었다.

그들은 하나같이 허리에 병장기를 하나씩 달고 있는 강호의 무인들
이었는데, 그 숫자가 족히 이백을 넘어서는 것이 결코 적은 수가 아니
었다.

은밀히 움직이고 있는 그들은 산 중턱에 위치한 산장을 중심으로 사
방으로 흩어지기 시작했는데, 동쪽 담장을 앞에 두고 있는 자들은 다른
무인들과는 다른 기도를 지니고 있었다.

"이곳이 구궁이 머물고 있다는 망부산장이다."

산장을 가리키며 말을 하고 있는 노인은 인상이 상당히 험악한 이였
으나 그 능력이 뛰어나 강호에서 그가 모르는 것이 없다는 말까지 나

오고 있었으니 그 노인은 바로 만박광인 오경이었다.

　은밀히 강호를 헤매며 구궁의 흔적을 찾던 오경은 사천 중량산의 망부산장에 그가 머물고 있음을 알아낼 수 있었고, 그것을 사천당가에 있던 당세문에게 알렸다.

　이에 당세문은 구궁의 손에 잡혀 아직 살아 있을지 모르는 장천을 구하기 위해 과거 장천과 연이 있었던 사람들을 은밀히 모아 구출대를 조직해서는 이곳까지 오게 된 것이다.

　다행히 비도문이 사라지고 정의련의 세상이 된 덕에 사천당가에 대한 그들의 감시가 미비해졌고, 정의련 내부에서도 모습은 보이지 않고 오로지 서신만을 통해 명령을 내리고 있는 구궁에게 반감을 가지고 있는 사람이 많았다. 그리고 각대문파를 중심으로 구궁의 행보에 우려를 표시하고 있는 자들 또한 많았기에 그를 구할 사람을 찾는 것은 그렇게 어렵지 않았다. 장천이 알고 있던 자들은 대부분 상당한 무공을 소유하고 있는 고수였기에 일이 잘 이루어진다면 그를 구출하는 것은 그리 어렵지 않을 것이라 생각했다.

　"정의련에서 제공한 정보에 따르면 망부산장에 있는 무사들의 숫자는 대략 일백 명 정도고 대부분이 구파일방의 상승절기를 익히고 있는 고수라 하오."

　만박광인은 행여나 이번 일이 실패하여 타초경사의 우를 범하는 건 아닐까 하는 불안감이 들었기에 말한 것인데, 그것을 듣고 있던 문성이 괜한 우려라 생각하며 말했다.

　"그런 걱정은 없습니다. 저 역시 그것을 잘 알고 있기에 본 교의 암영자를 포함한 정예를 불러왔고, 구궁을 상대하기 위해 암영신군 율명 어르신과 혈마 어르신까지 직접 오셨으니 그런 우는 범하지 않을 것입니다."

만박광인은 그의 말에 조금은 마음을 안정시킬 수 있었다. 사실 그역시 이번 기회에 구궁을 완전히 처리하기 위하여 비학선인과 청개, 그리고 패도까지 불러왔고 당세문 역시 쌍도문의 곽무진과 요운까지 불러들였기 때문이다.

"공격은 예정대로 묘시로 정하였으니 신호가 들리면 일제히 산장을 공격하도록 하세!"

"예."

산장을 둘러싸고 있는 무사들은 초조하게 묘시가 오기를 기다렸고, 드디어 묘시가 되었다. 만박광인이 크게 휘파람을 불자 산장을 둘러싸고 있던 무사들은 일제히 산장을 향해 빠른 속도로 뛰어나갔다.

워낙 뛰어난 정예만을 모아왔기에 망부산장으로 향하는 그들은 쾌속하기 그지없었고, 순식간에 산장을 넘어선 그들은 내부를 지키고 있을 무사들을 상대하기 위해 경계를 기울였다.

하나 당장 나와야 할 산장의 무사들은 단 한 사람도 보이지 않고 있었기에 만박광인을 비롯한 문성과 당세문들은 크게 당황할 수밖에 없었다.

"산장을 샅샅이 뒤져 적도들을 찾아 주살하라!"

하나 아직 새벽이라 사람이 나오지 않았을 수도 있다는 생각을 하며 만박광인은 무사들에게 소리치며 움직이게 하였고, 자신들 역시 정예들과 함께 구궁을 찾기 위해 빠른 속도로 산장의 전각을 향해 쇄도해 들어갔다.

하나 전각의 문을 박차고 들어간 순간 그들은 크게 놀라 입을 다물

수가 없었는데, 겉으론 지극히 조용해 보이던 전각의 내부는 아비규환이 따로 없었기 때문이다.

사방엔 치열한 싸움이라도 있었는지 이곳을 지키고 있던 구궁의 무사라 생각되는 자들의 피와 살이 널려 있었는데, 어느 한 사람 제대로 된 신체를 온전히 가지고 있는 자가 없었다.

대부분의 무사 시신은 갈기갈기 찢긴 채 널려져 있었던 것이다.

"이… 이게……."

그 때문에 만박광인을 비롯한 다른 이들은 처참한 광경에 입을 다물지 못했다.

"어르신, 도대체 어찌 된 일입니까?"

문성은 이 모습을 보며 참지 못하고 만박광인에게 물었으나 그라고 이유를 알 수 있겠는가? 만박광인도 영문을 알 수 없다는 표정이 역력했다.

"나도 모르겠네……. 전에 살펴봤을 때만 해도 산장에서 멀쩡히 경비를 서고 있던 놈들이 왜 이렇게 됐는지 말이야."

그런 생각에 만박광인은 그들의 상처를 살펴보았는데, 그들은 하나같이 무엇인가에 갈기갈기 찢겨져 있을 뿐 다른 흔적은 찾을 수 없었다.

"무슨 초식으로 이렇게 만들었는지 전혀 모르겠군. 어떤 큰 힘이 내부에서 작용하여 몸을 터뜨려 버린 것 같네."

"예? 내부에서요? 그럼 암경입니까?"

"암경? 그것으로 이렇게 만들 수는 없네. 몸에 화탄이라도 넣어 터뜨린 것과 같은 것이 암경일 리 없지 않은가?"

암경 역시 신체의 내부를 진탕시키는 기술이었지만, 이들의 모습처럼 뱃속에 화탄을 넣고 터뜨린 것과 같은 모습을 만드는 것은 불가능했다.

현존하는 어떠한 무공으로도 이러한 상처를 만들 수 없었기에 만박광인은 억지이긴 하지만 진짜 어떤 미친놈이 뱃속에 화탄이라도 넣어 터뜨린 것이 아닐까 하는 생각을 했다.

시간이 지나 날이 밝자 만박광인들은 확연히 들어오는 산장의 모습에 또다시 놀라야 했다.

어두워서 자세히 보지는 못했지만, 날이 밝아보니 산장의 곳곳은 폐허가 되어 있었기 때문이다.

여기저기 설치되었던 기관 장치들은 무엇인가에 크게 파손되어 있었고, 담장과 벽 역시 부서져 내려 어지럽게 널려져 있었다.

"이거… 예정대로 일이 진행되었다면 우리 역시 상당한 피해를 면치 못했을 것 같군."

"예… 어르신."

만박광인은 그런 장원을 보며 자신도 모르게 중얼거렸는데, 장원에 어지럽게 널려 있는 부서진 기관 장치의 수가 적지 않았기 때문이다.

무슨 이유에서인지 모두 철저하게 파괴되어 있었지만, 그곳에는 만박광인조차 그 정체를 알 수 없는 기관들이 존재하고 있었기에 제대로 발동이 되었다면 좋지 않은 생각으로 산장에 들어온 이는 살아남는 것이 거의 불가능할 정도였다.

"어르신, 살아 있는 사람을 찾았습니다!!"

"응? 어서 데려오게!!"

그때 산장을 수색하던 무사들 중 한 사람이 생존자를 찾아냈다는 말을 했기에 만박광인은 급히 그를 자신에게 데려오게 했다.

무사들에게 끌려온 자는 아직도 그때를 잊지 못하고 있는지 공포에 떨고 있었기에 만박광인은 그의 몸에 내력을 주입하여 몸을 안정시키게 한 후 따뜻한 차를 그에게 가져다 주었다.

그렇게 만박광인이 그를 안심시키자 공포에 떨던 그는 서서히 안정을 찾기 시작했고, 어느 정도 안정을 찾은 그에게 만박광인은 이곳에서 있었던 일을 물어보았다.

"크크크……. 크크크크……."

지하 감옥을 지키고 있던 무사인 고상은 끝방에서 들리는 웃음소리에 귀를 막을 수밖에 없었다.

"빌어먹을, 내가 미쳤지!! 왜 그런 소리를 해가지고!!"

한 달 전, 고상은 동료인 수영이란 무사와 함께 거의 반미치광이였던 죄수의 앞에서 그의 가족에 대한 이야기를 한 적이 있었다.

그러자 그 이야기를 들은 죄수는 그때부터 몇 일간은 흐느끼더니 그 다음부터는 참을 수 없는 괴소를 흘리기 시작했다.

마치 지옥에라도 사는 요괴와 같은 그의 괴소에 처음에는 충격을 받아 미쳐서 그러려니 하며 불쌍히 넘어갈 수 있었지만, 그것이 계속되니 나중에는 미칠 지경이었다.

"이런 개놈의 자식!! 내 당장 저놈을 죽여 버리겠어!"

그런 괴소에 고상과 같이 경비를 서던 수영은 더 이상 참지 못하고 근처에 있던 창을 들어서는 놈이 있는 방으로 뛰어갔다.

솔직히 그가 불쌍하기는 했지만 자신이 살기 위해서라도 수영이 그를 죽여주기를 바라던 고상이었는데, 잠시 후 비명 소리가 터져 나왔다.

"끄악!!"

"이런!!"

속으로야 놈을 죽이기를 간절히 바라고 있었지만 그 죄수는 련주가 죽지 않게 살려두라는 명을 내린 죄수였다.

그 때문에 정말로 큰 소리의 비명이 터져 나오자 행여 수영이 창으로 그를 찔러 죽인 것은 아닐까 하는 생각에 그곳으로 뛰어갈 수밖에 없었는데, 다음 순간 그는 크게 놀라 뒤로 쓰러지듯 넘어지고 말았다.

죄수의 괴소를 멈추게 하기 위해 창을 들고 갔던 동료인 수영이 처참한 모습으로 피를 쏟으며 죽어 있었기 때문이다.

동료인 수영은 마치 몸의 내부에서 무엇인가 터진 것과 같은 그런 모습으로 쓰러져 있었는데, 아직도 그 명이 끊어지지 않았는지 고상을 향해 피눈물을 흘리며 손을 뻗어 살려달라는 몸짓을 하고 있었다.

하지만 몸이 완전히 터져 나간 그는 어떠한 말도 내뱉지 못하고 있었고, 잠시 후 들었던 손이 땅으로 떨어지며 명이 끊어지고 말았다.

"헉……. 끄으윽……."

그런 때문에 고상은 숨넘어가는 소리를 내며 뒤로 기어가듯 도망치려 했는데, 다음 순간 꽝음 소리가 들리며 감옥의 철창이 부서져 나갔다.

콰광!

"끄아악!!"

그런 탓에 고상은 크게 놀라 도주하려 했는데, 아쉽게도 그가 있는 곳은 두터운 철문이 있는 방. 보통 때는 쉽게 열쇠를 돌려 철문을 열었던 그였지만 공포에 떨리고 있는 그의 손 때문에 열쇠는 쉽게 열쇠 구멍으로 들어가지 않았다.

그 때문에 고상은 행여 감옥에서 동료를 죽인 괴물이 나오지는 않을까 연신 뒤를 돌아보며 문을 열려고 했는데, 그 순간 무엇인가 자신의 몸을 감싸는가 싶더니 강한 힘이 그의 몸을 뒤로 끌기 시작했다.

"끄, 끄악!!"

그런 때문에 괴물에게 잡혀 자신이 끌려가는 것이 아닐까 하는 생각에 고상은 비명을 지를 수밖에 없었는데, 잠시 후 그의 뒷덜미에 누군가의 차가운 손길이 닿았다.

고상은 공포에 떨리는 가운데에서도 천천히 고개를 돌려보았다. 그 순간 그는 가슴이 철렁할 수밖에 없었다.

자신의 뒷덜미에 닿아 있는 손길의 주인은 그가 반년 가까운 시간 동안 감옥에서 지켰던 그 죄수였기 때문이다.

"크크크……"

고상의 얼굴을 보며 그는 차가운 괴소를 터뜨리고 있었는데, 잠시간 그런 모습을 보이던 그는 차가운 목소리로 그에게 말했다.

"날 업어서 구궁에게 데려가라. 그럼 네놈의 목숨만은 살려주겠다."

"헉… 아, 알겠습니다……!"

차가운 목소리의 그 말에 시키는 대로 하지 않으면 당장이라도 수영과 같이 몸을 터뜨려 버릴 것 같은지라 고상은 떨리는 몸을 가누며 간신히 그를 업을 수 있었다.

꽤 오랫동안 감옥에 갇혀 제대로 먹지도 못하고 살아온 탓에 그의 몸은 가벼웠으나 공포에 질린 그에게 죄수의 몸은 천 근보다 더 무거운 것처럼 느껴졌다.

간신히 그를 업고 자리에서 일어난 고상은 철문 쪽으로 걸음을 옮겼고, 철문을 열기 위해 열쇠를 쥐고는 구멍에 집어넣으려 했지만, 떨리는 손 때문에 열쇠는 쉽게 들어가지 않고 있었다.

당장이라도 문을 열지 않으면 업혀 있는 괴물이 자신을 죽이지 않을까 생각하며 고상은 필사적으로 문을 열려 했지만, 그것은 결코 쉬운 일이 아니었는데, 고상이 문을 열지 못하자 그에게 업혀 있던 죄수는 음침한 괴소를 흘리기 시작했다.

"크크크크……."

그리고 다음 순간 그는 근맥이 잘린 손을 들어 철문을 향해 내밀었고, 다음 순간 고상은 경악하지 않을 수 없었다.

방금 전까지도 멀쩡했던 철문이 뒤에 있던 죄수가 손에 가져가자 갑자기 붉게 변색되어 가더니 잠시 후 서서히 녹아내리기 시작했기 때문이다.

"오행신공(五行神功) 화극금(火克金). 크크크… 어떠한 강철이… 불의 기운을 당해낼 것인가……. 크크크크."

놀랍게도 그는 극양의 기운으로 두께가 족히 두 자는 됨 직한 철문을 녹이고 있었으니 고상은 경이로운 그의 무공에 입을 다물 수가 없었다.

철문이 녹아내리자 고상은 공포에 질린 표정으로 계단을 따라 위로 올라갔고, 잠시 후 하나의 석벽이 이들의 앞을 막아섰다.

하지만 이번 역시 죄수가 손을 들어 올리자 석벽은 크게 흔들리는가 싶더니 이내 진흙이라도 된 것인 양 허물어 내리기 시작했다.

고상으로선 자신의 눈앞에서 벌어지는 그 모습에 귀신이라도 본 것 같은 기분이 들었는데, 석벽이 허물어 내리자 밖을 지키고 있던 두 무사가 크게 놀라서는 문 쪽으로 다가왔다.

"뭐야!!"

"고상?!"

두 사람은 허물어져 내린 석벽을 보며 놀란 표정을 짓다 문득 문 안쪽으로 고상과 함께 그의 등 뒤에 누가 업혀 있는 것을 볼 수 있었는데, 그들이 놀라는 것은 잠시였다.

고상의 뒤에 업혀 있던 자가 두 손을 앞으로 뻗자 두 사람은 뱃속에서 뜨거운 기운이 크게 요동침을 느꼈다.

"오행신공 수극화(水克火). 물은 불의 상극이니 물은 불을 쇄하게 하며 한순간 그 기운이 요동칠 것이다!"

그리고 다음 순간 두 사람의 몸속에서 팽창하던 뜨거운 기운은 한순간 그들의 몸을 부풀리더니 고상이 보는 앞에서 펑 하는 소리와 함께 터져 버렸다.

"끄아아악!!"

멀쩡하던 두 사람이 갑자기 몸이 터지며 사방으로 피와 살점을 날리는 것을 보며 고상은 놀라 뒤로 자빠지고 말았다.

하나 순간 무형의 기운이 그의 몸을 바로잡아 세우고는 허공에 띄워 문밖으로 나가게 했다.

"크크크… 걸어라……. 죽고 싶지 않다면 나를 구궁에게 데려가야 할 것이다."

지옥의 야차와도 같은 그의 말에 고상은 공포에 떨며 살기 위해 걸음을 옮겼는데, 전각의 문을 나오려 하던 그는 문득 한 가지를 생각하고는 떨리는 목소리로 등에 업혀 있는 그에게 말했다.

"대, 대인, 이, 이곳에서부턴… 기관이 설치… 설치되어 있어… 나갈 수 없습니다."

고상은 이곳 이후에서부터 련주가 있는 곳까지 곳곳에 기관이 설치되어 있음을 알고 있었다. 그리고 그 기관 장치의 위치를 지하 감옥을 지키는 고상은 알지 못했다.

그런 때문에 그는 죄수를 보며 기관 장치가 되어 있어 나갈 수 없음을 떨리는 목소리로 말한 것이었는데, 고상의 말을 들은 그는 다시 천천히 손을 앞으로 내밀었다.

고상은 그가 다시 손을 앞으로 내밀자 소름이 끼쳤는데, 그가 손을 앞으로 뻗을 때마다 도무지 믿지 못할 일이 벌어지고 있었기 때문이다.

아니나 다를까, 잠시 후 그의 앞 일대가 크게 요동치는가 싶더니 이내 굉음과 함께 폭발하기 시작했다.

"크하하하!! 하늘과 땅이 나와 같아져 세상의 모든 만물이 곧 나와 같은 것이거늘 어찌 인간이 만든 것이 나를 막을 수 있을 것인가!! 오행신공 수극화생토(水克火生土)! 물로 불을 쇄하고 다시 불로 흙을 성하게 하니 대지는 극과 생의 부조화에 붕괴를 면치 못할 것이다!"

괴성을 지르며 소리치는 그의 말에 대지는 그의 손이 향하는 곳마다 굉음과 함께 폭발하며 흔들리기 시작하니 고상은 더 이상 그를 인간으로 볼 수가 없었다.

아내와 자식의 죽음으로 큰 충격을 받은 장천은 복수를 위해서 마지막 남은 희망이라 할 수 있는 자연도와 기문숙이 가르쳐 주었던 오행도에 자신의 모든 심력을 기울였다.

원정내단을 이룰 정도의 내력을 가지고 있었던 시절 장천의 경지는 기유조종의 단계에 지나지 않았다.

그가 뛰어난 자연의 흐름을 이해하기 전에 그의 몸이 그 경지를 넘어버렸기에 자연도의 마지막 단계인 천지동아의 경지는 이루기 어려워졌고, 그 때문에 오행도 역시 그에게 쉽게 다가오지 못했다.

하지만 스스로 단전을 부수고 내단을 없애자 자연도의 흐름을 방해하던 그 기운이 사라졌고, 오랜 시간 구궁이 행한 고문에 견디어가며 그의 정신은 더욱 단단하게 굳어져 갔다.

하지만 아내와 자식의 죽음, 그리고 구궁에 대한 분노는 오행도를 익히려 하는 장천을 방해하고 있었는데, 양의심공은 그것마저도 벗어날 수 있는 경지를 만들었다.

다른 인격의 장천은 두 사람의 죽음에 대한 슬픔과 분노를 양의심공을 통해 이전의 장천에게 몰아넣었고, 불가능하리라 생각했던 오행도를 극성으로 터득한 것이다.

오행도는 자연도의 힘을 바탕으로 오행의 기운을 다루는 무공이었기에 그 경지에 따라 그 힘은 크게 차이날 수밖에 없었다.

그러나 장천은 천지와 내가 하나가 되어 세상이 곧 내가 되는 경지에 도달했기에 오행도의 힘이 터무니없이 강해진 것이다.

하나 사실 오행도를 극성으로 터득한 장천이라도 원정내단이 존재했었을 때의 힘과 비교하면 아직 크게 차이가 있었다.

강호에서 그 유래를 찾아볼 수 없을 정도로 높은 내력을 가지고 있었던 장천은 현재 보이는 능력은 괴이함이 있었지만, 원정내단을 가지고 있을 때와 비교한다면 무엇인가 부족함이 있다 생각했기 때문이다.

그런 때문에 장천은 고상에게 업혀 대지를 부수며 나아가는 상황에서도 자신이 구궁과 일전을 겨룰 수 있을까 불안할 수밖에 없었다.

물론 지금 당장은 자신의 앞을 막아서는 그의 부하들을 처리하는 것에 모든 힘을 사용하는 장천이었다.

그를 업고 구궁에게 향하는 고상은 공포로 인하여 정신이 나갈 지경이었다. 사람의 몸이 터져 나가고 찢겨 나가는 것을 어찌 쉽게 감당할 수 있겠는가?

그러는 사이에 두 사람은 구궁의 처소에 도착해 있었는데, 이곳까지 오는 동안 장천의 손에 처참하게 죽임을 당한 자는 그 수를 헤아리기 어려울 정도였다.

그렇게 도착한 장천이 오행신공으로 그의 방문을 부수자 그곳에서 구궁의 모습을 찾을 수 있었다.

"크크크크… 구궁, 이곳에 있었구나……."

장천은 구궁을 발견하자 이전까지 들던 불안감은 사라지고 당장이라도 놈을 죽여야 한다는 생각만이 그의 뇌를 지배했는데, 그런 그를 보며 침상 앞에 앉아 있던 구궁은 천천히 몸을 일으켰다.

한데 장천은 그가 자리에서 일어났을 때 의외의 인물을 발견할 수 있었다. 구궁에 의해 처음엔 가려져 있었지만 그가 일어나자 침상 위에 한 남자가 누워 있는 것을 볼 수 있었는데 그자는 장천 역시 잘 아는 사람으로 구궁의 부친이자 전대 비도문의 문주인 혈비도 무랑 장춘일이었다.

장천은 설마 그가 이곳에 있으리라고는 생각지도 못했는데, 안력을 돋우어 자세히 보니 이미 예전에 숨이 끊겨져 있었는 듯 사체는 심하게 썩어 있었다.

그런 탓에 방에서는 역한 썩은 내가 진동했고, 이에 고상은 더 이상 참지 못하고 바닥에 엎드려서는 구토를 하기 시작했다.

"꾸어억!! 꾸륵……."

고상이 쓰러지자 자연히 근맥이 모두 잘려져 나간 장천은 앞으로 고꾸라지듯 쓰러질 수밖에 없었으나 이미 오행신공의 힘으로 자연지기를 내력으로 사용할 수 있었기에 그 힘을 바탕으로 자신의 몸을 허공에 띄울 수 있었다.

"그것이 네가 새로이 얻어낸 힘인가?"

"…오행신공이라 한다."

"오행신공이라……. 느껴지는 기운으로 미루어본다면 네가 말하던 자연도의 기운과 흡사한데 그것을 바탕으로 만든 것 같군."

구궁의 말에 장천은 고개를 끄덕였다. 구궁을 처음 보았을 때는 노기에 당장이라도 쳐 죽이고 싶은 마음이 가득했지만, 장춘일의 시신을 보고 다시 그의 기도가 자신에게 미쳐졌을 때 장천은 이전의 분노가 일순간 사라지는 것을 느꼈다.

아니, 그의 몸은 분노의 기운만으론 현재 구궁의 기도를 감당하지 못함을 알고 있었기에 그의 분노를 잠재우고 있는 듯했다.

장천은 전과는 비교도 할 수 없을 정도로 강성해진 그의 기도를 보다 문득 장춘일의 시신을 생각해 내곤 그를 보며 말했다.

"장 백부의 무공을 익혔는가?"

"후후후, 그렇지 않다면 내 주제에 어떠한 수로 이 정도의 무공을 손에 넣을 수 있었겠는가?"

장천의 물음에 구궁은 차가운 웃음을 지으며 당연하다는 표정으로 답했는데, 그러한 그의 모습에 장천은 그의 생이 얼마 남지 않았음을 알았다.

천무성골이 아닌 혈비도 무랑 장춘일이 비도문의 무공을 익히기 위해 택한 방법은 인간의 몸으론 감당할 수 없는 성질의 것이었다.

인간의 몸으로 감당할 수 없는 내력을 강제로 단전과 혈맥에 주입함으로써 그 근골을 임의적으로 변형시키는 방법이 바로 그것이었다.

그러한 방법으로 장춘일은 천무성골이 가지고 있는 막히지 않는 기맥을 강제로 자신의 몸에 만들어 비도문의 무공을 익힐 수 있었던 것이다.

하나 작은 그릇에 많은 물을 담을 순 없는 법이며 그 물이 진기이고 그릇이 단전이라면 흘러넘칠 곳이 없는 단전은 자연히 과도한 진기에 깨어지게 될 것이다.

강제로 주입된 내력은 자연히 혈맥을 크게 손상시킬 뿐 아니라 그 장기마저 도가 지나친 기로 인하여 그 기능을 상실하게 되니 만약 구궁이 그러한 방법으로 무공을 손에 넣었다고 한다면 현재의 그의 몸상태는 극히 좋지 않을 것이다.

그리고 그러한 기운을 손에 넣은 것이 자신을 상대하기 위함이라면 장춘일과 같이 영약으로 몸의 장기를 보하지 않은 이상 그의 생은 얼마 남지 않았을 것이 분명했다.

"크크크, 그렇군. 이자를 시켜 나에게 두 사람이 죽었다고 한 것도 너의 계획이었더냐?"

"그렇지 않으면 넌 결코 나와 겨루려 하지 않았을 테니까."

구궁의 말에 장천은 웃음을 참을 수가 없었다. 아니, 그의 무모하게까지 보이는 집요함에 뭐라 말을 할 수가 없었다.

"내가 무공을 회복하지 않고 죽었다면?"

"그래도 변하지 않겠지. 나 역시 너와 마찬가지였을 테니까. 아니, 지옥 끝까지 갔더라도 너를 잡고 늘어졌겠지."

구궁의 말에 장천은 할 말을 잃었다.

그렇게 잠시간 서로를 바라보던 두 사람 중 다시 입을 연 이는 장천이었다.

"이곳에서 싸울 것인가?"

그 말에 잠시간 생각에 잠기던 구궁은 고개를 저으며 말했다.

"너와 싸운다면 승리한다 해도 얼마 살지 못하겠지. 내가 죽을 곳은 내가 정하고 싶다."

"원하는 대로."

이것이 진정 마지막 싸움이라면 장천은 잠시간 기다리는 것도 나쁘지 않다는 생각을 했고, 이에 고개를 끄덕인 구궁은 천천히 걸음을 옮기다 문득 생각이 났는지 토하고 있는 고상을 보며 말했다.

"고개를 들어라!"

절대자의 기도가 흐르는 구궁의 말에 고상은 자신도 모르게 고개를 들었고, 이에 구궁은 그를 보며 차가운 목소리로 말했다.

"밖에 있는 시신을 모두 태화전으로 옮겨라. 아내를 위해 지은 장원에 까마귀 떼가 꼬이는 것은 보고 싶지 않다."

"아, 알겠습니다."

그 말에 고상은 자신도 모르게 자리에서 일어나 밖으로 뛰어나갔고, 구궁은 장천을 지나쳐서는 걸음을 옮겼다.

구궁이 그와 장천의 마지막 대결 장소로 지목한 곳은 바로 망부산장의 뒤에 만들어놓은 아내의 봉분 앞 공터였다.

"네가 죽을 장소가 바로 이곳인가?"

"적어도… 생전의 마지막만큼은 매령과 같이 해주고 싶으니까."

"크크크크"

그런 구궁의 말에 장천은 차가운 웃음을 흘리고는 한순간 그를 보며 엄청난 기운을 토해냈다. 그러자 구궁의 주위는 크게 요동치는가 싶더니 이내 강한 돌풍이 일렁이며 그를 휩쓸어 버리기 시작했다.

보통 사람이라면 휘말려 허공으로 날려 버려지는 것도 이상할 것이 없을 정도의 강한 돌풍이었으나 장춘일에게 얻어낸 무공으로 이미 그

기도가 전과 달라진 구궁에겐 그저 흔한 바람과 다를 바가 없었다.

"합!!"

구궁이 기합을 지르며 손을 밖으로 쳐내자 장천이 만들어낸 기운은 일순간 산산히 흩어져 버렸고, 이에 장천은 크게 만족한 표정을 지으며 말했다.

"크크크. 이 정도면 능히 현재의 나의 기도를 넘어서는 듯하군."

"그런가? 그렇다면 실망이군. 내 두려움의 잔재에서 보이는 넌 지금의 나를 크게 앞서고 있었는데 말이야."

그 말과 함께 구궁은 그의 앞에서 무엇인가를 꺼내어서는 던져 주었는데, 그것은 아홉 자루의 비도, 바로 비도문 문주의 상징이라 할 수 있는 탈혼섬광구비도였다.

그리고 구궁 역시 다른 주머니에서 비도를 꺼내어 들었는데, 그것 역시 장천에게 건넨 것과 다를 것이 없는 탈혼섬광구비도였다.

"크크크. 문주의 증표마저 스스로 만들었단 말인가?"

"나를 짐승처럼 버린 문파의 물건보다는 내 스스로 만든 물건이 좋으니까."

"하하하하!! 구둔자라 불리던 네가 그렇게까지 컸단 말인가? 우습군, 화영."

구둔자라는 칭호에 구궁의 미간은 찌푸려질 수밖에 없었으나 이어진 화영이란 말에 그는 조금 의외라는 생각을 했다.

그가 알고 있는 장천은 자신을 구둔자라 칭하며 조롱한 것이 대부분일 뿐 화영이란 이름으로 자신을 칭한 것은 처음 비도문에서의 만남을 제외한다면 이번이 두 번째였기 때문이다.

그런 때문에 구궁은 장천이 현재의 자신을 인정하고 있음을 알 수 있었는데, 그런 것을 아는지 모르는지 장천은 허공섭물로 땅에 떨어져 있는 비도를 허공으로 들어 올렸다.

"조금은 너에게 불리한 듯하군. 사지의 근맥을 잘라 버렸으니 말이야."

비도조차 잡지 못하고 있는 장천을 보며 구궁은 미안하다는 표정으로 말했으나 현재의 장천에겐 그것은 그리 큰 문제가 되지 않았다.

자연도의 천지동아 경지에 오르며 그의 몸은 자연과 하나가 되었고, 그 기운의 대부분을 천지에서 빌어쓰고 있었기 때문이다.

"나에게 힘은 자연과 일치하다. 지금 내가 서 있는 곳의 힘이 곧 나의 힘이지."

"그런가? 그렇다면 그다지 문제는 없겠군."

자연이란 것은 그 장소에 따라 성하고 길함은 있을지언정 그 기운의 한계가 정해져 있는 것은 아니기에 구궁은 그의 말을 이해할 수 있었다.

구궁은 그런 장천을 보며 비도를 손에 쥐었는데, 그 힘은 과거 장천과 비교해도 크게 뒤지지 않았다.

"이거…… 놀랐는걸? 나조차도 쉽게 익히지 못했던 독문 비도술을 짧은 시간에 익혔다니 말이야?"

"착각하지 않는 것이 좋을 것이다. 내가 비도술을 익힌 것은 너와 비교해도 크게 차이가 나지 않는다. 근골의 차이 때문에 사용할 수 없었다 뿐이니 말이야."

"근골이라……. 하긴 본문의 독문 비도술처럼 근골에 크게 좌우되는 무공은 강호상에서 찾아볼 수 없으니 말이야."

구궁의 말에 장천 역시 고개를 끄덕이며 수긍하고는 천천히 기도를 끌어올려 비도술을 사용할 준비를 했다.

"차압!!"

그리고 한참을 그렇게 대치하던 두 사람 중 먼저 몸을 움직인 이는 바로 구궁이었다. 그는 사냥꾼 출신으로 누구보다 경공에 힘을 기울였던 만큼 경공술은 과거의 장천과 비교해도 크게 뒤처지지 않았다.

그런 때문에 그의 신형은 순식간에 장천의 뒤로 돌아갔고, 기회를 포착한 그는 장천을 향해 세 개의 비도를 던졌다.

"연환비도 삼곡격!!"

그의 손에서 벗어난 세 자루의 비도는 사방으로 흩어지는가 싶더니 이내 허공에서 그 방향을 바꾸어 장천을 향해 쇄도해 들어갔다.

하나 장천은 자연의 힘으로 몸을 움직이고 있었고, 자연도의 힘으로 비도의 방향을 예측했기에 피하는 것은 그리 어려운 일이 아니었다.

허공에서 몸을 돌린 장천은 구궁을 향해 비도를 날렸다.

"섬광비도 붕!"

그러자 비도는 붕새의 울음소리와 같은 것을 내며 빛처럼 빠른 속도로 구궁을 향해 뻗어 나갔으나 이미 그의 신형은 빠르게 움직여 원래의 위치를 벗어나 있었다.

"섬광비도 뇌!!"

그리고 다시 자신의 등 뒤로 돌아선 그는 뇌호혈을 향해 강한 기운이 서려 있는 비도를 던졌다. 이에 장천은 급히 그것을 피하려 했지만, 비도는 그의 옆구리를 스쳐 지나갔다.

"크윽!!"

허공에서 몸을 운신하는 것은 과거의 경공을 행했던 때와는 달리 제대로 수련을 거치지 않았기에 구궁에 비해 움직임이 다소 느릴 수밖에 없었다.

그렇기 때문에 빠른 경공술을 이용하여 등 뒤로 돌아간 후 섬광비도와 같은 빠른 속도의 공격을 행하면 장천은 쉽게 피할 수가 없었다.

하나 그것을 가지고 사지근맥을 잘라 버린 구궁을 탓할 수는 없는 일이기에 허공섭물로 비도를 다루는 장천은 자연도의 흐름으로 그의 움직임을 간파하기 시작했다.

장천이 익히고 있는 자연도는 만물의 기운을 자신의 것으로 하는 무공. 그런 때문에 몸을 움직이기 위해 경공을 행하는 구궁의 기운 역시 장천은 파악할 수 있었고, 그러한 것을 알게 되자 장천은 능숙하게 구궁의 공격에 대응해 갈 수 있었다.

하나 두 사람 모두 각자의 절기를 선보이지 않은 상황이라 서로 방심할 수 없었다. 그렇기 때문에 두 사람은 엄청난 속도로 공방전을 벌이며 기본이 되는 비도술로 서로를 상대해 나갔기에 그들의 주위는 은빛의 비도가 만들어낸 선이 허공을 가득 메우고 있었다.

하나 이런 상황을 계속 유지할 수는 없는 일, 장천은 자연지기를 빌려 쓰고 있어 내력은 무한하나 오랜 지하 감옥의 생활로 체력에 문제가 있었고, 구궁은 체력은 뛰어나나 내력에 한계가 있었다.

그 때문에 장천은 잠시의 대결에서도 지쳐 숨이 차 지하 감옥에서 자신이 터득한 오행신공의 힘을 사용하기로 결심했다.

"오행신공! 비화(比和) 수(水)! 물이 물을 만나 격하니 그 기운이 크게 일어 세상을 가둔다!"

그러자 순간 장천의 주위로 갑자기 안개가 서서히 끼기 시작하더니 일순간 한 치 앞도 보이지 않게 되었다.

장천은 자연도의 기운으로 짙은 안개 속에서 능히 구궁의 위치를 파악할 수 있으나 구궁으로선 장천을 찾는 것이 힘들 수밖에 없었다.

물론 그의 경지라면 능히 기운으로서 장천의 위치를 파악할 수 있었지만 자연의 힘을 바탕으로 하고 있는 자가 장천이었기에 스스로 몸을 동화시킨다면 구궁의 기운 속에도 능히 자신의 몸을 감출 수 있었다.

"큭……."

그런 탓에 구궁은 그 자리에서 멈추어 정적인 모습으로 자신을 감추고 장천의 기운을 찾을 수밖에 없었다.

현재 그의 경지라면 능히 자신의 기운을 갈무리하고 나타내지 않을 수 있었기 때문이다.

하나 자연 속에서 인간인 그를 찾아내는 것은 장천에겐 쉬운 일이었다.

슈슉!!

"헉!! 끅!!"

갑자기 뒤에서 들려오는 파공음에 놀라 구궁은 급히 허리를 꺾어 공격을 피하기는 했지만, 완전히 피하지 못하여 어깨에 비도가 스치는 상처를 입었다.

하나 장천의 공격은 이것이 시작, 다시 파공음 소리가 들리는가 싶더니 비도는 구궁의 주위를 돌며 그를 공격해 나갔고, 구궁은 상대의 위치를 알지 못하는 상황에서 공격을 피할 수밖에 없었다.

"훙!"

하나 이대로 계속 당할 구궁이 아니었기에 크게 발을 구르자 그의 신형은 하늘 위로 크게 치솟아 올라갔다.

그러자 얼마 후 안개 속을 벗어날 수 있었고, 크게 내력을 끌어올린 구궁은 대지를 향해 비도를 내던졌다.

"섬광비도 괴!!"

섬광비도의 초식 중 가장 위력이 강맹한 수법인 괴가 펼쳐지자 비도는 땅을 향해 날아가서는 그대로 대지에 박혔고, 다음 순간 엄청난 굉음과 함께 일대가 크게 진동하기 시작했다.

그러자 강한 돌풍이 사방에서 불며 안개가 밀려남과 동시에 괴의 초식으로 피어오른 흙먼지가 가라앉기 시작하자 서서히 안개 속에 가려져 있던 장천의 모습이 드러나기 시작했다.

"불광멸악!!"

장천의 모습을 확인한 구궁은 기다렸다는 듯이 그대로 그를 향해 불광멸악의 초식을 날렸고, 그의 손에서 벗어난 비도는 순간 황금색의 광영을 사방으로 비추며 세상이 멈추어진 것과 같은 느린 속도로 장천을 향해 뻗어 나갔다.

구궁이 허공으로 치솟아 올라 자신이 만들어낸 안개를 떨쳐냄과 동시에 불광멸악의 초식으로 자신을 공격하자 장천은 크게 당황할 수밖에 없었다.

불광멸악은 보기에는 극히 느려 보이나 실상은 섬광비도술의 초식 중 가장 쾌속한 수법으로 지금 당장 비도를 날린다 할지라도 불광멸악의 기운을 당해내는 것은 불가능했다.

그런 때문에 장천은 할 수 없이 비도를 움직여 자신을 향해 날아오는 비도를 막는 방법을 사용할 수밖에 없었다.

그리고 구궁이 던진 비도가 장천의 비도와 충돌한 순간 엄청난 굉음과 함께 시간은 다시 원상태로 흘러가며 비도는 빠른 속도로 튕겨져 날아갔다.

"끄윽!!"

애초부터 내력 면에서 크게 앞서고 있는 구궁의 불광멸악의 초식을 비도로 튕겨낸다는 것은 불가능한 일, 장천이 들어 막고 있던 비도는 두 동강이 되어 부러지고 말았다.

그러나 구궁의 비도 방향을 다른 곳으로 바꿔 중상은 면할 수 있었지만 어이없게도 부러진 비도의 조각이 자신의 허벅지에 박혔다.

비도문의 비도술은 날아가는 그 비도 자체에 상대의 내부를 격상시키는 내력이 들어 있어 급소가 아닌 곳을 맞는다 할지라도 내상을 피하기 어려웠다.

하나 다행히도 허벅지에 박힌 비도의 파편은 그저 자신의 비도가 부러지며 생긴 것에 지나지 않았기에 장천은 비도술로 내상을 입는 것은 피할 수 있었다.

그러나 체력적으로 크게 문제가 있었던 장천은 허벅지의 부상으로 피까지 쏟게 되자 피로는 극에 달하기 시작했고, 가쁜 숨은 걷잡을 수 없었다.

하나 그러한 문제는 구궁 역시 마찬가지였는데, 많은 내력을 필요로 하는 섬광비도의 괴와 불광멸악의 초식을 사용한 그는 내부에서 불안전한 진기가 크게 흔들리고 있었기에 참지 못하고 붉은 피를 쏟았다.

그렇게 서로 좋지 않은 상황에서 대치하게 된 두 사람이었는데, 장천은 구궁을 보고 조용히 물어보았다.

"나의 대한 분노는 사라졌는가?"

"……단전을 파괴하고 사지근맥까지 자른 후 몇 달을 고문하니 오히려 미안한 생각마저 들더군."

"크크크, 그런가? 하긴 내가 당한 것도 아니었으니 상관없겠지."

"……네가 아니라고?"

"크크크, 몰랐나? 대법의 부작용으로 나의 인격이 두 개로 분리되었음을? 그동안 네가 괴롭히던 녀석은 바로 쌍도문 시절 너의 사제로 살아왔던 장천이지, 비도문에서 너를 괴롭히던 장천이 아니었다."

"……!!"

그 말에 구궁은 놀란 표정을 짓다가 이전에 있었던 일을 생각해 내고는 고개를 끄덕일 수있었다.

"그렇군. 내 왼팔을 자른 것과 소천을 시켜 나를 암살하게 하려던 것도 모두 다른 인격의 너였단 말인가?"

"크크크크, 그렇지. 넌 분노를 풀어야 할 대상을 잘못 짚었던 것이다. 크크크."

그의 말에 구궁은 입술을 깨물었지만 이내 다시 마음을 가라앉혔다.

"응?"

그 모습에 장천은 조금 이상하다는 생각이 들었으나 구궁은 이에 미소를 지으며 말했다.

"그렇다고 해도 이제는 분노가 느껴지지 않는군. 이미 복수란 것이 얼마나 허망했던 것이었는지를 알았으니 말이야."

"큭!"

상황이 좋지 않다 생각한 장천은 그를 흔들 목적으로 인격에 대해 말한 것인데, 이미 과거의 업을 모두 벗어던진 구궁에겐 그러한 도발은 아무런 분노도 끌어내지 못했다.

그런 이유로 장천은 자신의 계획이 실패했음에 미간을 찌푸릴 수밖에 없었다.

"하나 이것만은 다행이군. 지금 내가 쓰러뜨려야 할 상대는 결코 틀리지 않았으니 말이야."

"어디 한 번 쓰러뜨려 보시지! 천섬비도술!!"

"천섬비도술!!"

천섬비도술은 비도를 산산히 깨뜨려 상대를 공격하는 공격법. 원래는 보통의 비도로 행하는 것이었지만, 두 사람 모두 마지막 승부수로 이 수법을 준비하고 있었다.

아무리 탈혼섬광구비도가 견고하다 할지라도 같은 비도라면 부수지 못할 것이 없었기에 두 사람 모두 한 자루의 비도에 금이 가게 하여 초식을 준비했던 것이다.

이러한 천섬비도술이 동시에 행해지자 상대를 향해 날아가던 비도는 허공에서 산산히 부서지며 그 파편이 수십 개의 작은 비도가 되어 서로에게 뻗어 나갔다.

채재재재쟁!!

날아가던 파편은 상대의 파편과 충돌하며 그들 사이에 수많은 푸른빛을 만들어냈다.

그러나 아무리 천섬비도술의 파편을 서로가 튕겨냈다고 할지라도 그 파편의 수가, 그 궤도가 동일하진 않았기에 많은 파편이 서로를 향해 뻗어 나갔다.

이에 두 사람은 모두 손에 들고 있던 비도로 자신에게 날아오는 파편들을 쳐내기 시작했고, 그들의 주위로 다시 푸른빛이 작렬하기 시작했다.

하지만 일순간에 날아오는 파편을 모두 쳐낸다는 것은 아무리 이들이라고 할지라도 불가능한 일. 그들의 몸엔 비도의 작은 파편이 박혔다.

"끄륵……"

서로를 보며 대치하고 있던 두 사람 중 먼저 쓰러진 이는 바로 장천이었다. 이미 체력이 몸을 운신할 수도 없을 정도로 떨어진 그였기에 천섬비도술의 파편을 맞고 버티어낼 재간이 없었던 것이다.

파편에 서려 있는 비도술의 내력이 내장을 진동시키며 장천의 입에서 피가 솟구쳐 터져 나오고 있었으니 이제 그에겐 더 이상 움직일 힘조차 남아 있지 않았다.

그런 장천을 구궁은 멍한 표정으로 바라보고 있었다. 장천과의 마지막 대결. 그는 그렇게도 바라던 승리를 얻어낸 것이다.

그것도 그 자신이 익히고자 했던 비도문 문주의 독문 비도술로 승리를 얻어냈기에 무엇과도 바꿀 수 없는 희열마저 느끼고 있었다.

"크… 크크크크… 크하하하하!!"

그런 희열을 참지 못하고 웃음을 터뜨리기 시작한 구궁은 비도를 들고 있던 손을 하늘로 들어 올리며 울분이 섞인 목소리로 소리쳤다.

"보셨습니까!! 당신의 아들이! 당신의 아들이! 그렇게도 당신이 위하시던 비도문의 후계자를 쓰러뜨렸단 말입니다!!"

그렇게 하늘을 보며 소리치는 구궁의 눈에선 붉은 피눈물이 흘렀으나 곧 그의 신형은 뒤로 무너지듯 쓰러졌다.

아무리 그라 할지라도 장춘일이 가르쳐 준 방법으로 몸을 바꿔 내장이 크게 상한 상태에서 내력이 서려 있는 파편을 맞고 멀쩡할 수는 없었다.

그는 이미 장천의 천섬비도술로 인하여 더 이상 버티지 못할 정도로 엉망이었던 것이다.

죽는다고 해도 과언이 아닌 것이 현재의 그의 상태였으나 뒤로 무너지듯 쓰러졌던 구궁은 남아 있는 마지막 힘을 다하여 몸을 움직였다.

그런 그의 몸에선 산 자의 마지막 기운이라는 회광반조의 기운이 흐르고 있었는데, 마지막 힘을 다하여 그가 향한 곳은 바로 아내인 매향의 무덤이었다.

"이… 이제 내… 그… 그대의 곁으로…… 가겠소……."

사랑하던 아내의 봉분까지 간신히 몸을 움직일 수 있었던 구궁은 아내의 무덤 위에 자신의 몸을 눕히곤 그대로 숨을 거두고 말았다.

"그렇다면 장 대협이 구궁과 함께 산장 뒤쪽의 봉분으로 갔단 말인가?"

"예, 대인……."

망부산장에서 유일하게 살아남은 고상이란 자의 말을 들은 만박광인과 문성들은 이곳에서의 처참한 싸움의 흔적이 장천이 행한 것임을 알고 급히 그가 향했다는 구궁의 아내인 매향의 봉분으로 향했다.

그리고 얼마 후 봉분에 도착한 사람들은 그곳에서 치열한 싸움의 흔적을 찾을 수 있었다.

"이런……."

"대형!!"

만박광인이 그 흔적을 보며 놀란 표정을 하고 있을 때 문성은 봉분 앞의 공터에서 피를 흘리며 쓰러져 있는 장천을 발견하고는 크게 놀라서는 급히 그에게로 뛰어갔다.

그리고 엎드려 쓰러져 있는 장천의 모습을 확인한 순간 그를 아는 모든 사람은 크게 놀랄 수밖에 없었다.

그의 외모는 장천이라는 것을 알아볼 수 없을 정도로 철저하게 파괴되어 있었기 때문이다.

하지만 그가 자신들이 찾고 있던 장천임을 알고 있었기에 문성은 급히 대형인 그가 아직 살아 있는지 살피기 위해 맥문을 잡았고, 미약하지만 아직 그의 맥이 뛰고 있음을 확인할 수 있었다.

"대형!! 대형이 아직도 살아 있습니다!!"

문성의 외침에 사람들은 급히 그에게로 뛰어가 진기를 불어넣어 주었으나 그의 상세는 치유할 수 없을 정도로 크게 심각한 상태였다.

"이… 이건… 도저히……."

"대형을!! 대형을 어떻게든 살려야 합니다!!"

하나 극히 미약한 맥이라 할지라도 문성들은 절대로 그를 포기할 수 없었기에 급히 그를 업고는 산을 내려가기 시작했다.

자신의 내력을 극성으로 끌어올리며 필사적으로 장천을 의원이 있는 곳으로 데려가려 하는 문성의 뒤로 누군가의 목소리가 들려왔다.

"누… 누구…… 인가……."

"아! 대형! 저예요! 문성!"

"무… 문성?"

"예, 대형! 대형을 구하기 위해 운성이도 형님의 사형이신 요운 대협과 곽무진 대협도 왔고요. 형님의 의형제인 동방명언과 데비드도 왔단 말이에요. 거기다 당가의 당세문 여협도 왔고 무미미 여협도 왔으니 제발 기운 좀 차리라고요!! 지금은 대형 같지 않단 말이에요!"

"훗… 그… 그래? 그… 그럼 기운 차려야지……. 다들… 나를 위해 이렇게 먼 곳까지 와줬으니… 기운 차려야지……."

"당연한 소리죠! 대형! …대형? 대형!!"

하나 문성의 등에 업혀 있는 장천에게선 더 이상 아무 말도 나오지 않았고, 그렇게 장천의 몸은 차갑게 식어갔다.

제65장
돌아온 장천

"정신이 드십니까?"

나 눈 떴다. 그리고 세상을 보니… 음… 그래도 노려보는 사람은 없는 것 같군. 나를 향한 부드러운 목소리에 시선을 돌려보니 애석하게도 상대의 인상은 그리 좋지 못했다.

심술이 가득할 것 같은 매부리코에 눈은 옆으로 길게 찢어져 날카로운 인상의 노인이었기 때문이다.

에이~ 눈뜨고 보는 얼굴이 어여쁜 미인이면 어디 덧나기라도 하나? 난 그의 목소리에 손을 들어 괜찮다는 표시를 하며 자리에서 일어났다.

"응?"

자리에서 일어나 보니 이 상황이 그리 낯설지 않는데, 내가 누워 있던 곳이 나무로 만들어진 관이었기 때문이다.

"아!"

그리고 다음 순간 난 퍼뜩 쓰러지기 전에 있었던 일이 생각나 두 손을 살펴보았다. 아니나 다를까, 두 손목에는 근맥이 잘려져 흉한 흉터가 드러나 있었는데, 그때 뒤에서 처음 나를 깨운 노인이 말했다.

"손목과 발목의 근맥은 다시 이었습니다. 다소 고생은 하겠지만 고통을 참고 노력하신다면 다시 원래의 상태를 회복하는 것은 어렵지 않을 것입니다. 거기다 검상으로 흉해진 얼굴도 원래대로 복구시켰으니 어디 가서 괴물 딱지라는 소리는 듣지 않을 것입니다."

"…고맙군. 몸에 박혀 있던 파편은 어찌 되었는가?"

"대부분 제거하기는 했지만 몇 개는 할 수 없었습니다. 뭐, 천공석으로 만들어진 비도의 파편이니 몸에는 그리 큰 지장이 없을 것입니다."

"하긴 강호제일신의라는 견즉사의 호청명이 시술했다면 그리 큰 문제는 없겠지."

나를 깨웠던 노인의 정체를 잘 알고 있었기에 의술에 관해서는 그를 믿고 있어 미소를 지으며 말한 난 누워 있던 관에서 나왔다.

고개를 돌려보니 커다란 비석 하나가 방 한구석에 놓여 있는지라 안력을 돋우어 보았는데, 그곳에 쓰여 있는 글은 미간을 찌푸리게 했다.

"저거 내 무덤의 비석이었는가?"

"아, 예! 빈 무덤에 그냥 세워두기도 이상한지라 같이 뽑아와 눕혀놓고 식탁으로 쓰고 있었습니다. 석질도 좋아 쓸 만하더군요."

"……"

무덤의 비석을 식탁 대용으로 쓰고 있다는 호청명의 말에 난 입을 다물고 말았다. 뭐, 겉으로 보기에도 좋은 돌로 만들어진 것처럼 보이고 그 폭이나 길이 역시 상당해 식탁으로 사용하기에 좋긴 했지만, 그렇다고 무덤의 비석을 뽑아다 쓴다는 것은 보통 사람이라면 결코 하지 않을 행동이 분명했다.

"그나저나 의외로 멀쩡하십니다?"

"응? 뭐가?"

"보통 사람이 그 정도로 고난을 겪고 죽을 정도의 부상까지 입었다가 관에서 일어나면 대충은 상황에 적응하지 못할 것 아닙니까? 아… 그것도 아니군. 그런 사람 자체가 세상에 없으니 말입니다."

호청명의 말에 난 그를 보며 말했다.

"경험이 없는 것도 아니고, 그렇게 한다고 해서 뭐가 변하는 것도 아니지 않는가?"

"음… 뭐, 그렇기도 합니다."

"그건 그렇고, 용케도 찾았군."

"아! 그 동생이라는 마교 교주를 야단 좀 쳐주십시오. 하필 묘를 십만대산에 만들 건 뭐랍니까? 거기에다 봉분의 크기가 황능에 버금가는지라 땅 파는 데만 본 문의 제자 수십 명이 동원되었다니까요. 나중엔 십만대산의 복면 도굴꾼단이라는 말까지 들었으니 말 다했죠."

"그럼 부장품도 꽤 되겠네?"

"바라지도 마십시오. 일꾼들 술값으로 날아간 지 이미 오래니까요."

이거 아무래도 조금 의심스럽다. 문성이라면 그래도 대형이라고 가볍지 않게 넣었을 텐데 그걸 모두 일꾼들 술값으로 날리다니 말이다.

하지만 이어진 그의 말에 난 입을 다물 수가 없었다.

"부장품 횡령했다는 오해는 하지 마십시오. 일꾼들이랑 마신 곳이 항주 선화루(仙花樓)였으니 말입니다."

"……이놈들이 남의 부장품으로 별 짓을 다 하는군."

항주 선화루는 강호에서도 비싸기로 유명한 곳이었다. 그런 곳에서 기녀들을 옆구리에 끼고 술을 마셨다고 한다면 일꾼들 숫자를 생각했을 때 능히 금 수십 냥은 넘겼을 것이 분명하다.

그런 때문에 잠시간 호청명에게 매서운 눈빛을 보낼 수밖에 없었는데, 그는 배 째라는 듯 오른손으로 통통한 배를 탕탕 두들기며 반항하고 있어 할 수 없다는 생각에 고개를 저었다.

"그래도 회혼단이 약효가 잘 들어 다행입니다. 하긴 영약이란 영약은 모두 처넣은 금 수만 냥짜리 약이니 약효가 없으면 사기긴 하지만서도 말입니다."

"뭐, 그런 것을 구한 하 장로의 수완에 감탄할 뿐이지."

회혼단, 말 그대로 혼을 되돌리는 약이다. 이것을 먹고 죽으면 다시 한 번 기사회생할 수 있는 기회가 주어진다나?

물론 그 이후에 몇 가지 시술이 필요하긴 하지만 견죽사의 호청명이라는 희대의 명의를 데리고 있는 본 문에 그것은 그리 어려운 일이 아니었다.

"강호는 어떻게 흘러가고 있는가?"

"뭐, 별것없습니다. 정의련은 지가 알아서 붕괴하고 각대문파는 예전처럼 제 잘났다고 날뛰고 있으니 멸천대전 이전으로 돌아갔다고 할까요?"

"하긴 뭐가 변할 것이라 생각한 것이 이상하겠지. 쌍도문이나 홍련교는 어떻던가?"

"쌍도문은 요 대협이 화영의 세력을 문파에서 모두 축출한 후 문주의 자리에 올랐습니다. 또 무미미란 여인에게서 아들놈도 있다니 잘살고 있는 편이지요. 마교는 뭐, 예전 그대로입니다. 아! 문주님 무덤 도굴한 도굴단 잡는다고 난리가 났습니다. 근근이 도굴로 먹고살던 놈들 수백이 마교의 손에 목이 달아났으니 말입니다. 크크크크."

아무래도 조만간 녀석한테 서한이라도 보내야 하나? 아니지, 만약 그랬다가는 대형 사칭한다며 마교 정예들이라도 보내면 괜히 나만 난처해질 것 같단 말이야.

뭐, 조만간 잠잠해질 수도 있으니 그냥 두고 보는 것도 나쁘지 않다는 생각이 들었다.

그 후로 난 호청명에게서 몇 달간 치료를 받았다. 아직 몸이 완전하지 못하기에 그것을 고치기 위함도 있었지만, 내 몸속의 또 다른 인격 그것을 어떻게 제어하지 않으면 또다시 가족들이 다칠까 하는 우려도 있었기 때문이다.

하지만 의외로 나의 다른 인격은 사라져 있었는데, 구 사형과의 마지막 대결에서 싸웠던 사람은 다른 인격의 그였기에 대결에서 패했을 때 그 인격 역시 같이 죽었을 확률이 높다고 한다.

몸은 살아났지만, 오만하고 잔인했던 인격은 자신이 그토록 괴롭히던 구궁에게 패한 후 소멸해 버린 것이다.

이렇게 내 다른 인격이 사라진 것을 확인한 난 호청명을 독촉하며 하루빨리 몸의 상태를 회복하기 위해 안간힘을 썼다. 한시라도 빨리 만나고 싶은 사람들이 있었기 때문이다.

청음촌 산동 교남현으로 이십 리 남쪽에 있는 작은 어촌 마을인 이곳은 가구 수가 백이 안 되는 작은 마을에 지나지 않았다.

이런 작은 마을에 처음 한 검객이 여동생과 제자 둘의 가족과 함께 유성무관(流星武館)을 설립했을 때는 미친 짓이라고 하는 사람들이 적지 않았다.

하지만 유성무관이 세워진 지 일 년이 넘은 후 유성무관의 은 관주를 마을의 은인이라 하며 존경하지 않는 사람들이 없게 되었다.

처음에는 그저 싼값에 마을 사람들의 자식 몇 명이 무관의 제자로 들어갔을 뿐이지만, 가가 산동의 명문 무가인 제갈세가의 제갈융과 겨루어 단 삼 수만에 승리를 거둠으로써 그의 명성은 산동 일대에 크게 퍼졌고, 그로 인하여 산동 곳곳에서 무관으로 자식을 보내기 위해 많은 사람들이 청음촌으로 몰려옴으로써 가난한 어촌 마을은 크게 성세를 이루게 된 것이다.

처음 시작했을 때 관도 수가 열 명도 되지 않았던 유성무관은 개관한 지 일 년 만에 관도 수가 기백을 넘을 정도로 커다란 무관으로 변해 있었다.

"제삼초 유성도래(流星渡來)!"

"합!! 하압! 합!"

유성무관의 대연무장. 젊은 사범이 초식 명을 크게 소리치자 백여 명의 어린아이가 목검을 휘두르며 초식을 시전하기 시작했다.

아직은 서툴러 초식의 흐름이 중구난방이고 검도 크게 흔들리는 기색이 역력했지만, 아이들은 언젠가 강호의 무인으로 크게 명성을 떨칠 날을 생각하며 열심히 훈련받고 있어 이마에선 구슬땀이 쉴 새 없이 흘렀다.

그런 아이들의 모습을 보며 사십 대 정도 나이의 검객이 흡족한 표정을 지으며 연무장을 바라보고 있었다.

그는 바로 이곳 유성무관의 관주로 강호에는 유성검객(流星劍客)이라 불리는 은 관주였다. 일 년 전 이곳에 무관을 세운 후 그는 유성무관을 알리기 위해 제갈세가에 비무를 요청했다.

시골 무관주가 산동에서 무가로 크게 이름을 떨치고 있는 제갈세가에 비무를 요청하는 것은 어쩌면 미친 짓이라고 할 수 있었다.

전통있는 무가에 비무를 요청하다 패하게 되면 보통은 이러한 무모한 비무를 요청하는 자가 다시는 없도록 과하게 손을 써 개중에는 목숨을 잃기도 했고, 승리한다 할지라도 그들은 가문의 명예를 살리기 위해 끊임없이 그를 괴롭히거나 심지어는 암습까지 서슴지 않았기 때문이다.

은 관주는 그런 것을 모두 감수하고 제갈세가에 비무를 요청했고, 세가에서는 그를 무시했으나 확실하게 손을 봐주어야 한다는 생각에 당시 제갈세가에서 가주에 이어 가장 무공이 뛰어나다 알려진 백아검(白牙劍) 제갈융(諸葛融)으로 하여금 그를 상대하게 하였다.

시골 무관주의 무모한 도전에 사람들은 모두 그의 패배를 의심하지 않았으나 비무가 끝난 후 이들은 경악하지 않을 수 없었다.

시골 무관주인 이름없는 검객이 산동의 명문 무가 제갈세가의 이인자 제갈융을 단 삼 초 만에 쓰러뜨렸기 때문이다.

그 때문에 유성무관의 이름은 산동 일대에 크게 퍼지게 되었고, 지금에 와서는 수백 명의 관도를 거느린 대무관으로 클 수 있게 되었다.

오로지 자신의 힘으로 일군 무관을 보며 은 관주는 크게 만족한 표정을 지었다. 그런 그의 뒤로 잘생긴 소년 둘이 흔들림없는 자세로 서 있었는데, 그들은 유성검객이 처음 데려왔던 두 명의 제자였다.

유성무관은 돈을 내고 검술을 배우는 일반 관도 외에 무관에서 숙식하며 검술을 배우는 정식 관도가 있었고, 이들 두 사람과 같은 관주의 직전 제자인 정제자로 나눌 수 있었다.

다른 이들과는 달리 정제자들은 아직 열 살도 넘지 않은 나이임에도 불구하고 그 검술은 상당히 뛰어난 경지였기에 무관에서 그래도 실력이 있는 정식 관도 열 명이 한꺼번에 덤빈다 할지라도 이들 두 명의 정제자 중 한 명을 이기지 못했다.

이런 모습은 명문대파의 정제자들에게는 흔히 있는 것이지만, 이런 시골 마을의 무관에는 흔치 않은 모습이었으니 사람들은 그 두 제자를 보며 유성검객의 무공은 어느 정도나 될까 상상조차 하지 못했다.

일반 관도들은 관주가 자신들을 쳐다보고 있자 행여나 정식 관도나 정제자로 승격할 수 있는 기회가 아닐까 하여 다른 때보다 더 열심히 수련했다.

그때 대연무장과 이어져 있는 무관의 정문이 굉음과 함께 부서져 나갔다.

콰광!!

"으아아!!"

"꺄아악!!"

갑작스러운 일에 어린 일반 관도들은 비명을 지르며 도망칠 수밖에 없었는데, 잠시 후 무관 안으로 십여 명의 장정이 들어왔다.

그들은 하나같이 허리에 커다란 대감도를 차고 있었는데, 그중 가장 선두에 서 있는 칠 척 팔 촌 거구의 남자는 허리에 차고 있던 대감도를 꺼내어 들고는 내공을 돋우어 소리쳤다.

"산동 하구의 혈살도(血殺刀) 이두(李頭)가 유성무관의 관주 유성검객과 한 수 겨루기 위해 왔다! 은 관주는 이 이두가 두렵지 않으면 당장 나와 내 대감도를 한번 막아보시오!!"

그런 그를 보며 관주에 뒤에 서 있던 정제자 중 눈동자가 유난히 큰 아이가 스승을 보며 말했다.

"스승님, 혈살도 이두라면 이전에 교남현의 무관인 청도무관의 무관 주님을 살해하고 무관을 가로챈 자가 아닙니까?"

소년의 말에 유성검객은 고개를 끄덕이고는 말했다.

"네 말이 맞다. 보아하니 제대로 된 내공을 익히지 못했으나, 힘이 좋아 이류급 정도의 검객은 능히 벨 수 있을 듯하구나."

"스승님, 그렇다면 제가 나서서 그를 몰아낼까요?"

아이의 말에 그는 잠시 생각에 잠겼다가 이내 아이의 실력이라면 혈살도 이두와 같은 자는 충분히 상대할 수 있다 판단하고는 고개를 끄덕였다.

"그래, 네가 가서 저자를 무관 밖으로 쫓아내거라."

"예!"

그의 말에 소년은 발을 박차고는 공중으로 몸을 날렸는데, 그 신형이 워낙 빨라 근처에 있는 사람조차 아이의 모습을 확연히 볼 수 없을 정도였다.

"하하하하! 이제야 나오는 것이…… 응?"

무관의 정문을 부수고 들어와 큰 소리로 유성검객을 부르던 혈살도 이두는 자신 앞으로 누군가 뛰어난 경공술을 보이며 오자 그가 관주인 유성검객이라 생각하고 대소를 터뜨리며 말하려고 했는데, 이 장 앞에서 신형을 세운 자가 아직 열 살도 넘지 않은 듯 보이는 어린아이인지라 미간을 찌푸리며 소리쳤다.

"유성검객을 나오라 했더니 웬 꼬마 놈이 나왔느냐? 대가리가 몸통이랑 떨어져 땅에 처박히고 싶지 않으면 썩 물러가거라!"

자신의 상대도 되지 않는다는 생각에 이두는 성난 목소리로 소리쳤다. 이에 소년은 그에게 포권을 하고는 낭랑한 목소리로 말했다.

"유성무관의 정제자 장소천이라 합니다. 어찌 스승께서 당신 같은 한량과 겨룰 수 있겠습니까? 아니, 당신 같은 자에겐 저조차도 과분하겠지요."

"뭣이! 이 꼬마 놈이 죽으려고 작정을 했구나!!"

장소천의 말에 이두는 크게 노기를 터뜨리고는 대감도를 허공에서 휘두르며 노도와 같은 기세로 아이를 향해 몸을 날렸다.

하나 상대가 미친 황소처럼 달려오는 것을 보면서도 소천은 전혀 긴장하거나 두려워하는 모습을 보이지 않으니 그가 일 장 거리까지 다가오자 오른발을 박차며 움직여서는 검을 뽑아 그의 목을 향해 내질렀다.

"헉!!"

아이의 검이 자신의 목에 닿자 이두는 헛바람 소리를 내며 놀란 표정을 지을 수밖에 없었고, 이에 장소천은 다시 낭랑한 목소리로 말했다.

"이만 물러가 주셨으면 좋겠습니다. 물론 그 전에 무관의 문을 부순 수리비는 주고 가셔야겠지요?"

"끄윽……."

조금이라도 허튼짓을 한다면 아이의 검이 자신의 목을 찌를 것 같아 이두는 식은땀을 흘리며 뒤에 있던 수하에게 눈짓을 보냈고, 이에 그들 중 하나가 소년의 앞으로 돈이 들어 있는 가죽 주머니를 던졌다.

자신의 앞으로 가죽 주머니가 떨어지자 소년은 미소를 지으며 왼손을 움직였는데, 그 순간 주머니가 저절로 움직여 아이의 손에 잡히자 이두는 크게 경악할 수밖에 없었다.

"허… 허공섭물……!!"

아이가 보였던 것은 바로 허공섭물의 경지였으니 명문의 제자라 할지라도 그 내공이 일 갑자가 넘지 않으면 절대 펼칠 수 없는 기술이었다.

그렇다고 하는 것은 자신의 목에 검을 겨누고 있는 아이가 일 갑자의 내공을 지닌 고수라는 뜻이기에 이두가 충격을 받은 것은 당연한 일이었다.

아무리 강호의 명문 대문파라 할지라도 열 살도 안 된 나이에 일 갑자의 내공을 가진다는 것은 거의 불가능한 일이었기 때문이다.

돈이 들어 있는 주머니를 손에 넣은 장소천이 이두의 목에 겨누었던 검을 거두며 그대로 이두의 허벅지를 검면으로 내려치자 이두는 고통을 느끼며 뒤로 쓰러졌다.

"끄윽!!"

단순한 검면의 가격이었지만, 그 위력이 결코 적지 않아 상당한 고통이 밀려왔으나 이미 아이의 경지에 크게 놀란 이두는 뒤도 돌아보지 않고 무관 밖으로 도주하기 시작했다.

"와아아아!!"

일반 관도 아이들은 사형이라고 할 수 있는 정제자 장소천이 무시무시한 거한을 물리치자 크게 기뻐하며 함성을 질렀다.

그저 무관의 일개 관도에 지나지 않는 그들이었지만, 사형인 장소천이 힘도 들이지 않고 무시무시한 무사를 쓰러뜨리는 것을 보았으니 어찌 환호하지 않겠는가?

아이들이 함성을 지르며 환호하는 것을 본 장소천은 얼굴에 미소를 지으며 일반 관도들의 환호를 받아줄 모양으로 검을 높이 들고서는 돌아서려 했는데, 그때 등 뒤에서 차가운 목소리가 들려왔다.

"감숙 주천의 장모가 소년 영웅과 한 수 겨룰까 하는데 받아주시겠소?"

그 목소리에 소천이 놀라 뒤를 돌아보니 칠 척 가까운 키에 허름한 가죽 천으로 온몸을 감싸듯이 두르고 있는 삿갓을 쓴 낭인 무사 한 사람이 서 있는 것을 확인할 수 있었다.

그 때문에 소천은 잠시 그의 모습을 살펴보았는데, 몸에서 이렇다 할 기도가 흐르지 않는지라 그저 흔히 보이는 낭객에 지나지 않는다 생각하고는 포권을 하며 말했다.

"유성무관의 정제자 장소천이라 합니다. 유성무관은 결코 도전하는 자를 거부하지 않으니 당신의 도전을 받아들이겠습니다."

척 봐도 삼류급 정도에 지나지 않는다 생각한 장소천은 아무 문제 없을 것이라 생각하고는 그의 도전을 받아들였고, 그런 장소천의 모습에 그는 장포로 생각되는 가죽을 벗어던졌는데, 놀랍게도 그의 허리에는 한 자루의 도와 검이 걸려 있었다.

그리고 그는 소천을 보며 병기를 꺼내어 들었는데, 좌수에는 검을 우수에는 도를 들고 있는지라 소천은 조금 놀라 중얼거렸다.

"좌검우도?"

강호에서 쌍검이나 쌍도를 쓰는 무사나 문파가 없는 것은 아니지만, 이렇게 검과 도를 양손으로 나누어 쥐는 자는 거의 전무하다고 해도 과언이 아니었다.

그 때문에 소천은 그가 병기로 우위를 점하고자 하는 삼류무사라 생각하고는 검을 뽑아 기수식을 취하여 그에게 예의를 표했는데, 순간 크게 놀라 자신도 모르게 뒤로 물러날 수밖에 없었다.

"살기?"

놀랍게도 기수식이 끝나자마자 낭인의 모습에서 엄청난 살기가 뿜어져 나왔는데, 그 기운은 일 갑자의 내공을 지니고 있는 소천도 쉽게 감당할 수 없을 정도의 기운이었다.

그 때문에 소천은 등줄기에 식은땀이 흐를 수밖에 없었는데, 그때 그의 뒤에서 누군가의 목소리가 들려왔다.

"멈추시오!"

소리를 치고 이들의 비무를 막은 사람은 바로 이곳 유성무관의 관주인 유성검객이었으니 그는 급히 소천의 앞으로 경공을 사용해 뛰어와 막고는 그를 보며 말했다.

"유성무관의 관주 은조상이라 합니다. 대협이 뉘신지는 모르지만, 아직 어린아이가 상대하기에는 벅찬 고수 분이신 듯하니 이 비무를 물려주시면 안 되겠습니까? 아니, 이 아이 대신 제가 비무를 하겠습니다."

유성검객은 처음에는 몰랐으나 검을 뽑아 든 그의 몸에서 감당할 수 없는 살기가 밀려오자 크게 놀라 이들의 비무를 막으려 한 것이다.

그가 보는 낭인은 무수한 실전을 치르며 무공을 익힌 자였기에 아직 경험이 없는 소천이 상대하기에는 무리가 있다 여겨졌다.

"홍! 역시 시골의 작은 무관이라 관주나 그 제자 역시 부끄러운 줄 모르는군. 이미 시작한 비무 중간에 사람을 바꾸는 몰상식한 짓을 서슴지 않으니 말이야!"

"큭!!"

그 말에 소천은 크게 노기를 터뜨렸다. 관주인 은조상은 그와 모친의 목숨을 구해준 은인이었고 또 세상을 떠난 부친의 의숙이었기에 그가 모욕을 받는 것은 참을 수가 없었다.

"유성무관의 사람은 결코 몰상식하거나 비겁하지도, 부끄러움을 모르는 파렴치한 사람이 아니오! 그대가 말했던 대로 비무는 계속될 것이니 더러운 주둥아리는 닥치는 것이 좋을 것이오!"

"이런……."

노기를 터뜨리며 소천이 소리치자 은조상은 안타까운 탄식을 지를 수밖에 없었다. 그로서는 아이의 결심이 단호한지라 만약 강제로 물러서게 한다면 아이가 큰 수치를 느낄 것 같았기 때문이다.

그 때문에 한참을 고심하던 그는 낭인을 보며 정중히 포권을 하고는 말했다.

"은모가 잠시 실례를 했습니다."

그렇게 말한 은조상은 두 사람에게서 삼 장 정도의 거리로 물러났는데, 뒤로 물러선 그는 자세를 잡고 검병에 손을 가져갔다.

만약 낭인의 손속이 과할 경우 소천의 안전을 위해 그를 막기 위함이었다.

유성검객이 돌아가자 낭인은 들고 있던 검과 도를 장난치듯 휘두르고는 소천을 보며 차가운 목소리로 말했다.

"이제 방해꾼도 사라졌으니 어디 즐겨보도록 하겠소, 소년 영웅?"

"큭!! 끄압!"

놀리듯이 말하는 그의 말에 소천은 더 이상 참지 못하고 발을 박차고 그를 향해 몸을 날렸으니 전광석화와도 같은 그의 경신술에 사람들은 탄성을 내질렀다.

그리고 그의 지척까지 다가간 소천이 유성검법을 시전하며 적을 공격해 들어가기 시작했다.

"유성검법 은하류성(銀河流星)!"

소천이 은하류성의 초식을 시전하자 검은 은빛의 궤도를 그리며 낭인을 향해 뻗어 나갔다. 어린아이라고 보기에는 실로 엄청난 쾌검이라 할 수 있었는데, 낭인은 소천의 공격을 좌수에 들고 있던 검으로 너무나 쉽게 쳐내고는 그대로 우수의 도로 내려쳤다.

챙!!

"헉!!"

"광풍낙월(狂風落月)!"

낭인이 광풍낙월의 초식으로 우수에 들고 있던 도를 휘두르자 소천은 크게 놀라 급히 보법을 행하여 몸을 오른쪽으로 빠른 속도로 날렸다.

그러나 낭인의 도는 큰 소리와 함께 땅에 처박혔는데, 그 순간 쾅 하는 굉음이 울리며 바닥이 석 자가량 파여져 있는지라 소천은 섬뜩함이 느껴졌다.

만약 그것을 피하지 못했다면 몸이 두 동강 나는 것을 면치 못했을 것이기 때문이다.

"도강?!"

하나 피한 소천보다 더욱 놀란 사람은 바로 두 사람의 비무를 보고 있던 은조상이었다. 낭인이 휘두른 도가 바닥에 충돌했을 때 보였던 그 기운은 분명 도강이었기 때문이다.

강기는 절정에 이르지 못하면 절대로 시전할 수 없는 힘이었으니 소천과 싸우고 있는 저자는 단순한 낭인일 리가 없었다.

적어도 한 지역에서 열 손가락 이내의 실력자나 펼칠 수 있는 그런 경지가 바로 강기였기 때문이다.

"큭… 도강을 시전하는 고수가 무엇 때문에… 설마 제갈세가?"

그 정도의 고수가 어린 소천에게 비무를 신청했다는 생각에 은조상은 분노를 느낄 수밖에 없었는데, 그 순간 문득 제갈세가가 떠올랐다.

처음 이곳에 무관을 세웠을 때 은조상은 작은 마을의 아이들만으로는 자신과 제자들의 가족을 보살피기 어렵다 생각하고 무관을 알리기 위해 산동의 무가 중 하나인 제갈세가에 비무를 신청했었다.

뭐, 자신의 실력이라면 제갈세가의 가주가 와도 능히 승리할 자신이 있었고 예상대로 쉽게 상대를 쓰러뜨리며 무관을 크게 알릴 수 있었는데, 그 후 그들은 곳곳에서 비열한 방법으로 무관을 무너뜨리려 하고 심지어는 자객을 불러 암살까지 하려 했었다.

물론 그러한 것은 의형제였던 마교의 동방명언에게 부탁하여 어렵지 않게 처리하긴 했지만, 그때의 일을 생각하면 아직도 그리 기분이 좋지 않았다.

그런데 일 년이 지난 시기에 제갈세가에서 또다시 저런 자를 보내었으니 은조상은 이를 갈 수밖에 없었다.

'만약 소천이 다치기라도 한다면 제갈세가 너희들은 그 열 배의 보상을 해야 할 것이다.'

그가 이렇게 이를 가는 와중에도 소천은 낭인 무사의 공격에 제대로 된 공격 한번 못하고 쉴 새 없이 밀리고 있었다.

이제 검을 잡은 손에서는 붉은 피가 흘러내리고 있어 어린 소천은 두려움에 눈물을 글썽였다.

지금까지 스승을 따라 몇 번의 비무를 행한 적은 있었지만 이렇게 낭패를 본 것은 이번이 처음이었기 때문이다.

"흥! 어린 나이에 알량한 내력이 조금 있다고 겁도 없이 날뛰는 네놈을 보니 속이 뒤집혀 볼 수가 없구나. 그래, 저보다 하수의 무사를 이기고도 그렇게 기분이 좋더냐?"

"크윽……."

"내력을 빼면 초식에는 허점이 곳곳에 드러나고 병장기에 내력을 보내는 것 또한 미흡한 놈이 삼류무사 하나 쓰러뜨렸다고 영웅이 된 것처럼 구니 기분이 좋더냐? 제 분수도 모르는 하룻강아지 같은 놈!"

장소천을 연신 공격하며 이어지는 낭인의 말에 유성검객과 소천 모두 큰 충격을 받았다.

"아! 그렇구나……."

낭인의 그 말을 들은 유성검객은 자신도 모르게 탄성을 내지르고 말았다. 소천을 상대하는 낭인은 제갈세가에서 보낸 자객이 아니었다.

그저 이 비무를 지켜보다 아이가 비무에서 승리했다고 자만하는 모습을 보이자 그를 훈계하려 함이었다.

그런 생각이 들자 유성검객은 자신이 소천에게 주는 가르침에 미흡함이 있었음을 깨달았기에 검병을 잡고 있던 손을 풀고는 두 사람의 비무를 지켜보았다.

적어도 그런 말을 하는 낭인이라면 아이에게 과한 손속을 쓰지 않을 것이었기 때문이다.

한편 그와 비무를 하던 소천 역시 부끄러움에 당장이라도 도망치고 싶었다. 그의 말대로 어줍잖은 실력에 또래의 관도들이 환호하자 주제도 모르고 영웅인 것처럼 행동한 것이 사실이었기 때문이다.

사람에게 있어서 겸손함은 없어서는 안 되는 덕목이었고, 그것은 강한 힘을 소유하고 있는 무사들에게는 반드시 필요한 것이다.

그렇게 낭인의 공격을 계속 피하며 막던 소천은 금세 크게 지칠 수밖에 없었다.

"선학난명(仙鶴亂鳴)!"

그리고 다음 순간 체력이 고갈되어 더 이상 피할 수 없는 소천의 가슴을 향해 그의 검이 뻗어오자 소천은 자신도 모르게 눈을 감고 말했다.

"끄윽……. 아?"

죽음을 면치 못할 것이란 생각을 하던 소천은 시간이 지나도 고통이 느껴지지 않자 조심스럽게 눈을 뜨니 낭인의 검이 자신의 가슴 바로 앞에서 멈추어진 것을 볼 수 있었다.

"이제 좀 정신이 드느냐?"

그리고 눈을 뜬 소천에게 낭인은 인자한 목소리로 물었고, 이에 소천은 고개를 끄덕이며 말했다.

"저의 미흡함과 겸손하지 못하고 자만함을 보인 잘못을 절실히 깨달았습니다."

소천의 입에서 만족할 만한 대답이 나오자 낭인은 미소를 짓고는 검면으로 아이의 이마를 가볍게 치고는 말했다.

"그것을 배웠으면 되었다. 잘 들어라. 강호는 네가 싸웠던 이두라는 삼류한량과 같은 자가 있는가 하면 모습을 드러내지 않은 은거고수도 적지 않다. 넌 그것을 언제나 마음에 담아두고 사람을 대함에 결코 오만하거나 무례하지 말고 겸손함과 예의로서 대해야 할 것이다."

"예, 대협."

낭인의 말에 소천은 자리에서 일어나 정중히 포권을 하며 가르침에 대한 감사의 인사를 올렸고, 이들의 비무가 끝나자 은조상이 그에게 와서는 역시 포권을 하며 감사를 표시했다.

"미흡한 제자에게 이리 좋은 가르침을 주시니 은혜를 결코 잊지 않

겠습니다. 성함을 말씀해 주시면 찾아가 이번 가르침에 대한 보답을
하고 싶습니다."

"강호를 떠도는 낭인에게 무슨 이름이 있겠소? 그저 나와 같은 자를
만나면 한 수의 가르침을 주시오."

그 말과 함께 낭인은 가죽 천을 다시 둘러쓰고는 무관을 나갔고, 이
에 은조상이나 소천 모두 크게 탄복하며 그의 뒤로 공손히 인사를 올
렸다.

낭인은 무관을 나오자마자 놀라운 경공술로 단숨에 마을을 벗어났
는데, 그런 그의 곁으로 순간 십여 명의 무사가 나타났다.

"문주, 소문주를 만나보시니 어떠셨습니까?"

"다행히 은제가 잘 가르쳤던 것 같군. 그 나이 또래에 당할 자가 없
겠어."

"그렇습니까? 다행이긴 한데, 입 찢어지겠습니다."

"……."

어린 소천에게 가르침을 준 낭인, 그는 바로 장천이었다. 회혼단과
견즉사의 호청명의 힘으로 되살아난 장천은 가장 먼저 자신의 가족을
찾아갔던 것이다.

그렇게 무관을 나온 장천은 얼마 지나지 않아 마을 외곽의 작은 집
에 도착할 수 있었다.

그 집에 도착한 장천은 조심스럽게 담장에 붙어서는 내부를 살펴보
았는데, 오두막의 마당에 사람의 모습은 보이지 않았다.

"안 나와 있네?"

"안에서 집안일을 하고 계시는가 봅니다."

장천의 말에 옆에서 같이 담장 너머를 지켜보던 무사가 답했는데, 그때 장천은 누군가 뒤에서 자신의 등을 건드리고 있다는 것을 느꼈다.

"가만히 있어봐!"

"이봐요!"

"뭐야!!"

장천은 자신의 부하가 아닐까 생각하여 손을 치며 화를 내며 말했는데, 계속 누군가 자신을 찌르자 짜증이 날 수밖에 없었다.

그런데 잠시 후 뒤에서 여인의 목소리가 들리자 크게 놀란 장천은 담장에 철썩 붙어서는 뒤를 돌아볼 수밖에 없었다.

"지금 뭐 하는 짓이에요! 남의 집안을 훔쳐보다니. 혹시 당신 도둑 아니야?"

"윽… 아, 아닙니다. 도둑이라니요."

장천은 여인의 얼굴을 보고는 크게 놀랄 수밖에 없었는데, 그를 보며 다그치는 여인은 바로 은조상의 여동생인 은영영이었기 때문이다.

"그런데 왜 남의 집을 훔쳐보는데요? 어? 설마 유 언니나 화란이의 미색을 노려서 보쌈하려고?"

"헉… 무슨 그런 말씀을……."

"꺄아악!! 색마다!! 색마가 나타났다!!"

하지만 은영영은 사정도 봐주지 않고 그대로 장천을 색마로 몰며 소리치기 시작했으니 그로선 낭패감을 느낄 수밖에 없었다.

거기다 곁에서 보필하던 부하들은 어느새 사정을 알고 잽싸게 도망친 이후였으니 그로선 빼도 박도 못하게 색마로 몰릴 수밖에 없었다.

"어이구? 색마라네! 색마!"

"쯧쯧. 젊은 나이에 무슨 할 일이 없어 파렴치한 짓을 하고 다니

누……."

은영영의 외침에 마을의 장정들과 사람들이 몽둥이를 들고 나와 색마를 처단하러 몰려왔는데, 낡은 거죽을 걸친 불쌍한 사내 하나가 성격 더럽기로 소문난 은씨네 처자에게 잡혀서 곤욕을 치르는 것을 보며 하나둘씩 중얼거리기 시작했다.

아무 반항도 못한 채 색마로 몰려 처자의 손가락질을 받는 것을 보니 그저 지나가던 유객이 소천이네 어미를 보고 훔쳐보다 걸렸다 생각하고 재미 삼아 농을 건넨 것이다.

하지만 그 상황을 알지 못하는 장천으로선 심히 당황스러울 수밖에 없었는데, 그때 한 여인이 장천을 다그치는 은영영에게 다가와서는 조용히 물었다.

"영영이? 여기서 뭐 하는 거야?"

"유 언니! 이 거지 같은 놈이 글쎄 언니 집을 담장 위에서 훔쳐보는 것 있지! 그래서 내가 버릇을 단단히 고쳐 주려고."

은영영에게 말을 건 여인은 바로 장천의 부인인 유능예였으니 갑자기 밖에서 사람들이 소란스럽게 떠들자 나왔다가 영영이 한 사내를 잡고 괴롭히는 걸 보며 물은 것이다.

"휴… 넌 그 성격 언제쯤 고치겠니. 담장 위에서 조금 훔쳐봤다고 사람을 색마로 몰다니 불쌍하지도 않아?"

"어머? 저런 사람이 바로 색마로 향하기 바로 전의 파렴치한이라고! 파렴치한!"

영영은 능예의 말에 말도 안 된다는 표정으로 그를 가리키며 소리쳤는데, 그런 말도 안 되는 말을 듣고서도 장천은 아무런 반응도 보이지 않았다.

아니, 한 여인을 확인하고는 도저히 입을 열 수가 없었다.

"느… 능예……."

"응?"

영영은 자신이 색마로 몰던 자가 갑자기 멍하니 서서는 능예를 보며 떨리는 목소리로 이름을 부르자 그를 다시 쳐다보았다.

"능예!"

그리고 사내가 유능예의 이름을 크게 소리치더니 달려들어선 껴안아 버리자 크게 놀라 그녀는 급히 그의 무릎 옆을 차 버렸다.

"뭐 하는 짓이야!"

퍽!

"끄윽!!"

갑작스러운 공격에 장천은 그대로 고통스러운 신음을 지르며 쓰러질 수밖에 없었고, 은영영은 그런 그를 봐주지 않고 짓밟기 시작했다.

"이게 어디서 개지랄을 떨고 있어! 감히 유 언니의 몸에 손을 대! 너 한번 죽어봐라!!"

"꾸에엑!! 사람 살려!!"

장천은 아무런 반항도 못하고 내력까지 실린 은영영의 발길질에 당할 수밖에 없었는데, 갑작스러운 사내의 행동에 놀라 말문이 막혔던 능예는 그제야 정신을 차리고는 자신을 안았던 사내를 보며 떨리는 목소리로 물었다.

"장가가?"

"엥?"

익숙한 목소리와 몸집에 능예는 사내가 자신이 애타게 기다렸던 장천임을 느낄 수 있었기에 떨리는 목소리로 물었고, 그 말에 사내를 짓밟던 영영은 놀랄 수밖에 없었다.

"끄으윽… 능예… 그렇소……. 당신의… 남편… 천이라오!!"

장천은 그제야 능예가 자신을 알아보자 쓰고 있던 삿갓을 벗고는 말하니, 조금 지저분하기는 하지만 애타게 그리던 남편인지라 능예의 눈에서는 눈물이 흘러내렸다.

"가가!"

"능예!"

눈물을 글썽이는 능예의 말에 장천은 감개무량함을 느끼며 서서히 몸을 일으키려 했고, 그녀는 쓰러지듯 달려가 장천의 품에… 품에… 그대로 일각을 날렸다.

퍽!

"끄윽……!"

갑작스러운 능예의 일각에 장천은 숨넘어가는 소리를 지르며 그대로 앞으로 고꾸라지고 말았으니 그런 그를 보며 능예는 잔인하게 짓밟으며 소리쳤다.

"이 망할 남편이, 살아 있었으면 퍼떡퍼떡 들어올 것이지! 십만대산에 무덤까지 만들어놓고 죽은 척을 해? 너 어디서 바람 피우다 왔지!! 영영아, 밟아!!"

"응! 언니!!"

"능예!! 꾸루루룩!!"

그렇게 장천은 능예와의 애틋한 재회에서 철저하게 짓밟히고 말았으니 그가 없던 사이에 능예는 과거 홍련교에서의 원래 모습을 되찾고 괄괄한 성격의 아줌마로 변해 있었던 것이다.

등장인물의 이후

외전

구궁이 주도한 정의련의 천하는 오랜 시간을 버티지 못했다. 련의 중심축이었던 구궁의 죽음이 알려진 이후 급속도로 붕괴되기 시작했기 때문이다.

또 이미 강호는 과거의 모습을 되찾아가고 있었기에 대문파들은 더 이상 정의련을 필요로 하지 않았으니 정의련의 붕괴는 예정된 수순이라 할 수 있었다.

무쌍도 요운은 다시 쌍도문으로 돌아온 후 이전의 쌍도문 제자들과 선풍검 곽무진과 함께 구궁이 끌어들인 쌍도문의 외부 세력들을 몰아내기 시작했다.

수적으로는 그들이 크게 열세였으나 무쌍도 요운은 쌍도문으로 복귀하며 하나의 방조자를 데려와 그들의 도움을 얻었으니 그들은 바로 마교였다.

요운은 마교의 도움을 얻어 수적인 열세를 극복했고 두 달이 넘는 싸움 끝에 구궁이 끌어들인 세력들을 모두 밀어내고 진정한 쌍도문을 재건할 수 있었다.

새로이 재건된 쌍도문은 싸움에서 그 중심이 되었던 무쌍도 요운을 새로운 문주로 내세워 다시 과거의 성세를 되찾기 위해 노력했다.

흑철돈녀 무삼랑의 증손녀인 무미미는 쌍도문의 내분 속에서 언제나 무쌍도 요운과 함께 싸웠고, 그가 문주로 등극하던 날 두 사람은 겸사겸사 혼인식을 치렀다.

소천들과 함께 행했던 탈출에서 크게 사이가 가까워졌던 두 사람이었지만 가장 중요한 것은 요운이 문주로 등극했을 때 이미 무미미의 뱃속에선 그의 아이가 자라고 있었다니 당연한 일이다.

무미미는 요운과의 사이에서 삼 남을 두었는데, 많은 이들은 딸이 태어나지 않은 것은 하늘의 은총이라 말했다.

그녀의 임신 노이로제로 인하여 무수히 많은 쌍도문 제자들이 얼굴에 멍을 달고 다녔으니 당연한 일이었다.

곽무진은 쌍도문이 무쌍도 요운을 중심으로 새롭게 재건된 후 정식으로 문파를 나와 강호행을 선택했다.

이미 동배의 사형제들 대부분이 치열했던 싸움 동안 대부분 죽임을 당했고, 그 자신이 쌍도술이 아닌 검술의 길을 가고 있었기에 쌍도문을 나오는 것을 선택한 것이다.

곽무진은 그렇게 홀로 강호행을 하며 자신의 검술을 완성시키는 한편 불의에 처한 사람을 보면 언제나 자신의 목숨을 도외시하고 그들을 돕기 위해 싸워 나갔다.

그리고 그런 협행의 대가로 선풍검협이란 명호를 다시 얻게 되었고, 후에 호북 의창에서 자리를 잡은 후 선풍검문이란 문파를 세웠나.

장천의 의형제인 데비드는 쌍도문의 재건에 요운을 도와 큰 공을 세운 후 잠시간 쌍도문에 머물며 쌍도문의 무공을 익혔는데, 생각 외로 쌍도술은 그의 적성에 잘 맞았다.

그 때문에 그는 마교를 나와 문주가 된 요운의 곁에서 장로란 직함을 받아 쌍도문의 정식 문도가 될 수 있었고, 후에 장춘삼의 대사형이었던 패쌍도 등평의 외호인 패쌍도의 명호를 이었다.

하나 말년이 되어 고향이 그리워진 데비드는 자신의 아내들과 함께 고향인 대영제국으로 돌아간 후 고향 땅에서 행복한 말년을 맞이했는데, 고향 땅에 돌아간 후 친구들에게 얻은 별명은 오리엔탈 하렘이라고 한다.

동방명언은 데비드와는 달리 홍련교에서 머물며 화룡쌍제 중 한 사람인 마운성을 보필하며 장로의 직위까지 올랐다.

뛰어난 머리로 마운성의 측근으로 활동한 그는 아내들에게서 열다섯 명의 자식을 두었는데, 말년에 자식 중 하나가 마교의 권좌를 노린 후 실패하자 장로의 직을 반납하고 고향으로 돌아가 생을 마쳤다.

당세문은 당가 역대 최고의 여고수로 강호에 소수빙녀란 외호로 크게 알려졌다. 당가 어른들의 독촉 속에서도 그녀는 독신을 고집하며 살았는데, 서른두 살 때 하북팽가의 청년 고수인 팽현과 오해로 싸움을 하다 큰 부상을 입히게 되었다.

팽현은 그녀의 소수마공에 당하여 오 년간을 침상에서 보내야 했는데, 당세문은 그것이 자신의 실수 때문에 생긴 일이기에 그 기간 동안 팽현을 간호, 오 년 후 두 사람은 성혼하게 되었다.

오 년이란 시간 동안 얼굴을 맞대고 사니 오해로 인한 화가 서로에 대한 애정으로 바뀌었다니 남녀지사란 정말 모를 일이다.

참고로 팽현과 당세문은 십오 년 차라고 하니 그녀로선 젊은 영계를 잡아 행복한 혼인을 한 셈이었다.

공동파의 고도리는 좌수검을 익힌 후 크게 이름을 떨쳐 공동신검이라 불리며 후에 스승인 우문강이 문주의 자리에서 물러나자 그의 뒤를 이었다.

특유의 바람기로 인하여 문주가 된 이후에도 그의 행각은 그리 달라진 것이 없었고, 팔순이 되는 나이까지 어린 첩을 맞아들여 사람들의 눈총을 샀다고 한다.

견즉사의 호청명은 비도문이 사라진 후에도 강호를 돌아다니며 의원 생활을 계속해 나갔다. 이전과 다른 점이 있다면 부자만 골라서 엄청난 재물을 받고 고쳐 주었다는 것이다. 그렇게 강호 곳곳에서 부호들의 돈을 긁어 모은 그는 비도문이 사라진 지 십 년 후 감숙의 오지에 은거하였고, 죽기 직전 다사다생(多死多生)이라는 허무맹랑한 의서를 남겼다고 한다.

비도문의 태상장로 하노는 장천의 명령으로 비도문과 함께 강호를 떠난 후 무랑촌에 앉아 촌장 생활을 하다 죽었다고 한다.

하지만 마지막에 강호행을 하던 소천을 꼬셔 비도문의 문주 수련관에 저넣어 비도문의 종가를 계속 잇게 하였고, 후에 망무산장에서 숙었던 장춘일의 옆에 묻혔다.

〈終〉